Autor

Jürgen Vogler wurde 1946 in der Holsteinischen Schweiz geboren und wohnt heute an der Ostseeküste. Nach seinem Dienst als Pressesprecher bei der Bundespolizei arbeitet er seit 1988 als Freier Journalist und Autor.

Seine wöchentlichen Zeitungskolumnen über die Ver-gangenheit Ostholsteins erschienen 2007 als Buch unter dem Titel "Ostholstein gestern" - 100 Geschichten über Land und Leute -.

2009 entstand der Seeräuber "Bottelpott" - Der beste Pirat aller Zeiten -. Er erlebt zehn wundersame Abenteuer, die Jürgen Vogler zur Freude kleiner Zuhörer und großer Vorleser auch illustrierte. Ebenso wie "Jan-Peter, das Deichlamm", fünf aufregende Geschichten von der Küste für die Kleinsten unter uns.

Seine augenzwinkernden Kurzkrimis, die er seit 2011 schreibt, hat er in „Kopflos im Strandkorb" (2018) zusammengefasst. Nach seinem ersten Kriminalroman „Schwarzer Nebel" (2017) erschien 2018 „Verhängnisvolle Schatten", in dem der Kriminalschriftsteller Karl-Magnus Lindberg in Lübeck unkonventionelle Wege bei der Recherche für seine Romane geht. In „Tödlicher Zorn" stürzt er sich erneut in atemberaubende Abenteuer.

Jürgen Vogler ist ebenfalls Autor der historischen Romane "Der Mohr von Plön" (2012), "Der Narr von Eutin" (2014) und "Der Marquis von Lübeck" (2016).

www.juergenvogler.de

Jürgen Vogler

Blonde Verachtung

Ein Ostsee-Krimi

Bibliografische Information der Deutschen Nationalbibliothek:
Die Deutsche Nationalbibliothek verzeichnet diese Publikation
in der Deutschen Nationalbibliografie; detaillierte bibliografische Daten sind im Internet über http://dnb.dnb.de
abrufbar.

Herstellung und Verlag: BoD – Books on Demand,
Norderstedt
ISBN: 978-3-7519-6712-9

Kapitel 1

Wie schnell kann ich zum Mörder werden? Diese lebenswichtige Frage bringt so manchen von uns um schlaflose Nächte. Sie, als versierter Krimileser, mögen im ersten Augenblick einen solchen Gedanken weit von sich weisen. Aber Hand aufs Herz, hat es in Ihrem Leben nicht auch schon ernsthafte Situationen gegeben, in denen Sie Ihrem Gegenüber am liebsten an die Gurgel gegangen wären? Gott sei Dank hat Sie in den meisten Fällen Ihre klösterliche Erziehung oder auch nur ein guter Freund davon abgehalten. Wobei auf die Kirche bei der Beantwortung solcher bedeutungsvollen Fragen auch nicht unbedingt Verlass ist, versucht sie uns doch schon seit Jahrhunderten einzureden, dass wir bereits als Sünder auf die Welt kommen.

Oh, entschuldigen Sie, dass ich mich noch nicht vorgestellt habe. Mein Name ist Karl-Magnus Lindberg. Ich bin Kriminalschriftsteller. Jetzt haben Sie sicherlich auch Verständnis dafür, weshalb ich mir Gedanken über die mögliche kriminelle Veranlagung der Menschheit mache. Sie werden sich bei der Gelegenheit bestimmt auch fragen, in welchem Sumpf menschlicher Abgründe muss ein Schriftsteller von Kriminalromanen selbst stecken, will er glaubwürdig verbrecherische Taten zu Papier bringen? Ich kann Sie beruhigen. Mein Werkzeug ist die Fantasie. Eine unerschöpfliche Quelle von gesetzlosen, verbotenen und bösartigen Machenschaften. Eine Fundgrube aller skrupellosen und unmoralischen Taten. Zugegeben, falsch geparkt habe ich auch schon einmal. Und wenn ich ganz ehrlich bin, die alte Schachtel, die an der Supermarktkasse ihre Tütensuppe mit einem 200-Euroschein bezahlt und den ganzen Laden aufgehalten hat, wandelte in meiner kriminellen Gedankenwelt schon auf sehr dünnem Eis.

Der Himmel schien seine Schleusen geöffnet zu haben. Aus bedrohlichen schwarzgrauen Wolkenbergen fiel der Regen schwallartig auf die Erde. Aufgewirbelte Wasserfontänen versperrten die Sicht. Karl-Magnus Lindberg lenkte sein Motorrad von der Fahrbahn und hielt unter einer Autobahnbrücke an. Zwei weitere Maschinen folgten ihm. Er nahm seinen Helm ab und schüttelte sich wie ein begossener Pudel. „Womit haben wir das verdient, frage ich euch?"

„Heißt es nicht, wenn Engel reisen?", antwortete sein Freund Tobias grinsend.

„Dann müssen sie ja nicht unbedingt auf uns pinkeln", kam die brummende Bemerkung des Dritten im Bunde, den sie nur den Schrauber nannten.

„Wir sind jetzt kurz hinter Hannover. Mein Vorschlag, wir fahren spätestens in Soltau von der Autobahn und dann über die Landstraße nach Lübeck. Bei dem Dreckwetter kommen wir, ganz gleich auf welcher Piste wir fahren, doch nicht zügig voran", schlug Lindberg vor.

Die beiden Freunde nickten zustimmend. Sie hatten einen traumhaften Motorradtrip hinter sich. Zehn Tage waren sie mit ihren Maschinen durch die Alpen gekurvt. Hatten Tirol und die Dolomiten erkundet und über Serpentinen und Pässe den sonnigen Spätsommer genossen. Lediglich der nasse Empfang im Norden Deutschlands trübte das freudige Erlebnis ein wenig.

„Mir kommt da noch eine Idee", fuhr Lindberg fort, „das Beste wird sein, dass wir alle drei erst einmal zu mir fahren, uns dort trockenlegen und den Tag gemütlich ausklingen lassen. Pennen könnt ihr auch bei mir, bevor ihr dann morgen wieder in eure Höhlen kriecht. Was haltet ihr davon?"

„Hört sich gut an", antwortete Tobias als Erster. Sorgfältig rieb er dabei das Visier seines Helms trocken.

„Gibt's bei dir auch Bölkstoff?", wollte der Schrauber wissen.

„Was für eine Frage überhaupt, Schrauber. Hast du bei mir jemals schon auf dem Trockenen gelegen?"

Der Schrauber streckte Lindberg anerkennend den erhobenen Daumen entgegen.

Die drei kannten sich schon viele Jahre. Karl-Magnus Lindberg, den alle nur Lindberg nannten, war ein erfolgreicher Kriminalschriftsteller, der in einem Haus in der Hüxstraße in Lübecks Altstadt wohnte. Er teilte die Leidenschaft für das Motorradfahren mit Tobias Richter. Einem nicht ganz so gefragten Rechtsanwalt, mit dem ihn eine enge Freundschaft verband, da sie beide ähnlich wie Sherlock Holmes und Dr. Watson wahren Kriminalfällen hinterherjagten. Zugleich empfanden sie beide einen fast fanatischen Groll gegen jede Art von Ungerechtigkeit.

Zu ihnen gehörte auch der Schrauber. Keiner wusste, wie der hünenhafte Biker tatsächlich hieß. In seiner Werkstatt in einer alten Halle in Lübeck-Schlutup zerlegte er jedes Motorrad in seine Einzelteile und schraubte es wieder funktionsgerecht zusammen. Es gab kein technisches Problem, das der Schrauber nicht lösen konnte. Seine enge Beziehung zu seinen beiden Freunden hatte sich noch vertieft, als er bei der nicht ganz legalen Beschaffung von Ersatzteilen ertappt worden war und Tobias ihn vor Gericht vor einem Gefängnisaufenthalt bewahren konnte.

Es begann bereits zu dämmern, als die drei Biker Lübeck erreichten und ihre Motorräder im Innenhof von Lindbergs Haus in der Hüxstraße abstellten. Es hatte unentwegt gegossen.

„So, Männer, das wäre geschafft. Ich brauche jetzt erst einmal eine heiße Dusche", verkündete Lindberg, während sie die Treppe zu seiner Wohnung hinaufstiegen, „das würde ich euch auch empfehlen. Ihr wisst ja, wo die Gästezimmer sind. Danach werden wir es uns so richtig gemütlich machen."

„Inzwischen knurrt mir auch der Magen", bemerkte Tobias.

„Alles zu seiner Zeit, mein Freund. Ich glaube, Francescos begnadeten Hände werden auch diesen Wunsch zu unserer Zufriedenheit erfüllen", versprach Lindberg.

„Dazu eine schöne Flasche Bölkstoff. Was will man mehr?", kam der trockene Kommentar vom Schrauber.

„Du bist und bleibst ein Banause, Schrauber", entrüstete sich Tobias, „die exquisiten italienischen Köstlichkeiten kannst du doch nicht mit profanem Bier hinunterspülen. Dazu gehört ein edler Tropfen."

„Es ist mir vollkommen egal, mit welchem Weibergesöff ihr euren Knorpel beleidigt. Ich bleibe beim Bölkstoff", vertrat der Schrauber unerschütterlich seine Meinung.

Nachdem die drei ihre nasse Kleidung zum Trocknen aufgehängt hatten und nach dem Duschen in bequeme Sachen geschlüpft waren, trafen sie sich im Wohnzimmer. Lindberg mixte drei Wodka-Lemmon als Begrüßungsdrink.

„Auf eine traumhafte Tour und eine glückliche Heimkehr, ihr alten Serpentinenclowns." Lindberg erhob sein Glas. Die beiden Freunde stießen mit ihm an.

„Wir haben ja schon so manche Tour hinter uns, aber die Alpen waren schon nicht schlecht", begeisterte sich Lindberg.

„Bevor wie noch weiter ins Schwärmen geraten, lass uns etwas zu Essen bestellen. Mein Magen knurrt immer noch", unterbrach Tobias den Bikertalk.

Der Schrauber nickte beifällig. „Ein äußerst guter Vorschlag. Ich nehme Pizza Siciliana, aber die ganz große."

„Mir genügt die einfache Salamipizza. Aber groß darf sie auch sein", äußerte Tobias seinen Wunsch.

„Siciliana, ist das nicht die ganz scharfe, bei der man sich ein Loch in die Zunge brennt?", wollte Lindberg wissen.

Der Schrauber grinste. „Für Weicheier ist das nichts, da hast du recht."

„Gut, ich glaube, ich könnte mich heute an der Pizza mit Meeresfrüchten erfreuen." Lindberg griff zum Smartphone und drückte die Kurzwahl von Francescos Pizzeria, die nur wenige Schritte entfernt von seinem Haus in der Hüxstraße lag. Es war nicht das erste Mal, dass sie den Service und die italienische Küche des kleinen Sizilianers genossen.

„Hallo, Francesco, altes Haus. Hier ist Lindberg. Ich bin wieder im Lande …" Weiter kam er nicht. Ein Schwall freudiger italienisch-deutscher Begrüßungs- und Willkommensworte prasselte auf ihn nieder. Tobias und der Schrauber grinsten, als sie sahen, wie Lindberg vergeblich versuchte, Francescos freudigen Ausbruch zu unterbrechen. Irgendwann gelang es ihm dann doch, seine Bestellung aufzugeben. Nicht ohne wortreiche Zusicherung Francescos, dass er sich bei der Zubereitung der Speisen beeilen und sie für seine Freunde „molto squisito" zubereiten würde.

Es dauerte keine zwanzig Minuten, als es an der Haustür klingelte.

Lindberg stand auf. „Da hat der kleine Italiener aber richtig Gas gegeben."

Er öffnete die Tür. Erstaunt sah er die beiden Personen an, die vor ihm standen und ihn verschmitzt anlächelten.

„Wo kommt ihr denn her?", war Lindbergs erste Reaktion.

„Wir sind die freundlichen Pizzaboten und erwarten als Belohnung ein edles Glas Wein vom Hausherrn", kam die fröhliche Antwort.

Vor ihm standen Anna Severin, Kriminalhauptkommissarin und Leiterin der Mordkommission der Polizeidirektion Lübeck, und Frau Doktor Kim Matthiesen, die junge Rechtsmedizinerin, die erst seit ein paar Monaten in Lübeck war.

„Kommt rein! Kommt rein!", forderte Lindberg die Frauen auf und ging ins Wohnzimmer vor. „Überraschung, Jungs. Solche liebenswerten Pizzaboten habt ihr noch nie erlebt."

Vollkommen überrascht sprangen Tobias und der Schrauber auf und begrüßten die beiden herzlich.

Lindberg stellte die Rechtsmedizinerin und seine Freunde vor. Er hatte sie bereits vor einiger Zeit bei einem spektakulären Mordfall kennengelernt, in den er selber unangenehm verwickelt war. Anna und er kannten sich hingegen schon viele Jahre. Sie verband eine innige Freundschaft. Es waren nicht nur die realen Kriminalfälle, die Lindberg interessierten und die er nur zu gerne für seine Romane verwendete. Nicht nur einmal war er in der Vergangenheit seiner Neugier gefolgt und hatte auf unkonventionelle Weise Tatsachen aufgedeckt, die zur Lösung der Fälle beigetragen hatten. Anna gehörte zu seinem Leben. Sie wusste alles von ihm. Und ebenso ging es auch Lindberg. Sie verband eine Seelenverwandtschaft, die kaum zu erklären war. Eine geschwisterliche Nähe des Vertrauens.

Lindberg sah die beiden Frauen immer noch verwundert an. Erst jetzt registrierte er, dass Anna den linken Arm in einer Schlinge trug. „Anna, was ist denn mit dir passiert? Bist du die Treppe runtergefallen?"

„Alles halb so schlimm. Nicht der Rede wert."

Lindberg runzelte die Stirn. Dazu kannte er Anna zu genau. Wenn sie Sorgen hatte, oder versuchte unliebsame Fragen zu umgehen, dann erschien zwischen ihren Augenbrauen eine kleine Falte. Ihre offensichtlich gespielte Gelassenheit unterstrich zudem Lindbergs Skepsis. Auch die besorgte Miene von Kim Matthiesen war unübersehbar.

„Anna, was ist passiert?" Lindberg ließ nicht locker.

„Anna ist angeschossen worden", kam die Rechtsmedizinerin der Kommissarin zuvor, „ich habe sie gerade aus dem Krankenhaus abgeholt und wir wollten bei Francesco kurz zu Abend essen."

„Kim, ich habe jetzt keine Lust, die Willkommensparty für die Jungs mit einer unbedeutenden Schramme zu belasten. Mir geht es gut und damit basta", reagierte Anna ungnädig.

Kim Matthiesen zuckte nur resignierend mit den Schultern. „Wie du meinst."

Lindberg sah beide Frauen entsetzt an. Auch Tobias und der Schrauber waren sprachlos.

„Anna, ich glaube es ja nicht", fand Lindberg als Erster die Worte wieder, „du bist angeschossen worden und glaubst, wir gehen mal ebenso zur Tagesordnung über. Kann man dich denn keinen Tag alleine lassen? Nun erzähl schon, was war los?"

Anna sah genervt von einem zum anderen. „Das gehört nun einmal zum Leben einer Polizistin dazu, dass nicht alle einem wohlgesonnen sind. Besonders dann nicht, wenn man jemanden bei einem Einbruch ertappt und der auch noch wenige Tage vorher seine eigene Schwester umgebracht hat."

„Ach, du Scheiße. Und der hat gleich um sich geballert?", kommentierte der Schrauber Annas Worte kopfschüttelnd.

„Genauso war es", bestätigte Kim Matthiesen, „Anna hat Gott sei Dank nur einen Streifschuss abbekommen. Das hätte auch viel schlimmer ausgehen können."

„Und was ist mit dem schießwütigen Mörder geschehen?", meldete sich Tobias.

„Der liegt jetzt bei mir in der Kühlkammer", kam der lapidare Kommentar der Rechtsmedizinerin, „ein tödlicher Schuss ins Herz."

„Und wer hat geschossen? Anna du?", hakte Lindberg nach.

Beide Frauen nickten nur schweigend.

„Was für ein Mist. Dann wird sich die Staatsanwaltschaft ja auch noch auf Anna stürzen", bemerkte Tobias als Jurist treffsicher.

„Ja, das hört sich alles nicht sehr erfreulich an, aber darüber wollen wir doch eure glückliche Heimkehr nicht vergessen", versuchte Anna, die betretene Stimmung zu überspielen, „nun widmet euch erst einmal eurer Pizza. Lindberg, hol den Korkenzieher. Kim und ich können jetzt einen guten Schluck gebrauchen."

Kapitel 2

Anna hatte eine unruhige Nacht hinter sich. Dabei war es nicht ihre Verletzung, die sie über Gebühr peinigte. Kim hatte sie am Abend nach ihrem Treffen bei Lindberg nach Hause gebracht und auch ihre Wunde neu versorgt. Bei dem Dienst in der Mordkommission blieb es nicht aus, dass man sich im Laufe der Jahre ein dickes Fell zulegte. Anna war Kriminalpolizistin mit Leib und Seele. Doch sie hatte gelernt, nicht jedes menschliche Drama und Schicksal am Abend mit nach Hause zu nehmen. Ihr gelang es ganz gut, Dienstliches und Privates zu trennen. Vielleicht lag es auch daran, dass sie ihre beruflichen Nöte und persönlichen Sorgen mit Lindberg besprechen konnte. Sein Rat war ihr wichtig. Auch wenn sie sich immer wieder schwer damit tat, sich zu öffnen und von sich aus, das, was sie berührte, nach außen zu tragen. Doch Lindberg gegenüber konnte sie kaum etwas verbergen. Er verfügte über eine sensible Antenne für solche Dinge. Nicht nur einmal hatte sie ihm scherzhaft unterstellt, dass es Hexen in seiner Familie gegeben haben muss.

Auch in dem Bewusstsein, einen guten Freund an der Seite zu haben, schien der letzte Fall und der Schusswechsel ihr näher zu gehen, als ihr lieb war.

„Anna, du wirst langsam alt", beschimpfte sie sich selber, während sie in ihre Schuhe schlüpfte und ihre Wohnung an der Untertrave verließ.

„Hab ich etwas verpasst oder was ist los, Chefin?", wurde Anna in ihrem Büro im Polizeihochhaus in der Possehlstraße von Kriminaloberkommissar Korthals begrüßt.

Anna lachte. „Hattest du dich schon auf ein paar sorgenfreien Tage ohne Aufsicht gefreut, mein lieber Clemens, oder wie darf ich deinen entsetzten Gesichtsausdruck interpretieren?"

„Ich ging davon aus, dass du krankgeschrieben bist und es dir zu Hause gut gehen lässt", entgegnete der Oberkommissar immer noch irritiert.

„Damit mir dort die Decke auf den Kopf fällt? Nein, nein, Clemens. Es geht mir gut. Die kleine Schramme ist nicht der Rede wert. Und hier gibt es ja Arbeit genug, wie du selber weißt. Wie weit seid ihr mit dem Bericht?"

„Der ist fertig. Du findest ihn auf deinem PC."

Auf irgendeine Weise fand Anna es rührend, wie ihre Kommissare sich um sie sorgten. Mit Kriminaloberkommissar Clemens Korthals arbeitete sie schon einige Jahre zusammen. Er war ein absolut zuverlässiger Kollege. Ein leidenschaftlicher Kriminalbeamter, der nicht lockerließ und mit Präzision und Akribie an die Arbeit ging. Seine manchmal hemdsärmelige Art gefiel nicht jedem. Anna hingegen empfand sie in dem nicht seltenen bürokratischen Behördenalltag als äußerst abwechslungs-reich und unterhaltsam.

Der Zweite im Team war Kriminalkommissar Malte Bockmann. Jung, manchmal ein wenig zu eifrig, aber ebenfalls ein beharrlicher Ermittler, der der Sache auf den Grund ging. Anna mochte sie beide.

Fragend blickte sie zu dem Oberkommissar auf, als sie bemerkte, dass er in der Tür stehen geblieben war und sie besorgt ansah.

„Was ist los Clemens? Wo drückt der Schuh? Du musst dir keine Sorgen um meine Gesundheit machen."

„Ich weiß, Chefin. Ich kenne dich ja schon eine Weile. Und ich weiß auch, dass dich so schnell nichts aus den Schuhen wirft. Aber die Inquisition bleibt dir nicht erspart."

„Hat dich denn die Staatsanwaltschaft schon befragt?"

Der Oberkommissar nickte. „Ja, sogar der Herr Oberstaatsanwalt persönlich."

„Das habe ich kaum anders erwartet. Für den wird es ja eine diebische Freude sein, uns auf den Zahn zu fühlen. Wo wir doch seine Lieblingskommissare sind."

Oberstaatsanwalt Reichenbach stand nicht auf der Liste von Annas Freunden. Im Gegenteil. Nachdem sie in der Vergangenheit während einer Mordermittlung über ein Ereignis gestolpert war, das den Oberstaatsanwalt in keinem guten Licht erscheinen ließ, machte er Anna das Leben schwer. Vielleicht lag es auch nur daran, dass er zweifellos Probleme mit Frauen in verantwortungsvollen Positionen hatte. Auf jeden Fall entstand der Eindruck, dass er förmlich darauf lauerte, sie bei einem Fehler zu ertappen. Der Schusswechsel mit den tödlichen Folgen für den Mörder war sicherlich für Oberstaatsanwalt Reichenbach ein willkommener Anlass, die Umstände haarklein auseinanderzunehmen und nach möglichen Unregelmäßigkeiten in Annas Verhalten zu suchen.

„Wenn du `clem1` auf deinem PC anklickst, kannst du lesen, was ich gesagt habe", unterbrach Clemens Korthals Annas Gedanken.

„Du hast eine Kopie deiner staatsanwaltlichen Anhörung? Woher das denn?"

Der Oberkommissar ließ ein spitzbübisches Grinsen aufblitzen. „Ein guter Kommissar hat eben so seine Quellen."

„Ist schon gut, Clemens. Mehr will ich gar nicht wissen."

„Es ist nur zu hoffen, dass der übereifrige Oberstaatsanwalt nicht so schnell erfährt, dass du wieder im Dienst bist", stellte Clemens Korthals immer noch schmunzelnd fest.

Doch dieser Wunsch sollte nicht in Erfüllung gehen. Es dauerte keine zwei Stunden, als das Telefon klingelte und die Vorzimmerdame von Oberstaatsanwalt Reichenbach sein Erscheinen ankündigte. Verbunden mit dem Hinweis, dass er sich selber die Mühe machen würde, um im Polizeihochhaus in der Possehlstraße zu erscheinen. Es wäre eine Referenz an Annas Verletzung, wie er übermitteln ließ.

Anna wusste, dass solche Untersuchungen durch die Staatsanwaltschaft allgemein üblich waren, wenn es zu einem Schusswechsel gekommen war. Sorgfältig hatte sie das Protokoll der Befragung ihres Oberkommissars gelesen. Wie sie erwartet hatte, deckten sich seine Aussagen mit den tatsächlichen Ereignissen, wie sie sie hautnah erfahren hatte. Allerdings auf eine Befragung durch Oberstaatsanwalt Reichenbach hätte sie gerne verzichtet.

Eine halbe Stunde nach seiner telefonischen Ankündigung erschien der Kugelblitz, wie Annas Kollege Korthals den Oberstaatsanwalt nannte. Eine Bezeichnung, die nicht ganz von der Hand zu weisen war. Denn der Oberstaatsanwalt gehörte nicht zu den größten Menschen. Seine gedrungene Statur und der gewölbte Bauch, den er hinter einer Weste zu verstecken suchte, verschafften ihm das Aussehen eines überdimensionalen Balls, gekrönt von einem ebenso runden haarlosen Kopf. Etwas irritiert musterte Anna die Begleitung des Oberstaatsanwaltes. Eine junge Frau, schlank und aufrecht, die den Mann neben sich um Haupteslänge überragte.

„Eine Lady in Black", kam es Anna in den Sinn. Die glänzenden schwarzen Haare waren hinten zu einem Knoten zusammen-gebunden. Eine strenge ebenso dunkle Brille zierte ihr blasses Gesicht. Und auch ihre schwarze Kleidung erlaubte keinen dekorativen Farbklecks.

„Ich darf Ihnen Frau von Ehrenfels vorstellen. Sie gehört seit kurzer Zeit zu meinem Team", stellte Oberstaatsanwalt Reichenbach die Lady in Black vor, „sie wird den Fall um die Tötung des Manfred Mattuscheck unter meiner Aufsicht untersuchen. Die erste Anhörung werde ich natürlich persönlich vornehmen. Sind Sie aufgrund Ihrer gesundheitlichen Verfassung dazu in der Lage, sachdienliche Hinweise zu geben, Frau Severin?"

Anna hatte nicht den Eindruck, dass der Oberstaatsanwalt eine Antwort erwarten würde, denn er steuerte sofort den Besprechungstisch in ihrem Büro an und setzte sich. Einladend wies er auf einen weiteren Stuhl, auf den sich seine Begleiterin setzte.

„Fühlen Sie sich wie zu Hause." Anna konnte sich die Spitze nicht verkneifen.

„Über den detaillierten Ablauf des entsprechenden Abends sind wir umfassend informiert. Jetzt geht es also nur noch darum, Ihre Version zu hören", begann der Oberstaatsanwalt mit bedeutungs-voller Stimme die Befragung, nachdem auch Anna sich an den Besprechungstisch gesetzt hatte.

„Allzu viel gibt es darüber nicht zu berichten. Wie Sie wissen, war Manfred Mattuscheck zur Fahndung ausgeschrieben, da er unter dringendem Tatverdacht stand, seine Schwester Maria ermordet zu haben. Am Abend des 4. Septembers erhielten wir die Nachricht, dass in dem Haus der Familie Mattuscheck Licht gesehen wurde."

„Nur zur Kenntnis für Sie, Frau von Ehrenfels, das ist auch der Tatort, an dem die besagte Schwester ermordet worden war", unterbrach der Oberstaatsanwalt Anna.

„Das ist mir wohl bekannt. Ich habe die Akte gelesen", kam die sofortige Retourkutsche.

Der Oberstaatsanwalt forderte Anna mit einer kurzen Kopfbewegung auf, fortzufahren.

„Kriminaloberkommissar Korthals und ich fuhren sofort zu dem Haus nach St. Jürgen. Auf der Fahrt dorthin forderte ich über Funk das SEK an. Als Antwort erhielt ich, dass die Einsatzkräfte mindestens eine halbe Stunde brauchen würden, um bei dem Haus eintreffen zu können. Wir stellten unser Auto in einer Nebenstraße ab und begaben uns zu Fuß zu dem Haus der Familie Mattuscheck. Das Haus lag im Dunkeln. Verdächtige Lichtzeichen waren nicht zu erkennen. Nur der Eingangsbereich wurde durch eine Straßenlaterne beleuchtet. Bevor wir uns über weitere Maßnahmen abstimmen konnten, wurde die Haustür geöffnet und eine männliche Person trat heraus. Es handelte sich unverkennbar um Manfred Mattuscheck. Ich zog meine Waffe und rief den Betroffenen an. Er muss seine Waffe bereits in der Hand gehabt haben, denn er riss sie ohne zu zögern hoch und drückte sofort ab. Ich schoss ebenfalls, traf ihn und verletzte ihn dadurch tödlich, wie Sie wissen."

„Wie oft haben Sie geschossen?", fragte die Staatsanwältin nach.

„Nur einmal."

„Und Mattuscheck? Wie oft hat er geschossen?", wollte jetzt der Oberstaatsanwalt wissen.

„Ebenfalls nur einmal."

„Und ihr Kollege Korthals, warum hat er nicht geschossen?", fragte Oberstaatsanwalt Reichenbach mit erhobener Stimme.

„Das konnte er nicht, da er kein freies Schussfeld hatte, weil ich vor ihm stand", antwortete Anna ruhig und gelassen.

Der Oberstaatsanwalt lehnte sich zurück und setze eine bedeutungsvolle Miene auf. „In Ihrer Ausbildung zur Polizeibeamtin wird es Ihnen doch sicherlich nicht verborgen geblieben sein, dass, wenn es zu einem Schusswechsel kommt, bestimmte Körperpartien anvisiert werden sollen, um mit einem sogenannten polizeilichen Treffer den Kontrahenten außer Gefecht zu setzen. Vielleicht erinnern Sie sich daran, dass in solchen Fällen in erster Linie auf die Beine gezielt werden soll. Diese elementaren Grundsätze haben Sie bei ihrer unbedachten Aktion offensichtlich gänzlich vergessen."

Anna musterte den Oberstaatsanwalt eine ganze Weile, ohne ein Wort zu sagen. Dann umspielte ein mitleidiges Lächeln ihren Mund. „Verehrter Herr Oberstaatsanwalt, ich gehe davon aus, dass bisher noch niemand auf Sie geschossen hat. Ebenfalls nehme ich an, dass Sie bislang noch nie in ihrem beruflichen Leben Entscheidungen in Bruchteilen von Sekunden zu treffen hatten. Entscheidungen, bei denen es um Leben und Tod ging. Dass ich selber angeschossen wurde, möchte ich hier nur am Rande erwähnen. Selbst ein wenig juristisch gebildeter Mensch konnte erkennen, dass hier eine zweifelsfreie Notwehrsituation im Rahmen der Eigensicherung vorlag. Ihnen, Herr Reichenbach, würde ich empfehlen, einmal an der Schießausbildung der Polizei teilzunehmen. Hierbei können Sie, wenn auch nur ansatzweise, eine solche Situation nachempfinden, wie es sich anfühlt, eine Waffe auf eine Person zu richten und den Abzug zu betätigen. Auch wenn dabei nur ein Pappkamerad vor Ihnen steht."

Dem Oberstaatsanwalt fielen fast die Augen aus dem Kopf. Sein bisher überhebliches Mienenspiel verwandelte sich sekundenschnell in hochgradige Empörung. „Was erdreisten Sie sich, mich zu belehren und mir in ihrer Situation maßregelnde Vorschläge zu erteilen? Wollen Sie mir vorschreiben, wie ich mein Amt zu erfüllen habe? Das ist ja eine Impertinenz höchsten Grades."

„Ein äußerst interessanter Gedanke", stellte die junge Kollegin des Oberstaatsanwaltes fest, ohne sich um dessen Entrüstung zu kümmern, „wenn Sie es einrichten können, Frau Severin, wäre ich Ihnen dankbar, wenn ich Sie bei Ihrer nächsten Schießausbildung begleiten dürfte."

Oberstaatsanwalt Reichenbach schien ein Blitz getroffen zu haben. Völlig entgeistert drehte er sich zu seiner Begleitung um und starrte sie an, als ob der Teufel persönlich neben ihm sitzen würde. „Sind Sie denn von allen guten Geistern verlassen, Frau von Ehrenfels? Wir haben hier ein nicht minder schweres Tötungsdelikt aufzuklären und Sie denken nur an irgendwelche haarsträubenden Spielereien. Ich möchte Sie eindringlich an die wahren Aufgaben der Staatsanwaltschaft erinnern."

„Sie müssen mir nicht erklären, was meine Aufgabe ist. Frau Severins Vorschlag halte ich allerdings für äußerst nachhaltig. Außerdem kann in diesem Fall von einem schweren Tötungsdelikt ja wohl nicht die Rede sein. Für mich ist Frau Severins Schilderung plausibel und erfüllt den Tatbestand der Notwehr in vollem Umfang. Außerdem hat ihr Kollege Korthals den Ablauf dieses verhängnisvollen Abends mit seiner Aussage ebenfalls bestätigt."

Anna nahm die unverhoffte Erklärung der jungen Staatsanwältin nicht ganz ohne hämische Freude zur Kenntnis. Äußerlich allerdings ließ sie sich nichts anmerken. Während der Oberstaatsanwalt mit hochrotem Kopf immer noch erbost nach Luft schnappte, packte seine Kollegin ihre Akten zusammen und erhob sich. „Ich denke, wir haben Frau Severin lang genug von der Arbeit abgehalten."

Auch Anna stand auf und lächelte die junge Staatsanwältin verständnisvoll an. Obwohl diese keine Miene verzog und sie mit todernstem Gesicht ansah, glaubte Anna in ihren Augen ein verschwörerisches Blinzeln entdeckt zu haben.

Oberstaatsanwalt Reichenbach saß immer noch wie paralysiert auf seinem Stuhl und blickte die beiden Frauen völlig entgeistert an. Wie es aussah, verstand er die Welt nicht mehr. Unmittelbar vor ihm geschahen Dinge, die vollkommen fern seiner Vorstellungswelt waren. In seinem Beisein erdreistete sich eine junge Kollegin, ihm das Heft aus der Hand zu nehmen. Ihm zu sagen, was richtig und was falsch war. Das kam einer Revolution gleich. Mit Entsetzen verfolgte er die nächsten Worte seiner Kollegin.

„Frau Severin, über die besprochene Angelegenheit müssen Sie sich keine Gedanken mehr machen. Der Fall ist für mich eindeutig. Mein Bericht wird entsprechend ausfallen. Falls Sie sonst Fragen haben oder auf andere Art und Weise Hilfe benötigen, wissen Sie, wo Sie mich finden." Staatsanwältin von Ehrenfels verabschiedete sich bei Anna und verließ das Büro. Der Oberstaatsanwalt folgte ihr völlig verwirrt. Anna hörte nur noch gemurmelte Begriffe wie „nicht zu fassen" und „völlige Hybris" von ihm, als er an ihr vorbeihastete.

Annas Kollegen, Kriminaloberkommissar Clemens Korthals und Kriminalkommissar Malte Bockmann, blickten irritiert auf, als die Staatsanwältin und der Oberstaatsanwalt durch ihr Büro rauschten. Fragend sahen sie Anna an, die in ihrer Tür stand und ihren beiden Besuchern amüsiert hinterherblickte.

„Haben wir etwas versäumt?", fragte Clemens Korthals neugierig.

„Ich könnte mir sehr gut vorstellen, dass die Uhren in der Staatsanwaltschaft seit heute etwas anders gehen werden", bemerkte Anna lächelnd, „was voraussichtlich für uns nicht unbedingt von Nachteil sein wird."

„Liegt das möglicherweise an der eleganten Begleitung des Oberstaatsanwaltes?", meldete sich Malte Bockmann zu Wort.

„Gut beobachtet, Herr Bockmann. Das ist Frau von Ehrenfels, die neue Staatsanwältin. Ich bin mir fast sicher, dass unser lieber Oberstaatsanwalt, der uns das Leben bisher schwer gemacht hat, jetzt im eigenen Hause mit einer harten Nuss leben muss, an der er genügend zu knabbern hat."

Kapitel 3

Der Himmel über Lübeck verhieß auch für die nächsten Tage keinen freundlichen Spätsommer. Regenschwere, dunkle Wolken hingen tief über den Kirchtürmen der Hansestadt. Allzeit bereit, ihre Schleusen wieder zu öffnen.

Lindberg hatte sich wohl oder übel hinter seinem Schreibtisch verschanzt und war dabei, Arbeiten zu verrichten, die seine Begeisterung in Grenzen hielten.

Er sichtete Post und Mails, beruhigte seinen Verleger, der wieder einmal nervte, weil er befürchtete, Lindbergs Manuskript für den nächsten Krimi nicht rechtzeitig zu bekommen. Ein ständig lästiges Damoklesschwert, das über ihm schwebte. Lindberg hatte dafür wenig Verständnis, zumal es überhaupt keinen Grund für diese unaufhaltsame Drängelei gab, da er seine Termine bisher rechtzeitig erfüllt hatte. Vielleicht sollte er einmal einen Krimi schreiben, bei dem ein charakterloser und nervender Verleger zum Mordopfer wurde. Auch die neue Lektorin ärgerte ihn regelmäßig. Sehnsüchtig erinnerte er sich an den alten Lektor Kasimir, der es verstand, sich in die Mentalität und Denkungsart eines Autors zu versetzen. Der die Geschichten nicht nur las und in den Texten herumwühlte. Der sie auch inhaltlich erfasste und es lediglich darauf anlegte, ihnen den letzten Schliff zu geben. Am Ende aller Korrekturen kurz vor dem Druck hatte Lindberg stets das Gefühl, dass wieder einmal ein Roman aus einem Guss entstanden war. Wenn diese neue junge Lektorin sich selbst für so begnadet hielt, sollte sie doch selber ein Buch schreiben. Wie schön und entspannend waren doch die Tage mit seinen Freunden in den Alpen gewesen. Frei und losgelöst vom Alltagstrott.

Lindberg reckte sich und streckte seine langen Beine unter den Schreibtisch. Es wurde Zeit, sich Gedanken über den roten Faden eines neuen Krimis zu machen. Der letzte Fall von Anna, bei der sie angeschossen wurde, hatte möglicherweise entsprechendes Potenzial. Doch dazu fehlten ihm noch zu viele Details. Er musste unbedingt mit Anna reden. Es wurde ohnehin allerhöchste Zeit für ein gemütliches Abendessen mit seiner Freundin.

Das Klingeln an der Haustür unterbrach seine Gedanken. Als er öffnete, fiel ihm die Kinnlade herunter. Mit offenem Mund starrte er die junge Frau an, die vor ihm stand und ihn unbekümmert anstrahlte.

„So einen blöden Gesichtsausdruck habe ich ja lange nicht mehr gesehen. Schock in der Morgenstunde …"

„Belinda", unterbrach er das strahlende Wesen vor seiner Tür, nachdem er sich von seiner ersten Irritation erholt hatte, „was treibt dich denn nach Lübeck?"

„Zunächst wäre ich dir dankbar, verehrter Onkel, wenn du mich hereinlassen würdest. Dann werde ich dir auch all meine Pläne erläutern."

Lindberg trat auf seine Nichte zu und umarmte sie herzlich.

„Meine kleine Prinzessin. Wie lange habe ich dich nicht mehr in den Armen gehalten?"

Belinda Cavendish war die Tochter von Lindbergs ältester Schwester Britta, die mit einem Lord verheiratet war und mit ihrer Familie in Südwest-England lebte.

„Komm rein! Bist du alleine? Oder tauchen noch mehr Angehörige seiner Lordschaft auf?"

„Nein, nein. Keine Angst. Ich bin ganz allein dem Hexenkessel auf der Insel entflohen", antwortete Belinda lachend.

Nachdem sie ihren Reiserucksack in der Garderobe abgestellt hatte, machten es sich Lindberg und seine Nichte im Wohnzimmer bequem.

„Wie lange ist es her, dass wir uns nicht gesehen haben?", fragte Lindberg, während er die junge Frau auf dem Sofa wohlwollend betrachtete. Belinda war ein hübsches Mädchen mit langen blonden Haaren, die sie sich zu einem Pferdeschwanz zusammen-gebunden hatte. Ihr zeitweise spitzbübisches Lächeln erinnerte Lindberg sehr an ihre Mutter.

„Ich glaube, inzwischen sind es schon drei Jahre her, dass du uns in Cornwall besucht hast."

„Und jetzt hast du beschlossen, den europäischen Kontinent unsicher zu machen?", bemerkte Lindberg provozierend.

Belinda lachte. „Ja, so ungefähr. Es hat zwar etwas gedauert, bis ich Mum und Dad davon überzeugt hatte, dass ein Ausflug nach Europa für mich auch eine Erweiterung meines Horizonts bedeuten würde. Aber irgendwann haben sie dann doch resignierend aufgegeben."

Lindberg musste lachen. „Kann es sein, dass du den lindbergschen Dickkopf von deiner Mutter geerbt hast?"

„Vielleicht eine ganz gute Mischung aus einem lindbergschem Dickkopf und der Gelassenheit des englischen Landadels. Wer weiß das schon so genau?"

„Und welche Stationen bei der Erkundung von Europa hast du dir vorgenommen?" Lindberg konnte seine Neugier kaum zügeln.

„Ich habe mir gedacht, ich arbeite mich von Nord nach Süd vor. Da mein Lieblingsonkel in Lübeck wohnt, hielt ich seine Behausung für eine vorzügliche Basis für die Erkundung des europäischen Nordens." Dabei lächelte Belinda Lindberg unbekümmert an.

„Hast du den ominösen Lieblingsonkel dann auch schon gefragt, ob ihm diese Variante des Überfalls recht ist?"

„Wenn du diesen Onkel persönlich kennen würdest, lieber Lindberg, wüsstest du, dass er ein von Herzen guter Mensch ist, der noch nie seiner Lieblingsnichte etwas abschlagen konnte."

„So etwas nennt man moralische Erpressung und Nötigung. Dafür habe ich garantiert noch ein feuchtes Kellerverlies frei. Aber im Ernst, Belinda, du bist jederzeit herzlich willkommen. Im Obergeschoss hast du ein ganzes Reich für dich allein. Du kannst bleiben, solange du möchtest. Vorausgesetzt, du fällst mir nicht auf den Wecker."

Belinda stand auf, kam auf Lindberg zu, umarmte ihn und gab ihm einen Kuss auf die Wange. „Ich werde deine Kreise nicht stören, Lindberg. Vielleicht können wir von Zeit zu Zeit zusammen essen, aber ansonsten möchte ich mir die Gegend ansehen. Vielleicht hast du ja auch ab und zu einmal Zeit, für mich den Reiseführer zu spielen."

Zu Anfang war es für Lindberg etwas ungewohnt, dass in seinem Haus zu den unterschiedlichsten Zeiten noch ein anderer Mensch herumwuselte. Aber sehr schnell stellte er fest, dass Belinda seinen Tagesablauf kaum störte und er es auch als ganz angenehm empfand, beim Frühstück von ihr die Erlebnisse des Vortages zu erfahren. An diesem Morgen musste er allerdings alleine frühstücken, denn Belinda hatte das Haus offensichtlich schon sehr früh verlassen. Lindberg war es ganz recht, denn am Abend zuvor hatte er sich mit Tobias und dem Schrauber getroffen, um in Urlaubserinnerungen zu schwelgen, so manche Pässe der Alpen gedanklich noch einmal abzufahren und dabei die Höhepunkte ihrer Motorradtour intensiv zu begießen. Es war spät geworden.

Lindberg hatte gerade das Frühstücksgeschirr weggeräumt und sich an seinen Schreibtisch gesetzt, als sein Smartphone erklang.

„Anna. Du, so früh am Morgen? Womit habe ich das verdient?", meldete sich Lindberg.

„Lindberg, frage jetzt nicht viel. Komm bitte so schnell, wie du kannst, in das Europäische Hansemuseum. Alles Weitere später."

Bevor Lindberg antworten konnte, hatte Anna bereits wieder aufgelegt. Was war das denn für ein Anruf? Er schüttelte den Kopf. So kannte er Anna gar nicht. War sie in Not? Klang sie beunruhigt?

Lindberg überlegte nicht lange. Auto oder Motorrad waren keine Alternative. Kurzerhand zog er sich seine Joggingschuhe an, warf eine leichte Jacke über und verließ das Haus. Locker lief er die Königstraße entlang, passierte wenig später den Koberg und bog sehr bald von der Burgstraße zum Beichthaus ein. Auf dem Hof des Burgklosters wurde er von einer rot-weißen Flatterleine gebremst. Dahinter standen zwei Polizeibeamte im Gespräch. Sie guckten ihn fragend an, als er unmittelbar vor der Absperrung stehen blieb. „Hier geht es nicht weiter, guter Mann", stellte einer der Beamten fest.

„Gibt es dafür einen besonderen Grund?", wollte Lindberg wissen.

„Sicherlich. Sonst wären wir ja nicht hier. Aber Genaueres können wir Ihnen nicht sagen", war die offizielle Antwort des Polizisten.

„Ich bin Karl-Magnus Lindberg", stellte Lindberg sich vor, „Anna Severin möchte mich sprechen."

Einer der Polizeibeamten wandte sich ab, griff zu seinem Funkgerät und sprach etwas hinein. Kurz darauf drehte er sich wieder um und hob das Absperrband etwas an.

„Kommen Sie, Herr Lindberg, ich bringe Sie hin."

Lindberg folgte dem Uniformierten und ging mit ihm die Stufen zum Haupteingang des Museums hinunter. Dort erwartete ihn Anna bereits. Sie bedankte sich bei ihrem Kollegen und sah dann Lindberg mit ernster Miene an.

„Was ist denn los, Anna? Bereits am Telefon hast du schon sorgenvoll geklungen. Und dann das ganze Polizeiaufgebot hier?"

„Ich möchte dir etwas zeigen, Lindberg. Warum, erkläre ich dir später."

Anschließend drehte sich Anna nach links und wandte sich dem offiziellen Ausgang des Museums zu. Gemeinsam mit Lindberg stieg sie eine wenig beleuchtete Treppe hinunter. Nach zwei Türen befanden sie sich im Ausstellungsbereich der Dominikanermönche. Lindberg kannte diesen Raum von vorherigen Besuchen. Hier standen lebensgroße und äußerst lebensnah nachgebildete Mönchsfiguren in Gruppen beieinander. Die dunklen Wände zierten mystische Zeichnungen und Teufelsfratzen. Heute präsentierte sich dieser Raum jedoch in einem ganz anderen Licht. Helle Strahler und die weißen Overalls der Kriminaltechniker bildeten einen widersprüchlichen Kontrast zu den schwarzen Mönchskutten. Wie angenagelt blieb Lindberg stehen, als er die Figur erblickte, die zweifelsfrei nicht hier hergehörte. Vor einer Truhe kniete ein blondes Geschöpf in andachtsvoller Haltung.

„Mein Gott, Anna, was ist denn hier passiert? Und was mache ich hier?"

„Lindberg, ich wollte, dass du das Bild dieser Situation vor Augen hast. Ich erkläre dir gleich, wenn wir wieder hier raus sind, warum ich es für nicht ganz unwichtig halte."

Lindberg sah Anna nach wie vor ungläubig an. Ihre Worte hatten ihn noch mehr verwirrt, als er vorher schon war.

„Kenne ich das Opfer oder weshalb führst du mich hierher?"

„Nein, nein. Darum geht es nicht. Wir gehen erst einmal wieder nach oben." Anna versuchte, Lindberg zu beruhigen. Noch einmal warf er einen Blick auf die Person, die zwischen den Mönchen kniete.

„Was will denn der Schreiberling hier? Machen wir hier einen Tag der offenen Tür, damit auch jeder Trottel über meinen Tatort latschen kann?"

Lindberg und Anna drehten sich um. Vor ihnen stand Heribert Anderlecht, Kriminalhauptkommissar und Leiter der Kriminaltechnik. Ein ungenießbarer Zeitgenosse, der Anna schon mehrfach das Leben schwer gemacht hatte. Einerseits weil er sich für unwiderstehlich hielt und andererseits, da er offensichtlich seiner Kollegin die Fahndungserfolge nicht gönnte. Lindberg schien für ihn eine ganz besondere Reizfigur zu sein, da er sich bei ihren seltenen Begegnungen jedes Mal zu wilden Verbalattacken hinreißen ließ. Doch Lindberg reagierte schnell und treffsicher.

„Eigentlich ist dieser Raum für Sie geradezu maßgeschneidert, Anderlecht. Demut und Andacht würden Ihnen gut zu Gesicht stehen. Und zum Thema Trottel, haben Sie Weißwurst heute Morgen schon in den Spiegel geguckt?" Während Lindberg sich umdrehte und dem Ausgang zustrebte, hob er seine rechte Hand und streckte den Mittelfinger empor.

„Heribert, mach deinen Job und halt einfach den Mund." Anna folgte ihrem Freund kopfschüttelnd. „Ärgere dich nicht, Lindberg, er wird sich nie ändern."

„Der ärgert mich nicht, Anna. Wenn er nur wüsste, wie sehr er mir am Hintern vorbeigeht."

Inzwischen hatten die beiden den Eingangsbereich des Hansemuseums erreicht. Im Foyer standen mehrere Gruppen der Mitarbeiter zusammen. Sie unterhielten sich leise und verstummten, als sie die Kriminalkommissarin und Lindberg sahen. Als Anna, ohne zu zögern, das Restaurant zur Rechten ansteuerte, glaubte Lindberg, seinen Augen nicht zu trauen.

Am Fenster saßen Kriminaloberkommissar Korthals und seine Nichte eng beieinander. Wie es aussah, waren die beiden sehr vertraut miteinander, denn der Kriminalbeamte hatte seinen Arm um die Schulter von Belinda gelegt. Mit dem zweiten Blick fiel Lindberg jedoch auf, dass seine Nichte vollkommen aufgelöst schien. Bevor er noch Fragen stellen konnte, sprach Anna ihn an.

„Das war der Grund, weshalb ich wollte, dass du den Tatort siehst. Belinda war es nämlich, die heute Morgen als Erste auf die Tote gestoßen ist. Ich gehe davon aus, dass ihr in den nächsten Tagen des Öfteren über diese unliebsame Angelegenheit sprechen werdet. So kann es sicherlich nicht verkehrt sein, wenn ihr beide dasselbe Bild vor Augen habt.“

Bevor Lindberg antworten konnte, entdeckte Belinda ihren Onkel, sprang auf und lief auf ihn zu. Schluchzend warf sie sich in seine Arme.

„Es war einfach so schrecklich. Es war so schrecklich“, stieß sie schwer atmend hervor.

Lindberg hielt sie ganz fest und streichelte ihr behutsam über den Kopf.

„Ich weiß, Prinzessin. Ich weiß“, versuchte er, sie zu beruhigen. „Komm, wir setzen uns erst einmal wieder.“

Anna wandte sich Clemens Korthals zu, der ebenfalls aufgestanden war und Lindberg nur mit einem kurzen Kopfnicken begrüßte. „Clemens, ich würde gern wissen, wie viele und welche Mitarbeiter des Museums heute Morgen im Haus waren. Außerdem frage einmal nach, wie der morgendliche Ablauf hier geregelt ist. Es ist schon verwunderlich, dass Belinda die Tote gefunden hat und nicht ein Mitarbeiter des Museums. Ich bleibe noch eine Weile hier."

„Mach ich, Chefin. Belinda hat übrigens noch nicht viel erzählt. Die ist völlig durch den Wind."

Anna beobachtete Belinda eine Weile, als sie wieder Platz genommen hatten. Es schien, dass sich die junge Frau ein wenig beruhigen würde, nach dem Lindberg sich neben sie gesetzt und ihre Hände ergriffen hatte.

„Fühlst du dich in der Lage, uns von deinem aufregenden Morgen zu berichten?", sprach Anna Belinda behutsam an.

„Ja, das geht schon", kam die zögerliche Antwort, „ich wollte eigentlich schon gestern ins Hansemuseum, deswegen war ich heute Morgen sehr früh unterwegs. Als das Museum öffnete, war ich die Erste."

„Du meinst, dass heute Morgen vor dir keine anderen Besucher durch die Räume des Museums gegangen sind", hakte Anna nach.

„Ich habe wenigstens keine gesehen. Als ich in den Raum der Dominikanermönche kam ..." Belinda schluckte betreten. „Da dachte ich anfangs, dass das Mädchen vor der Truhe zur Ausstellung gehören würde."

„Woran hast du denn gemerkt, dass es keine Puppe war?", fragte Lindberg irritiert.

„Ich kann es gar nicht genau sagen. Aber irgendwie sah sie anders aus als die Mönche. Ihre Haut war so blass." Wieder stockte Belinda und konnte nicht weitersprechen.

„Hast du irgendetwas angefasst?", wollte Anna wissen.

Belinda sah die Kommissarin entsetzt an. „Nein! Um Gottes Willen. Ich bin dann gleich nach oben gerannt und hab den erstbesten Mitarbeiter des Museums informiert."

Anna nickte verständnisvoll. „Und wie haben die reagiert?"

„Die wollten mir anfangs nicht glauben. Aber dann sind zwei von ihnen nach unten gegangen."

Lindberg runzelte die Stirn. „Hast du sie begleitet?"

„Nein. Ich wollte da nicht wieder hin. Ich bin hier oben geblieben, bis die Polizei kam."

Anna schwieg eine Weile und sah Belinda mitfühlend an. „Ist dir jemand aufgefallen, der sich auf irgendeine Weise verdächtig verhalten hat?"

Belinda schüttelte den Kopf. „Nein, ich kann mich nicht erinnern. Nur als ich von meiner Entdeckung erzählt habe, waren sie alle ganz aufgeregt."

„Welch ein Wunder. Ich glaube, das reicht fürs Erste. Ich werde noch ein paar Fragen haben, aber das hat Zeit bis morgen. Ihr solltet jetzt nach Hause gehen. Ich weiß ja, wo ich euch finde."

Kapitel 4

Anna rückte den Stuhl an ihrem Besprechungstisch in ihrem Büro ein wenig zur Seite und setzte sich. Nachdenklich sah sie ihre beiden Kommissare an, die bereits Platz genommen hatten.

„Ich weiß nicht, wie es euch geht, aber irgendwie berührt mich jeder tote Mensch immer wieder aufs Neue mehr als mir lieb ist. Eigentlich sollte man meinen, dass solche Dinge in unserem Beruf irgendwann zur Routine werden. Aber vielleicht ist es auch ganz gut so, dass wir immer noch etwas spüren."

„Sentimental wollen wir aber jetzt nicht werden, Chefin", entgegnete Clemens Korthals lächelnd, „aber im Wesentlichen stimme ich dir zu. Ich verspüre immer so etwas wie einen ohnmächtigen Zorn. Welcher Idiot nimmt sich das Recht heraus, einen Menschen zu töten? Selbst wenn wir irgendwann den Täter überführen und er verurteilt wird, mindert das meinen Zorn nur begrenzt."

„Ich bin immer wieder erschüttert darüber, welche schlichten Motive häufig solchen Taten zugrunde liegen", bemerkte Malte Bockmann ergänzend.

Anna setzte sich gerade hin. „Kommen wir zur Sache. Clemens, lege los. Was haben wir bisher?"

„Tote junge Frau im Hansemuseum. Alter circa 20 bis 25 Jahre alt. Identität bisher unbekannt. Ebenso wie die genaue Todesursache."

„Ja, ich weiß", bemerkte Anna stirnrunzelnd, „Frau Doktor Matthiesen hat nur einen vagen Verdacht aufgrund der unnatürlich geweiteten Pupillen der Toten geäußert. Aber Genaueres werden wir noch am Nachmittag erfahren. Sie will uns unbedingt noch heute zur Obduktion in der Rechtsmedizin sehen. Aber machen wir erst einmal weiter."

„Den Todeszeitpunkt konnte unsere Rechtsmedizinerin allerdings schon auf gestern Abend eingrenzen. Also vom Zeitpunkt an, als Lindbergs Nichte die Tote gefunden hat ungefähr zwölf Stunden zurückgerechnet", berichtete Clemens Korthals weiter.

„Das wäre dann gegen 22 Uhr gestern Abend", warf Malte Bockmann ein. „Ich bin übrigens auch noch die Vermisstenmeldungen durchgegangen. Aber eine blonde Frau in dem Alter habe ich nicht gefunden."

Anna nickte bestätigend. „Was mir vollkommen schleierhaft ist, ist der Umstand, dass Belinda über die Tote gestolpert ist und nicht ein Mitarbeiter des Museums sie gefunden hat."

„Etwas eigenartig ist das schon", fuhr der Oberkommissar fort, „wir haben alle Mitarbeiter befragt. Auch die Museums-leitung. Danach ist es üblich, dass jeden Morgen vor Öffnung ein Mitarbeiter alle Räume im Museum kontrolliert. An diesem Morgen allerdings soll der Kontrolleur kurz vor dem Raum der Dominikanermönche abberufen worden sein, weil irgendwo eine Glühbirne ausgewechselt werden musste. Die zwingende Notwendigkeit und Eilbedürftigkeit dafür habe ich allerdings nicht ganz verstanden."

„Das heißt also konkret, dass der Raum der Mönche an diesem Morgen nicht kontrolliert wurde und somit Belinda als erste Besucherin auf die Tote stoßen musste", warf Anna ein, „ich möchte diesen Kontrolleur spätestens morgen noch einmal befragen. Herr Bockmann, bestellen Sie den Mann bitte für morgen um zehn Uhr ein."

„Der heißt übrigens Nico Frohwein und scheint dort so etwas wie das Mädchen für alles zu sein", ergänzte Clemens Korthals.

„Hat die Spurensicherung schon irgendetwas Brauchbares von sich gegeben?", fragte Anna nach.

„Nein, bisher noch nicht …"

„Wenn wir zaubern könnten, würden wir im Zirkus auftreten", wurde der Oberkommissar unterbrochen. In der Tür stand Heribert Anderlecht.

„Wenn man vom Teufel spricht", kommentierte Anna das plötzliche Erscheinen des Leiters der KTU.

„Herzlichen Dank für das freundliche Willkommen …"

Anna ließ den ungeliebten Kollegen nicht ausreden. „Was verschafft uns denn die Ehre deines Besuches, Heribert?"

„Ich dachte, es könnte euch interessieren, was ich und meine Leute bisher herausgefunden haben, bevor ihr den abschließenden Bericht bekommt."

„Das sind ja ganz neue Töne. Gibt es irgendeinen Grund für deine Friedensangebote?" Anna sah Heribert Anderlecht herausfordernd an. Die beiden Kommissare schmunzelten, wohl wissend, dass ihre Chefin in einem Dauerkrieg mit dem Leiter der Kriminaltechnik lebte. Er war selbstgefällig, herablassend und davon überzeugt, der bessere Ermittler zu sein. Aus seiner Sicht konnte ihm niemand das Wasser reichen. Und eine Frau schon gar nicht.

„Ich hab es nicht nötig, meine Zeit mit dummschwätzenden Ermittlern zu verbringen, Anna. Ich kann auch wieder gehen."

„Nun spiele nicht die beleidigte Leberwurst, Heribert. Setzt dich hin und erzähle."

Für kurze Zeit schien es, als ob der Kriminaltechniker mit sich selbst ringen würde. Doch dann folgte er Annas Einladung.

„Wenn ihr eindeutige DNA-Spuren erwartet, das könnt ihr vergessen. Durch diesen Tatort sind ganze Heerscharen von Menschen getrottet. Da lässt sich rein gar nichts ermittlungstechnisch zuordnen. Allerdings haben wir doch sehr eindeutige Spuren in einem ganz anderen Raum gefunden. Dort, wo diese überdimensionierten Kaufleute stehen, muss auch unsere Tote eine Weile gewesen sein. Das lässt möglicherweise den Schluss zu, dass der Fundort nicht der Tatort ist. Kennt ihr denn schon die Todesursache?"

Anna schüttelte den Kopf. „Nein. Aber wir sind heute Nachmittag noch in der Rechtsmedizin. Dann wissen wir vermutlich mehr. Für mich sind zwei entscheidende Fragen relevant. Wie sind Täter und Opfer in das Museum gekommen und wie konnte der Täter das Opfer unbemerkt im Raum der Mönche installieren?"

„Das haben meine Leute zweifelsfrei festgestellt, dass die Tote nicht einfach nur so abgelegt worden ist. Ihre Position wurde inszeniert", erläuterte Heribert Anderlecht seine Erkenntnisse.

„Im ersten Augenblick könnte man meinen, dass das Ensemble Mönche und junge Frau zusammengehören und gewollt waren", beschrieb Malte Bockmann seinen ersten Eindruck vom Tatort.

„Das ist richtig", bekräftigte Anna die Aussage ihres jungen Kollegen, „sie zeigte ohne Frage eine andächtige und devote Haltung."

„Du willst damit sagen, Chefin, der Täter hat sein Opfer bewusst in diese betende Position gebracht, um damit gleichzeitig eine Botschaft zu verbinden?", fragte Oberkommissar Korthals nach.

Anna nickte zustimmend. „Genauso sehe ich das. Oder hattet ihr einen anderen Eindruck?"

„Für mich gibt es da auch gar keinen Zweifel. Ich habe ja nun schon viele Tote in den unmöglichsten Situationen gesehen, aber ein betendes Mädchen zwischen Mönchen hat es noch nicht gegeben", bestätigte der Leiter der KTU Annas Ansicht, „noch ein Detail vielleicht, die Tote wurde mit einem Strick an der Truhe fixiert. Ungefähr zehn Millimeter stark. Weiß mit einem blauen Faden. Allerdings ein Polyesterseil, das du in jedem Baumarkt kaufen kannst. Und noch eins. Die Überwachungskameras in den relevanten Räumen waren außer Betrieb, weil man die Objektive mit schwarzer Farbe besprüht hatte."

„Und das hat von den Bediensteten des Museums keiner bemerkt?" Anna sah ihre Kommissare ungläubig an.

„Ich glaube, wir müssen alle, wie sie da sind, noch einmal inquisitorisch befragen", schlug Clemens Korthals vor.

„Einverstanden", stimmte ihm Anna zu, „Heribert, habt ihr irgendwelche Einbruchsspuren festgestellt?"

„Nein. Bisher nicht. Aber am Schloss der Ausgangstür muss herumgebastelt worden sein. Wir haben allerdings nur geringe Spuren gefunden. Das deutet darauf hin, dass die Tür mit einem Picker geöffnet wurde. Die Dinger bekommt heute jeder im Internet einschließlich Bedienungsanleitung. Alles andere dann später im Bericht."

Heribert Anderlecht erhob und verabschiedete sich.

„Was ist denn mit dem los?" Clemens Korthals sah dem Leiter der KTU immer noch verwundert hinterher. „Ist der momentan auf der Goodwill Tour oder hat unser Chef ihn auf den Pott gesetzt?"

„Ich weiß es auch nicht. Aber da er uns bisher permanent in die Suppe gespuckt hat, ist sein heutiges Verhalten schon ein wenig verwunderlich. Aber zurück zur Sache. Die ganze Angelegenheit kommt mir äußerst suspekt vor. Da marschiert jemand ungesehen in ein Museum, bringt eine junge Frau um und integriert sie in aller Seelenruhe in ein Mönchsensemble. Und niemand will davon etwas gesehen und bemerkt haben? Äußerst merkwürdig."

Oberkommissar Korthals nickte zustimmend. „Das wundert mich auch, Chefin. Aber wie blöd muss man sein, einen Mord an seinem Arbeitsplatz zu begehen?"

„Nun gut. Hier kommen wir jetzt nicht weiter. Wir werden morgen zuerst diesen Nico Frohwein befragen. Danach noch einmal alle Mitarbeiter. Clemens, wir beide fahren jetzt zur Rechtsmedizin. Vielleicht weiß Kim Matthiesen inzwischen mehr. Herr Bockmann, Sie versuchen, mehr über die Identität der Toten zu erfahren."

„Eine Sache habe ich noch, Frau Severin. Die Museumsleiterin fragte mich, wie lange das Haus geschlossen bleiben muss. Sie wissen schon, mangelnde Einnahmen, schlechtes Image und so weiter."

„Das wird wohl noch ein paar Tage dauern. Letztlich ist es abhängig von der KTU. Möglicherweise kann sie das Museum in den nächsten Tagen teilweise öffnen, wenn wir nur bestimmte Räume sperren. Aber das letzte Wort hat dazu der Leiter der KTU."

„Herzlich willkommen in meinen etwas unterkühlten Räumen", begrüßte Kim Matthiesen Anna und Clemens Korthals, als diese den Sektionsraum der Rechtsmedizin in der Kahlhorststraße betraten.

„Hallo, Kim. Ich hoffe, du hast etwas Neues für uns", erwiderte Anna den Gruß. Oberkommissar Korthals nickte der Rechtsmedizinerin freundlich zu.

Kim Matthiesen drehte sich um und ging auf einen der Tische zu, auf dem die junge Frau aus dem Hansemuseum lag. „Wie ihr seht, ist unser Opfer fast unverletzt."

Auch die beiden Kommissare traten näher. Vor ihnen lag eine blonde junge Frau mit ebenmäßigen Gesichtszügen und einer wohlgeformten Figur. Sie wirkte gepflegt. Eine attraktive Erscheinung, lediglich mit dem Makel versehen, dass sie tot war.

„Allerdings beim genauen Hinsehen sind feine Spuren am linken Oberarm festzustellen", fuhr die Rechtsmedizinerin fort, „das weist darauf hin, dass sie hier angefasst und festgehalten wurde."

„Frau Doktor, können Sie schon etwas zur Todesursache sagen?", drängelte der Oberkommissar.

„Geduld, Herr Korthals, Geduld", antwortete Kim Matthiesen lächelnd, „für dieses Festhalten unseres Opfers gab es nach meiner Einschätzung auch einen Grund, denn die junge Frau wurde betäubt. Ich habe in ihrer Luftröhre und in ihren Lungen keine unerheblichen Anteile von Chloroform gefunden."

„Das ist ungewöhnlich. Chloroform wird doch als offizielles Narkosemittel seit langer Zeit gar nicht mehr verwandt." Anna schüttelte stirnrunzelnd den Kopf.

„Das ist richtig, aber es dürfte ein Leichtes sein, sich auch heute noch Chloroform zu beschaffen oder es möglicherweise sogar selbst herzustellen", erklärte die Rechtsmedizinerin, „und nun zur Todesursache."

„Da bin ich aber gespannt", warf Oberkommissar Korthals ein, „wo Sie doch am Tatort selbst keine Spur entdecken konnten."

„Warum auch immer der Täter sich solche Mühe gegeben hat, seine Tötung zu verstecken, auf meinen Tischen kommt die Wahrheit ans Licht. Sehen Sie einmal auf den linken Oberschenkel unseres Opfers. Erkennen Sie dort die kleine Verfärbung?" Kim Matthiesen war näher an die Tote herangetreten und zeigte auf die genannte Stelle.

„Könnte von einer Spritze herkommen", bemerkte der Oberkommissar zögerlich.

„Nicht schlecht, Herr Korthals. Es handelt sich fürwahr um einen Einstich einer Spritze. Die geweiteten Pupillen weisen zweifelsfrei auf eine Vergiftung hin, doch unser toxi-kologischer Screen hat das nicht bestätigt."

„Das ist ja ungewöhnlich. Woran ist sie dann gestorben?" Clemens Korthals sah die Rechtsmedizinerin verwundert an. Auch Anna wurde hellhörig.

Kim Matthiesen schmunzelte. „Ganz einfach. Sie wurde mit einer Überdosis Insulin getötet."

„Das ist ja eigenartig. Irgendwo habe ich doch einmal gelesen, dass Insulin im Körper nach einer gewissen Zeit nicht mehr nachweisbar wäre." Oberkommissar Korthals schien überrascht zu sein.

„Das ist primär richtig, aber inzwischen gibt es ganz einfache Methoden, um Insulin im Körper nachzuweisen. Einerseits hat man dem herkömmlichen Insulin inzwischen Beistoffe hinzugefügt, die auch nach längerer Zeit noch nachweisbar sind. Außerdem kann man den Gehalt von C-Peptiden im Körper bestimmen, der zweifelsfrei der Nachweis für Insulin ist."

„Der Täter hat sie betäubt, mit Insulin getötet und dann sehr aufwendig an einem exponierten Ort zwischen den Mönchen ausgestellt. Ich frage mich, wozu dieser Aufwand?" Anna blickte fast geistesabwesend auf den toten Körper, der vor ihr lag.

„Ihr habt ohne Frage auch bemerkt, dass dieser Fundort bewusst gewählt wurde. Hier will uns jemand etwas sagen. Für mich gibt es da gar keinen Zweifel. Unser Opfer soll Buße tun." Kim Matthiesen schien von dieser These fest überzeugt zu sein, wie ihr entschlossener Gesichtsausdruck verriet.

„Diese Botschaft ist auch bei uns angekommen. Doch es stellt sich die Frage, hat unsere Tote selbst einen Fehler begangen, die der Täter als bußwürdig empfunden hat oder wurde sie stellvertretend für Sünden anderer getötet?", fragte sich Anna laut.

„Bevor wir nicht die Identität der Toten kennen und auch nicht die Motive des Täters, bewegen wir uns ausschließlich im Bereich von Spekulationen", stellte Clemens Korthals achselzuckend fest.

„Das Einzige, womit ich euch noch helfen kann, sind folgende Informationen. Die junge Frau hat selbst viel Wert auf ihr Äußeres gelegt. Sie ist gepflegt, wie ihr seht. Kommt vermutlich aus einem guten Haus. Auch ihre Kleidung ist keine Stangenware. Gestern Abend hat sie noch Pizza gegessen. Ihren Todeszeitpunkt kann ich auf 20 bis 22 Uhr eingrenzen. So viel von mir."

„Herzlichen Dank, Kim. Falls du noch mehr entdecken solltest, du weißt, wir sind dankbar für jeden erdenklichen Hinweis".

Kapitel 5

Lindberg hatte eine unruhige Nacht hinter sich und war sehr früh aufgestanden. Der Mord im Museum beunruhigte ihn weniger. Zu oft war er schon mit solchen menschlichen Untaten in Berührung gekommen. Sei es durch Annas konkrete Fälle oder auch durch seine schriftstellerische Tätigkeit, bei der er sich immer wieder fantasievoll in menschliche Abgründe stürzte. Beunruhigend fand er allerdings den Umstand, dass Belinda so unmittelbar mit dem Mord im Museum in Verbindung gebracht worden war. Diese plötzliche und überraschende Konfrontation mit dem Tod traf seine Nichte offensichtlich bis ins Mark. Noch bis spät in den Abend hatten sich beide unterhalten. Doch letztlich drehten sie sich nur noch im Kreise, da es auf die Frage nach dem Warum bisher keine Antwort gab. Lindberg hoffte nur, dass Belinda sehr bald über dieses traumatische Erlebnis hinwegkommen und sich ihre sonst unbekümmerte Natur wieder durchsetzen würde.

Während er das Frühstück vorbereitete, kam ihm ein Gedanke. Je länger er darüber nachdachte, umso mehr war er davon überzeugt, dass das eine gute Idee war.

Wenig später hörte er Schritte auf der Treppe. Verschlafen blinzelte Belinda ihn an.

„Bist du schon lange auf?", fragte sie und gähnte anschließend ungeniert.

„Nicht der Rede wert", antwortete Lindberg ausweichend, „Frühstück ist gleich fertig. Kannst dich schon hinsetzen. Hast du denn einigermaßen schlafen können?"

„Ja, es ging schon. Der Wein von gestern Abend war sicherlich nicht ganz unschuldig daran."

Lindberg schmunzelte. „So haben manche Drogen nicht selten auch eine heilsame Wirkung."

Nachdem die beiden sich gesetzt und Lindberg den Kaffee eingeschenkt hatte, sah er Belinda eine Weile schweigend an. Auf ihrem Brötchen mit Erdbeermarmelade kauend stutzte sie kurze Zeit später.

„Was ist los, Lindberg?", nuschelte sie mit vollem Mund.

„Ich hätte ein Vorschlag zu machen. Der gestrige Tag war für dich ja wahrhaftig aufregend genug. So dachte ich mir, dass eine beschauliche Erholung und eine liebevolle Betreuung für dich passende Alternativen wären …"

„Du sprichst von mir, als ob ich nicht mehr alle Tassen im Schrank hätte. Willst du mich in eine Klapsmühle einweisen?", unterbrach Belinda ihren Onkel erschrocken.

Lindberg musste schallend lachen. „Durchaus eine reizvolle Möglichkeit, die ich bisher noch nicht ins Auge gefasst habe. Aber nein, im Ernst. Ich möchte nicht, dass du, wenn ich beschäftigt bin, hier allein im Haus herumhängst. Ebenso wenig möchte ich, dass du in den nächsten Tagen ohne Begleitung durch Lübeck stromerst. Daher mein Vorschlag, was hältst du davon, wenn du dich für ein paar Tage bei Tante Gertrud auf dem Priwall einnistest?"

Belinda schwieg und spielte gedankenverloren mit ihrer Papierserviette. Dann hob sie den Kopf und sah Lindberg an.

„Vielleicht hast du recht. Dieses Bild von dem toten Mädchen zwischen den Mönchen will mir nicht aus dem Kopf."

Besorgt beobachtete Lindberg seine Nichte auf der anderen Seite des Tisches. Von dem sonst so unbekümmerten und lebensfrohen Mädchen war momentan nicht mehr viel zu erkennen. Zärtlich ergriff er ihre Hand und sah sie zuversichtlich an.

„Du kannst ganz sicher sein, dass Gertrud sich den Hintern heraus freut, wenn du ein paar Tage bei ihr bleibst. Wir wollten sie ohnehin in den nächsten Tagen besuchen. Und das eine garantiere ich dir, langweilen wirst du dich bei Gertrud nicht. Auch wenn sie inzwischen über fünfundsiebzig ist, im Kopf ist sie bis heute ein junges Mädchen geblieben. Also sozusagen in deinem Alter."

Belinda musste lachen. „Dann passen wir ja gut zusammen. Ich freue mich auf Gertrud. Als ich sie das letzte Mal vor drei Jahren besucht habe, haben wir beide uns abends im Dunkeln nackend in die Ostsee gestürzt. Hast du das gewusst?"

Lindberg nickte schmunzelnd. „Dann weißt du ja auch, was dich vermutlich erwarten wird. Tante Gertrud ist auch heute noch für jede Überraschung gut. Also abgemacht. Pack deine Sachen zusammen. Abflug mit dem Motorrad in einer Stunde. Wir werden Gertrud dann von rückwärts angreifen. Das heißt, wir fahren über Dassow. Das lag früher in der ehemaligen DDR. Dann müssen wir auch nicht in Travemünde auf die Fähre warten."

Lindberg hatte den Eindruck, dass bereits die Fahrt auf dem Motorrad für Belinda eine willkommene Ablenkung war. Sie hatte ihre Arme fest um seine Hüfte geschlungen, um sich festzuhalten. Immer wieder drückte sie ihn, wenn er die Maschine schwungvoll in die Kurven legte. Bevor sie losgefahren waren, hatte Lindberg Anna telefonisch über seinen Plan informiert. Auch Tante Gertrud wusste über den familiären Überfall Bescheid.

„Belinda, meine Kleine. Du glaubst gar nicht, wie sehr ich mich über deinen Besuch freue." Strahlend nahm Gertrud Mannstein ihre Großnichte in die Arme. „Lass dich ansehen." Nach ihrer herzlichen Begrüßung musterte sie Belinda von oben bis unten und hielt sie mit ihren Armen auf Distanz. „Du bist ja schon immer ein hübsches Mädchen gewesen, aber jetzt ist die sprießende Knospe zu einer wahren prachtvollen Blüte erwacht."

„Mein Gott, Gertrud, bist du jetzt in die Welt der lyrischen Poeten gestolpert? Das hört sich ja grauenhaft an", unterbrach Lindberg die Lobeshymnen seiner Tante.

„Lästere du nur, Lindberg. Vielleicht werde ich es ja auch noch einmal erleben, dass du dich von deinen menschlichen Grausamkeiten und literarischen Abgründen abwendest und der Poesie und Lyrik widmen wirst."

„So alt kannst du gar nicht werden, liebe Gertrud, dass du das noch erlebst. Lyrik ist für mich so wenig greifbar wie ein Mückenschwarm. Allein, wenn ich mich als Leser fragen muss, was will der Autor mir mit seinen Worten sagen, bemüht er meinen Geist vergeblich. Für mich sind Lyriker gescheiterte Schriftsteller, die nicht wissen, auf welche Weise sie Worte in eine logische und verständliche Reihenfolge bringen sollen. Folglich ergehen sie sich in Metaphern, Aphorismen und geflügelten Worten, die kaum jemand nachvollziehen kann, aber selbsternannten Intellektuellen umfassende Deutungs-möglichkeiten erlauben", dozierte Lindberg lächelnd.

„Du bist und bleibst eben ein Banause, mein lieber Lindberg. Aber nun lasst uns nicht philosophieren. Kommt erst einmal herein. Kaffee und Kuchen warten schon."

Für Gertrud Mannstein, Lindbergs Tante mütterlicherseits, die seit Jahrzehnten in einer Villa in der Mecklenburger Landstraße auf dem Priwall wohnte, war es vollkommen unerheblich, zu welcher Zeit sie Besuch erhielt. Ihre Gäste wurden mit Kaffee und Kuchen bewirtet. Für ihre besonderen Fähigkeiten in der Zubereitung von schmackhaften Torten war sie bereits allgemein bekannt. Tante Gertrud war eine lebenslustige Frau. Das hatte sich auch nicht wesentlich verändert, nachdem ihr geliebter Ehemann Willi vor einigen Jahren sehr plötzlich verstorben war. Auch wenn sie nach ihren Lebensjahren nicht mehr zu dem ganz jungen Gemüse zählte, wie sie selbst stets erklärte, so sei sie doch lange noch keine alte Frau. Wollte Lindberg sie bewusst ärgern, dann nannte er sie Tante Gertrud. Wobei er die Betonung auf Tante legte. Eine heftige und abweisende Reaktion von Gertrud war ihm daraufhin absolut sicher.

„Nun erzähl doch mal, Belinda, was ist dir denn gestern tatsächlich so Grausames passiert. Lindberg hat am Telefon bisher nur so eine vage Andeutung gemacht", wollte Tante Gertrud wissen, nachdem sie sich auf der Terrasse zu Kaffee und Kuchen gesetzt hatten.

Lindberg und Belinda berichteten gemeinsam ausführlich von dem schrecklichen Ereignis im Hansemuseum, was Gertrud immer wieder mit fassungslosen Kommentaren ergänzte.

„Das ist ja dann eine deiner wenigen glücklichen Entscheidungen gewesen, Lindberg, dass du Belinda zu mir gebracht hast. Hier auf dem Priwall ist die Welt noch in Ordnung, mein Kind. Wobei, wenn ich an die Bautätigkeiten am Passathafen in den letzten Jahren denke, könnte man auch darüber unterschiedlicher Auffassung sein." Tante Gertrud runzelte die Stirn. „Aber das können wir uns in der nächsten Zeit alles ganz in Ruhe ansehen. Ich schlage vor, du guckst dir erst einmal dein Zimmer an und sagst mir, wenn irgendetwas fehlt."

Nachdem Tante Gertrud Belinda nach oben gebracht und ihr die Räumlichkeiten gezeigt hatte, kehrte sie wieder zu Lindberg auf die Terrasse zurück.

„Das arme Kind. Solche Begegnungen wünscht man keinem Menschen. Aber ich werde sie schon wieder aufpäppeln."

„Da bin ich mir ganz sicher, Gertrud. Manchmal habe ich das Gefühl, dass sie ihr sonniges Gemüt von dir geerbt haben muss."

„Lindberg, du bist ein hinterlistiger Schmeichler. Aber ganz etwas anderes. Wusstest du, dass dein alter Schulfreund Patrick Vollbrecht in das alte Haus an der Ecke wieder eingezogen ist?"

„Nein, das wusste ich nicht. Der ist doch jahrelang weggewesen. Und seine Familie wohnt doch schon lange nicht mehr in dem Haus", antwortete Lindberg irritiert.

„Ja, die familiären Verhältnisse waren nie ganz durchsichtig. Ich weiß gar nicht, wie viele Onkel und Tanten dort überhaupt gewohnt haben. Seine Schwester Charlotte ist ja auch auf ganz mysteriöse Weise umgekommen. Keiner wusste so genau, ob sie ertrunken oder freiwillig ins Wasser gegangen ist. Wie auch immer. Auf jeden Fall ist er dabei, das alte Haus wieder auf Vordermann zu bringen. Du kannst ihn ja mal besuchen, wenn du Zeit hast."

„Ja, mal sehen. So dick waren wir in der Vergangenheit ja auch nicht." Lindberg konnte sich kaum mehr an Patrick erinnern. Sie waren zwar in dieselbe Klasse gegangen, hatten ab und zu auch zusammen gespielt, aber einen intensiven Kontakt zur Familie hatte es nie gegeben. Aus dem Weg gehen konnte man sich auf dem Priwall nicht. Die Gerüchteküche brodelte nur zu oft auf der überschaubaren Halbinsel. Lindberg wusste nur, wie Gertrud schon erwähnt hatte, dass in dem Haus an der Ecke mehrere Familienmitglieder unterschiedlicher Generationen gewohnt hatten.

Sehr bald verabschiedete sich Lindberg von Tante Gertrud und Belinda. Er warf sich wieder auf sein Motorrad und steuerte Schlutup, das einstige Fischerdorf an der Trave, an. Hier wohnte sein Freund Tobias.

Als Lindberg die alte Fischerkate betrat, hörte er Tobias in seinem Wohnzimmer, das zugleich sein Büro war, aufgeregt telefonieren.

„Sie sind doch nicht ganz echt. Das ist doch Wucher. Und das soll noch ein Vorzugspreis sein? Ich möchte Sie nicht unbedingt daran erinnern, für welches moderate Honorar Sie meine Dienste seinerzeit in Anspruch genommen haben. Ach, vergessen Sie das Ganze. Auf Wiederhören."

Tobias warf den Hörer auf sein nicht mehr ganz modernes Telefon. Ein wenig irritiert sah er Lindberg an, der plötzlich im Raum stand. „Lindberg, welche Freude an diesem beschissenen Tag. Setz dich!"

Lindberg hatte einige Mühe, einen freien Platz zu finden, denn Tobias` Ordnungssinn hielt sich stark in Grenzen. Akten, Bücher und Zeitschriften belegten nicht nur Schreibtisch, Schränke und Regale, sondern auch die meisten Sitzgelegenheiten. Lindberg fand noch einen freien Gartenstuhl, den er näher heranrückte.

„Wen hattest du denn da eben am Rohr, den du mit so lieblichen Worten bedacht hast?", wollte Lindberg wissen, nachdem er sich gesetzt hatte.

„Du weißt ja, dass mein Auto schon ein wenig betagt ist. Nun gibt der Motor aus unerfindlichen Gründen keinen Ton mehr von sich. Das war der Mischnik von der Autowerkstatt, den ich letztens erfolgreich vor Gericht vertreten habe, weil er etwas großzügig mit seiner Buchführung umgegangen und das Finanzamt ihm auf die Spur gekommen war. Mein Einsatz hat ihm einige Tausend Euro Steuernachzahlung erspart. Nun wollte ich, dass er sich meinen Golf einmal ansieht. Da hat der Kerl doch schon allein für das Abholen des Autos zweihundert Euro haben wollen, der Halsabschneider." Tobias raufte sich die ohnehin schon wirr vom Kopf abstehenden Haare.

Lindberg lachte. „Ich mache dir einen Vorschlag. Vergiss den Mischnik. Du lädst unseren Freund, den Schrauber, zu einer kostenfreien Bölkstoff-Party ein. Dann erwähnst du so ganz nebenbei das Problem mit deinem Golf. Ich wette mit dir, dass der Schrauber danach keine fünf Minuten mehr ruhig sitzen bleiben kann, um seinen Kopf unter die Motorhaube zu klemmen."

Tobias sah seinen Freund verwundert an. „Aber der schraubt doch nur an Motorrädern herum."

„Tobias. Alte chinesische Weisheit: Wer einmal schraubt, schraubt immer. Und deine alte Gurke ist für den Schrauber eine wahre Herausforderung."

„Bisher hat mich die alte Gurke noch überall dort hingebracht, wo ich auch hin wollte. Aber wenn du meinst. Ich werde den Schrauber nachher gleich einmal anrufen. Übrigens, es ist ganz gut, dass du gerade hier bist. Ich glaube, wir müssen wieder ein Problem lösen", begann Tobias geheimnisvoll.

Lindberg war sofort hellwach. „Wer hat wem etwas getan?"

„Mich hat gestern ein alter Bekannter angerufen. Ulrich Bartels. Ich kenne ihn noch aus meiner Studienzeit. Mit Jura hatte er allerdings schnell nichts mehr im Sinn. Wenn ich das richtig weiß, gehören ihm jetzt mehrere Antiquitätenläden. Doch wie es aussieht, gibt es ein Problem mit seinem Neffen. Eigentlich wollte er von mir einen juristischen Rat. Er hat die Sache nur kurz angerissen. Ich hab ihn dann aber abgewürgt, weil ich Einzelheiten nicht am Telefon mit ihm besprechen wollte."

„Tobias, du redest wie ein Winkeladvokat um den heißen Brei herum", unterbrach Lindberg ihn, „worum geht es denn überhaupt?"

„Nun sei doch nicht so ungeduldig", protestierte Tobias ungehalten, „der Neffe ist Finn Holtmann, der Torwart vom VfB

Lübeck. Den kennst du vermutlich. Der steht ja oft genug in der Zeitung."

Lindberg nickte. „Wer kennt den nicht. Das kann noch mal ein ganz Großer werden, so wie er sich in den letzten Spielen gezeigt hat."

„Genau hier scheint das Problem zu liegen. Irgendjemand macht ihm das Leben schwer. Genaues will Ulrich Bartels mir morgen erzählen. Wir haben uns für 18 Uhr im `Barcelona` an der Hubbrücke verabredet. Mir wäre es ganz lieb, wenn du auch dabei wärst. Kannst du es einrichten?"

„Ich glaub schon, Tobias. Ich werde rechtzeitig da sein."

Kapitel 6

Anna war an diesem Morgen mehr als beunruhigt. Der aktuelle Fall hatte keine Konturen. Sie wussten nicht, wer das junge Mädchen war. Die Ergebnisse der Spurensicherung erschienen ihr äußerst dürftig. Selbst der Hinweis der Rechtsmedizin auf die Tötungsart brachte sie momentan nicht weiter. Die Befragungen der Bediensteten des Hansemuseums führten ebenfalls zu keinen eindeutigen Beweisen. Ob die erneute Anhörung des Nico Frohwein an diesem Morgen Licht in das Dunkel bringen würde, auch da hatte Anna ihre Zweifel.

„Guten Morgen, Herr Frohwein", begrüßte Anna den Mitarbeiter des Hansemuseums im Befragungsraum der Polizeidirektion, „mein Kollege Korthals und ich haben noch ein paar Fragen an Sie."

„Aber ich habe Ihnen doch gestern schon alles gesagt." Nico Frohwein fühlte sich erkennbar nicht wohl. Nervös zupfte er an seiner Jacke herum. Seine Augen flackerten unruhig.

„Es liegt nun einmal in der Natur von Ermittlungen, dass immer wieder neue Fragen auftauchen, die nach Antworten verlangen", entgegnete Anna bewusst ruhig, „Sie haben uns gestern erzählt, dass Sie aus dem Grunde den morgendlichen Kontrollgang nicht beenden konnten, da Sie vorher abberufen wurden. Ist das richtig?"

„Ja, das stimmt."

„Und warum mussten Sie ihren Kontrollgang beenden?", hakte Anna nach.

„Die Techniker hatten ein Problem mit der Beleuchtung im Foyer."

„Wer genau hat Sie denn gerufen?", wollte Clemens Korthals jetzt wissen.

„Einer der Techniker. Wer das genau war, weiß ich nicht mehr."

Nico Frohweins Nervosität hatte sich anscheinend etwas gelegt, denn seine Antworten kamen zügig, wenn auch stets ein beleidigter Unterton mitschwang.

Auch Anna war dieses fast kleinkindartige Trotzverhalten aufgefallen. „Wie erklären Sie sich denn, dass keiner Ihrer Kollegen sich daran erinnern kann, Sie gerufen zu haben?"

„Das weiß ich doch nicht. Da müssen Sie meine Kollegen fragen."

„Eine ganz andere Frage", schaltete Oberkommissar Korthals sich wieder ein, „wie lange arbeiten Sie schon im Museum?"

„Seit ungefähr zwei Jahren."

„Und was sind Ihre konkreten Aufgaben im Museum?"

„Ich bin für den allgemeinen organisatorischen Ablauf zuständig, für die Gästebetreuung und werde auch für einige handwerkliche Arbeiten eingesetzt. Aber was soll denn diese ganze Fragerei hier?"

„Für die Fragen sind wir zuständig, Herr Frohwein. Was für eine Ausbildung haben Sie?", fuhr Clemens Korthals unbekümmert fort.

„Ich habe nach meinem Abitur Philosophie und später dann auch Geschichte studiert …"

„Mit welchem Abschluss?", unterbrach der Oberkommissar ihn.

„Ich habe die Studiengänge nicht abgeschlossen." Nico Frohwein war die Unbehaglichkeit bei diesen Fragen deutlich anzusehen. Er begann wieder, an seiner Jacke zu zupfen.

„Gab es dafür einen konkreten Grund?" Clemens Korthals ließ nicht locker.

„Nein. Mir lagen die Fächer einfach nicht." Das war wieder der trotzige Nico Frohwein.

„Immerhin haben Sie sechs Semester durchgehalten. Jetzt sind Sie vierundzwanzig Jahre alt mit dem beruflichen Ziel, Mädchen für alles im Lübecker Hansemuseen zu sein. Sicherlich mit geringen Aufstiegschancen. Irgendwie frustrierend oder nicht?"

„Was soll das Ganze hier? Ich habe nicht vor, mein Leben vor Ihnen auszubreiten und zu rechtfertigen …"

Nico Frohwein kam nicht weiter. Ein Knall ließ ihn zusammen-fahren. Völlig entgeistert starrte er die beiden Kommissare an. Clemens Korthals hatte mit der flachen Hand auf die Tischplatte geschlagen. „Wo waren Sie vorgestern Abend um 21 Uhr?"

„Was … was soll das denn jetzt?", begann er zu stottern, nachdem er mehrfach mit beiden Händen über sein Gesicht gefahren war.

„Beantworten Sie einfach die Frage meines Kollegen", warf Anna seelenruhig ein.

„Ich war zu Hause."

„Gibt es dafür Zeugen?", fuhr Anna fort.

„Nein, natürlich nicht." Nico Frohwein rutschte auf seinem Stuhl unruhig hin und her. Wie es schien, gefiel ihm die Richtung, die die Befragung nahm, nicht. „Wollen Sie von mir etwa ein Alibi haben?"

„Das haben Sie gut erkannt", bestätigte Clemens Korthals wohlwollend, „haben Sie eins oder nicht?"

„Sind Sie etwa der Auffassung, dass ich das Mädchen umgebracht habe? Das ist doch Irrsinn."

„Da gebe ich Ihnen recht, Herr Frohwein", stimmte Anna ihrem Gegenüber zu, „die Tötung eines Menschen trägt immer auch etwas von einem verwirrten Geist."

Sie wurde unterbrochen, als sich die Tür zum Befragungsraum öffnete und Kommissar Bockmann seinen Kopf hereinsteckte. „Frau Severin, darf ich Sie kurz herausbitten?"

Oberkommissar Korthals grunzte abfällig, wohl wissend, dass seine Chefin Unterbrechungen bei Befragungen auf den Tod nicht ausstehen konnte.

„Clemens, mach schon mal weiter."

Anna stand wenig erfreut auf und folgte dem jungen Kommissar.

„Sollten die Gründe für Ihre Störung nicht stichhaltig sein, mein lieber Herr Bockmann, reiße ich Ihnen den Kopf ab."

„Ich glaube schon, Frau Severin, dass Sie sich das einmal ansehen sollten." Damit steuerte Malte Bockmann auf seinen Arbeitsplatz zu und setzte sich vor den PC.

„Ich habe mir inzwischen einmal die Homepage von Nico Frohwein angesehen. Was sagen Sie dazu?" Der Kommissar zeigte auf den PC. Anna war hinter ihn getreten.

„Das ist interessant. Unser Freund im Befragungsraum ist eine schwarze Seele oder wie soll ich diese Hinweise deuten?" Anna blickte immer noch kopfschüttelnd auf den Bildschirm.

„So ist es. Aber es kommt noch besser. Auf seiner Homepage ist nicht nur zu erkennen, dass er dem Satanismus zugeneigt ist. Es gibt auch noch einige aufschlussreiche Links." Malte Bockmann bewegte den Cursor und durchblättert einige Seiten auf dem PC. „Und jetzt kommt es. Das ist die Homepage mit dem beziehungsreichen Namen `Black Luzifer`. Und jetzt sehen Sie sich bitte einmal dieses Bild an."

Anna beugte sich ein wenig vor, um das Foto genauer betrachten zu können. „Das glaube ich jetzt nicht. Können Sie mir das Foto ausdrucken?"

Malte Bockmann drehte sich zu seiner Chefin um und grinste sie an. „Habe ich bereits, Frau Severin. Screenshot der Homepage von Frohwein und auch ein vergrößertes Foto sind in dieser Mappe." Der Kommissar ergriff eine blaue Aktenmappe und reichte sie Anna, die sie lächelnd entgegennahm. „Heute bleibt der Kopf noch dran, Herr Bockmann. Ich werde jetzt einen Durchsuchungsbeschluss für die Wohnung von Frohwein erwirken. Sie fahren mit einigen Kollegen dort hin und informieren mich unverzüglich telefonisch über die Ergebnisse."

Anna ging in ihr Büro und griff zum Telefon. Eine Minute später hatte sie die Zusage für den Durchsuchungsbeschluss.

„Einen Moment noch, Herr Bockmann, vielleicht haben wir ja die Möglichkeit eines bequemen Zutritts zur Wohnung", bremste Anna ihren unternehmungsfreudigen Kommissar.

Clemens Korthals sah seine Chefin erwartungsfroh an, als sie den Befragungsraum wieder betrat.

„Herr Frohwein, ich habe soeben einen Durchsuchungsbeschluss für Ihre Wohnung erwirkt. Sie haben zwei Möglichkeiten. Entweder Sie geben mir Haustür- und Wohnungsschlüssel oder wir müssen die Tür durch einen Schlüsseldienst öffnen lassen. Die nicht unerheblichen Kosten gehen natürlich dann auf Ihre Rechnung."

„Ich weiß gar nicht, was das alles hier soll. Wieso Durchsuchungsbeschluss …?"

„Schlüssel oder nicht Schlüssel?", unterbrach Oberkommissar Korthals den aufgebrachten Mitarbeiter des Museums.

Kopfschüttelnd und völlig aufgelöst fummelte Nico Frohwein einen Schlüsselbund aus seiner Jackentasche hervor und legte es auf den Tisch. Anna ergriff das Bund und deutete mit einer Kopfbewegung an, dass Clemens ihr folgen sollte.

Vor der Tür informierte Anna ihren Kollegen über das, was Malte Bockmann auf der Homepage von Nico Frohwein und im Internet entdeckt hatte.

Der Oberkommissar nickte anerkennend. „Donnerwetter, Malte. Da hast du ja den richtigen Riecher gehabt."

„Hier sind die Schlüssel für die Wohnung von Frohwein", wandte Anna sich Kommissar Bockmann zu, „wir warten auf Ihren Anruf. Ich möchte unseren speziellen Freund möglichst schnell mit den neuesten Erkenntnissen konfrontieren."

Knapp zwei Stunden waren inzwischen vergangen, als Anna und Clemens Korthals wieder den Befragungsraum betraten.

„Es ist eine Frechheit sondergleichen, mich hier grundlos so lange schmoren zu lassen", brauste Nico Frohwein auf, als er die beiden Kommissare sah.

„Ermittlungen brauchen ihre Zeit", bemerkte Anna teilnahmslos, nachdem sie sich gesetzt hatten, „grundlos war diese Wartezeit allerdings nicht. Erklären Sie uns doch einmal, auf welche Weise Sie Ihre Vorliebe für den Satanismus praktizieren?"

Nico Frohweins anfängliche Entrüstung verschwand in Sekundenschnelle. Völlig entgeistert starrte er die beiden Kommissare an.

„Was wollen Sie mir denn jetzt anhängen?"

Anna öffnete die blaue Aktenmappe und entnahm ihr die Screenshots von Nico Frohweins Homepage.

„Wir haben auf ihrer Homepage, wie Sie sehen, eindeutige Beweise dafür gefunden, dass Sie dem Satanismus sehr nahe stehen. Bei der Durchsuchung Ihrer Wohnung sind uns zudem eindeutige Beweisstücke in die Hände gefallen. Schwarze Kleidung und eine Fülle an rituellen Gegenständen. Ich gehe davon aus, dass auf Ihrem Laptop noch weitere Beweise zu finden sind, wenn unsere Techniker das Passwort geknackt haben."

„Ja, ja, das ist mein Hobby. Aber seit wann ist das denn verboten?"

„Wen Sie anbeten, ist uns vollkommen gleichgültig. Ebenso, auf welche Art und Weise Sie sich von Zeit zu Zeit verkleiden. Doch vielleicht darf ich Sie daran erinnern, wir ermitteln in einem Mordfall. Und deshalb möchte ich von Ihnen jetzt eine Erklärung für dieses Foto haben."

Anna entnahm der blauen Akte das vergrößerte Foto, auf dem eindeutig der Raum im Hansemuseum mit den Mönchen zu erkennen war. Zudem konnte man verschiedene Personen in schwarzen Kutten sehen. Eine von ihnen zeigte zweifelsfrei Nico Frohwein, der ein leuchtendes Kreuz andachtsvoll in beiden Händen hielt.

Nico Frohwein warf nur einen kurzen Blick auf das Bild. „Ich weiß nicht, was das soll. Ich habe mit dem Ganzen nichts zu tun."

„Herr Frohwein, halten Sie uns nicht für blöd. Auf diesem Foto ist ohne Frage zu erkennen, dass im Raum des Hansemuseums schwarze Messen abgehalten wurden. Dass dieses keine offizielle Veranstaltung des Museums ist, weiß auch der Dümmste. Auch die Antwort auf die Frage, wer hat Zugang zu diesen Räumlichkeiten außerhalb der Öffnungszeiten, erklärt sich wohl von selbst. Ihr Gesicht ist auf diesem Foto eindeutig zu identifizieren. Kann es also sein, dass der Höhepunkt Ihrer schwarzen Messe vorgestern der Tod eines Menschen war?"

Nico Frohweins Kopf flog hin und her. Mit offenem Mund starrte er die Kommissare an.

„Sie sind doch wahnsinnig", stieß er mit zitternden Lippen hervor, „das ist doch ein abgekartetes Spiel."

Nico Frohwein sprang von seinem Stuhl auf und war mit wenigen Schritten an der Tür. Er hatte allerdings nicht mit der Schnelligkeit von Clemens Korthals gerechnet. Noch bevor seine Hand in die Nähe der Türklinke kam, war der Oberkommissar bei ihm und drehte ihm den rechten Arm mit professionellem Polizeigriff auf den Rücken.

„Jetzt wollen wir uns doch ganz ruhig wieder hinsetzen", versuchte Clemens Korthals den Aufmüpfigen zu beruhigen, indem er ihn vor sich herschob und wieder auf den Stuhl drückte.

„Herr Frohwein, mit solchen Aktionen verbessern Sie Ihre momentane Lage nicht", stellte Anna teilnahmslos fest, „ich fasse noch einmal zusammen. Erstens, Sie haben für die Tatzeit kein Alibi. Zweitens, Sie können uns nicht plausibel erklären, wieso Sie den Kontrollgang am Morgen nicht beendet haben. Daraus müssen wir schließen, dass Sie bewusst die Kon-frontation mit dem Mordopfer vermeiden wollten. Drittens, Sie praktizieren schwarze Messen in jenem Raum des Museums, in dem wir das Mordopfer gefunden haben. Und viertens, Ihre Aktion von eben könnten wir sehr leicht auch als Fluchtversuch und somit als Schuldeingeständnis werten. Nico Frohwein, ich nehme Sie vorläufig fest wegen des dringenden Tatverdachts, die blonde Frau im Hansemuseum ermordet zu haben."

Kapitel 7

Tobias Richter teilte mit Lindberg und dem Schrauber nicht nur die Leidenschaft für das Motorradfahren. Mit seinen Freunden und als Jurist lebte er in dem vollen Bewusstsein, dass Recht und Gerechtigkeit zweierlei waren. Ähnlich wie Sherlock Holmes und Dr. Watson verfolgten Lindberg und er nur zu gerne ungeklärte Rechtsfälle. Ihr Interesse galt aber auch jenen Menschen, denen aus welchen Gründen auch immer Ungerechtigkeit widerfahren war. So hatten sie in der Vergangenheit nicht nur einmal auf unkonventionelle Weise dafür gesorgt, dass Personen, denen übel mitgespielt worden war, geholfen wurde. Ihre Methoden bewegten sich dabei nicht immer im Rahmen der Gesetze. Doch bisher war es ihnen gelungen, ihre Aktionen stets so anzulegen, dass nie ein Verdacht auf sie fallen konnte. Dabei halfen ihnen ganz persönliche besondere Fähigkeiten. Während sich Lindberg als ein akribischer Organisator und Planer auszeichnete, nutzte Tobias seine umfassenden Kontakte und Computerkenntnisse. Ging es um die Durchführung handfester Pläne, so bedienten sie sich des Talents des Schraubers. Wurden schauspielerische Fähigkeiten oder der Einsatz reizvoller Weiblichkeit benötigt, dann konnten sie sich uneingeschränkt auch auf ihre gemeinsame Freundin Rosi verlassen.

Tobias sah auf die Uhr. Es wurde höchste Zeit, sich auf den Weg zu machen. Er wollte nicht zu spät zu seinem Termin mit dem Onkel des Torwarts kommen.

Lindberg erwartete ihn bereits vor dem „Barcelona", als er mit seinem Motorrad über die Hafenstraße geflogen kam.

„Ich hoffe, du hast an den stationären Blitzer gedacht", begrüßte ihn sein Freund. Tobias stellte das Motorrad ab, zog die Handschuhe aus und klemmte den Helm unter den Arm.

„Ich bin ja nicht total blöd. Hundert Meter davor abbremsen, langsam durchrollen und dann wieder Gas geben. Wo ist das Problem?", grinste Tobias Lindberg an, „Schauen wir mal, ob Ulrich Bartels schon da ist."

„Davon gehe ich aus, du bist zwanzig Minuten zu spät, mein Freund. Wenn ich gewusst hätte, wie er aussieht, wäre ich auch schon reingegangen."

Als sie das „Barcelona" betraten, steuerte Tobias zielgerichtet auf einen Tisch zu, an dem ein einzelner Mann saß.

„Ulrich, altes Haus", begrüßte er seinen alten Bekannten und stellte Lindberg vor.

„Ich war der Meinung, dass wir uns deine Sorgen gemeinsam anhören sollten. Warum, erkläre ich dir später, wenn wir wissen, worum es geht", erklärte Tobias, nachdem sie sich gesetzt hatten. Ulrich Bartels war etwa fünfzig Jahre alt, trug einen Dreitagebart und vermittelte einen sportlichen Eindruck.

Im ersten Augenblick schien er durch Lindbergs Anwesenheit irritiert zu sein, aber Tobias` Worte wirkten anscheinend beruhigend auf ihn. Auf jeden Fall veränderte sich sein Mienenspiel von skeptisch in wohlwollend.

„So, Ulrich, dann erzähl uns einmal, wo dich der Schuh drückt", forderte Tobias seinen Bekannten auf, nachdem sie bei der Bedienung jeweils ein alkoholfreies Weizenbier bestellt hatten.

„Mein Neffe Finn Holtmann ist euch ja sicherlich ein Begriff." Lindberg und Tobias nickten. „Der Bengel hat in seiner jugendlichen Unbedarftheit Mist gebaut. Er war vor einiger Zeit mit ein paar Kumpels in Hamburg und ist dort bei ihrer Tour durch die Stadt in einer Schwulenkneipe gelandet."

„Das ist gemeinhin ja nicht verwerflich", warf Lindberg ein. Tobias runzelte allerdings die Stirn.

„Eigentlich nicht, aber Finn wurde dabei gesehen und erkannt", fuhr Ulrich Bartels fort, „wenige Tage danach sprach ihn nach dem Training eine Person an und fragte, ob er homosexuell sei. Finn ist aus allen Wolken gefallen. Als er das weit von sich wies, erklärte die Person, dass es völlig gleichgültig wäre, ob er schwul wäre oder nicht. Wenn diese Information an die Öffentlichkeit käme, könnte er seine Fußballkarriere vergessen."

Tobias holte tief Luft. „Kannte Finn die Person, die ihm auf diese Art gedroht hat?"

„Nein, das war ein Mann so um die vierzig, den er vorher nie gesehen hatte. Aber die Geschichte geht noch weiter. Am nächsten Tag bekam Finn Besuch von einem weiteren Herrn, der sich als Rechtsanwalt vorstellte. Der erklärte ihm, er müsste sich keine Sorgen machen, dass die Geschichte um seine vermeintliche Homosexualität an die Öffentlichkeit kommt, wenn er sich an seine Empfehlungen halten würde."

„Das hört sich ja wirklich abenteuerlich an. Hat dieser Rechtsanwalt auch verraten, auf welche Weise er dieses Gerücht über die Homosexualität verhindern will?", hakte Lindberg nach.

„Nein, bisher nicht. Er deutete nur an, dass Finn dazu auch seinen Beitrag liefern müsste. Einzelheiten sollten später folgen."

„Hat dieser hilfsbereite Rechtsanwalt auch einen Namen?", wollte Tobias wissen.

„Ja, er hat sich mit Maximilian Bauer vorgestellt. Aber ob der Name stimmt, wissen wir nicht."

Tobias stöhnte auf. „Das glaube ich jetzt nicht. Es gibt ja wohl in Lübeck keine schmierigen Geschäfte, in denen Bauer seine Finger nicht stecken hat."

„Du kennst ihn?", fragte Ulrich Bartels verwundert.

„Ja, leider. Das ist ein Studienkollege. Eigentlich müsstest du ihn auch noch kennen. Nein, es kann sein, dass er doch später dazugestoßen ist, als du schon die Uni verlassen hattest. Das ist einer von der ganz hinterlistigen und charakterlosen Sorte."

„Ich habe jetzt noch nicht ganz erfasst, worin die tatsächliche Bedrohung für Ihren Neffen liegen soll?", meldete sich Lindberg.

„Ganz einfach, Lindberg", ergriff Tobias das Wort, „auch wenn die Homosexualität in unserer Gesellschaft mehr und mehr akzeptiert wird, ticken die Uhren im Fußball ganz anders. Fans, Ultras oder wie die vermeintlichen Fußballbegeisterten sich auch immer nennen mögen, zerreißen jeden Spieler in der Luft, der nur in den Verdacht gerät, schwul zu sein. Ein solcher bekommt kein Bein mehr an Deck, geschweige denn auf den grünen Rasen."

„Genau das ist ja unsere größte Sorge", bemerkte Ulrich Bartels mit gerunzelter Stirn.

„Für dich und Finn ist momentan nur eines wichtig, erstens Ruhe und zweitens absolutes Stillschweigen zu bewahren", erklärte Tobias nachdrücklich, „da wir nicht wissen, was dieser Winkeladvokat von Bauer überhaupt von Finn will, müssen wir auch die Füße still halten. Eine Erpressung liegt aus juristischer Sicht gegenwärtig nicht vor, höchstens könnte man von Nötigung sprechen. Aber auch dafür sind die Umstände, die du geschildert hast, zu wenig greifbar. Eine Anzeige bei der Polizei ist überhaupt kein Thema. Denn das bedeutet unausweichlich auch irgendwann Öffentlichkeit. Und die können wir uns aus den bereits erwähnten Gründen absolut nicht leisten."

Ulrich Bartels betrachtete Tobias sorgenvoll. „Du meinst, wir können momentan gar nichts tun."

„Wie schon gesagt, juristisch ohnehin nichts. Aber wir versprechen dir, dass wir uns um diese Angelegenheit kümmern werden. Du musst lediglich dafür sorgen, dass Finn ruhig bleibt und seinen Job als Torwart weiter so exzellent vollbringt wie bisher. Wenn wir mehr wissen, setzen wir uns gemeinsam zusammen und beraten, wie wir am besten aus dieser beklemmenden Nummer herauskommen."

Ulrich Bartels bedankte sich bei Tobias und Lindberg. Als er ging, hatten die beiden nicht das Gefühl, dass er einen sehr glücklichen Eindruck machte. Möglicherweise hatte er mehr erwartet.

„Was grübelst du, Tobias?", wandte sich Lindberg an seinen Freund, nachdem sie eine ganze Weile geschwiegen hatten.

„Ich überlege nur, was hinter der ganzen Angelegenheit stecken könnte. Ich kann mir nicht vorstellen, dass es hier lediglich um die Diffamierung eines erfolgreichen Torwarts geht."

Lindberg sah Tobias fragend an. „Was könnte denn deiner Meinung nach sonst noch dahinterstecken?"

Tobias zuckte mit den Schultern. „Ich weiß es nicht. Aber allein der Umstand, dass mein spezieller Freund Maximilian Bauer seine Finger im Spiel hat, lässt mich Schlimmes vermuten. Mein Vorschlag: Ich werde mich einmal wieder ins Internet stürzen und versuchen, ein paar Hintergründe zu erfahren. Vielleicht ist es auch hilfreich, wenn ich meine Kontakte zu ein paar Fußballveteranen wieder aufleben lasse."

Lindberg nickte. „Ich glaube, wir haben einen neuen Fall, Dr. Watson."

Kapitel 8

Erschrocken blickte Anna auf ihren Wecker. Viertel nach acht. Sie hatte verschlafen. So etwas war ihr seit Monaten nicht mehr passiert. Mit Schwung sprang sie aus ihrem Bett und lief ins Badezimmer. „The Party ain`t over yet" von Status Quo erklang aus ihrem Smartphone.

„Hallo, Chefin. Ich hoffe, ich störe nicht. Aber bei uns glühen die Drähte. Eine Kollegin aus Neustadt versucht, verzweifelt dich zu erreichen. Kann ich dir mal ihre Nummer durchgeben?"

„Mensch, Clemens, du hast ein treffsicheres Talent, mich immer in den unmöglichsten Augenblicken zu erwischen. Aber leg los." Anna tippte die Mobilnummer in ihr Smartphone, die ihr Kollege ihr durchgab. „Ich melde mich gleich noch mal, wenn ich weiß, was die Neustädter von mir wollen."

„Kriminalpolizei Neustadt, sie sprechen mit Petra Kleinschmidt", meldete sich die Teilnehmerin, als Anna die Nummer gewählt hatte.

„Hier ist Anna Severin. Meine Kollegen berichten mir, dass du Sehnsucht nach mir hast, Petra."

„So kann man das auch nennen. Moin, Anna. Ich glaube, ich kann dir in der Identifikation des Mordopfers aus dem Museum helfen."

„Das hört sich gut an. Aber wie kommt ihr in Neustadt zu solchen Erkenntnissen?"

„Uns liegt eine Vermisstenmeldung vor. Eine Familie Holldorf hat ihre Tochter Marie gestern Abend als vermisst gemeldet. Das Mädchen auf dem Foto, das sie mitgebracht hatten, lässt keinen Zweifel zu. Der Vergleich mit dem Opferbild ist eindeutig. Ich habe die Holldorfs bereits von dem Tod ihrer Tochter informiert", erläuterte die Kommissarin aus Neustadt ihre Erkenntnisse.

„Wohnen die Holldorfs in Neustadt?"

„Ja. Eine angesehene Familie. Nach ihren ersten Aussagen war die Tochter mit ihrem Bruder Lars zu einem mehrtägigen Besuch in Lübeck. Gewohnt haben sie bei einem Cousin namens Dennis Schubert. Die Anschrift sende ich dir gleich."

„Weißt du, wo sich der Bruder jetzt aufhält?"

„Der ist hier bei seinen Eltern, wusste aber nicht, wo seine Schwester geblieben war."

„Das hört sich ein wenig mysteriös an, findest du nicht?", bemerkte Anna skeptisch. „Mir wäre es recht, Petra, wenn wir beide die Familie in Kürze aufsuchen könnten. Ich möchte meine Kollegen möglichst zeitgleich auf den Cousin ansetzen. Passt es bei dir?"

„Kein Problem, Anna. Ich erwarte dich im Revier."

Anna beendete das Gespräch. Ein Summton zeigte an, dass Petra ihr die Anschrift von Dennis Schubert gesandt hatte. Sie drückte die Kurzwahl von Clemens Korthals.

„Hallo, Clemens. Wir wissen, wer die Tote aus dem Hansemuseum ist." In kurzen Zügen schilderte Anna ihrem Kollegen die neuesten Ergebnisse. Gleichzeitig sandte sie ihm die Anschrift des Cousins der Toten. „Ich möchte ganz gerne, dass du und Kollege Bockmann unverzüglich mit diesem Verwandten unseres Opfers Kontakt aufnehmt und ihn befragt. Ich werde jetzt direkt nach Neustadt fahren und gemeinsam mit Petra Kleinschmidt die Familie aufsuchen."

„Kein Problem, Chefin, wir sind schon unterwegs. Wenn wir etwas Relevantes erfahren, melde ich mich."

Anna war sichtlich beeindruckt, als ihre Kollegin den Wagen vor der Villa am Heisterbusch in Neustadt parkte. „Hier wohnt die Familie Holldorf? Keine schlechte Adresse."

Das repräsentative Haus stand an einem Hang, der einen freien Blick auf die Neustädter Hafeneinfahrt zuließ. Die Sonne ließ das Wasser der Ostsee funkeln, als sie ein paar Reflexe widerspiegelte. Ein beeindruckendes Schauspiel.

„Martin Holldorf, der Vater des Opfers, soll ein erfolgreicher Geschäftsmann gewesen sein. Keiner weiß so genau, auf welche Weise er sein Geld gemacht hat. Hier in Neustadt engagiert er sich sehr ambitioniert. Ist im Stadtrat und in allen möglichen Vereinen", berichtete Petra Kleinschmidt und stellte den Motor ab.

Kurze Zeit später nach ihrem Klingeln wurde die Haustür von einer Dame mittleren Alters geöffnet, die die beiden Kriminalbeamtinnen anfangs kritisch musterte, dann aber Petra erkannte und sie einließ.

Nachdem die Kommissarin aus Neustadt Anna vorgestellt hatte, bat Elisabeth Holldorf, die Mutter der Toten, die beiden ins Haus. Im Wohnzimmer trafen sie auch Martin Holldorf, den Ehemann, an, der sie nur kurz begrüßte.

„Wir kommen leider nicht umhin, Ihnen ein paar Fragen zu stellen", begann Anna, nachdem sie ihr Beileid ausgedrückt hatte, „wie Sie meiner Kollegin bereits berichtet haben, hielten sich Ihre Tochter und Ihr Sohn für mehrere Tage in Lübeck auf. Gab es dafür einen bestimmten Grund?"

„Seit wann brauchen junge Leute für ihr Handeln plausible Gründe?", kam die barsche Reaktion von Martin Holldorf.

„Aber es ist richtig, dass Ihre Tochter Marie und Ihr Sohn Lars bei Ihrem Neffen Dennis Schubert in Lübeck übernachtet haben?" Anna ließ sich nicht von den schroffen Worten des Vaters irritieren.

„Ja. Eine der nobelsten Adressen der Hansestadt. Der haust dort in einer Wohngemeinschaft. Mit welchen lichtscheuen Mitbewohnern auch immer."

„Martin, ich bitte dich." Elisabeth Holldorf versuchte ihren aufbrausenden Mann zu besänftigen.

„Hast du es immer noch nicht begriffen, Elisabeth? Unsere Tochter ist tot. Sie wurde ermordet. Dann darf doch wohl die Frage erlaubt sein, aus welchem Milieu ein solcher Verbrecher kommen kann." Martin Holldorf ging in seinem Wohnzimmer unbeherrscht auf und ab.

Anna setzte ihre Befragung unbeirrt fort. „Wann haben Sie Ihre Tochter das letzte Mal gesehen?"

„Das war vor sechs Tagen, als sie sich verabschiedet hat", antwortete Elisabeth Holldorf apathisch.

„Hat sie sich aus Lübeck irgendwann einmal gemeldet?", hakte Petra Kleinschmidt jetzt nach.

Elisabeth Holldorf schüttelte nur den Kopf.

„Was haben Sie denn für eine Vorstellung von der Jugend von heute?", kanzelte Martin Holldorf die Neustädter Kommissarin ab, „Der macht es offensichtlich sogar Freude, auf den Gefühlen ihrer Eltern herumzutrampeln. Rücksichtnahme ist für die doch ein Fremdwort."

Anna runzelte die Stirn. „Was machte Ihre Tochter beruflich?"

„Sie hat ja erst ihr Abitur gemacht und wusste noch nicht so genau, was sie werden wollte. Sie hat hier und da mal ein bisschen herumgejobbt", beantwortete Elisabeth Holldorf die Frage wiederum äußerst stoisch.

„Sie hat auf der faulen Haut gelegen, um es einmal deutlich zu sagen. Genauso wie dein verwöhnter Sohn. Kein Fünkchen

Ehrgeiz, keine Disziplin. Eine einzige Schande." Martin Holldorf konnte oder wollte sich nicht beruhigen.

Anna war nicht ganz sicher, ob er von Haus aus ein cholerischer Typ war oder ob er nur versuchte, den Tod seiner Tochter auf diese Weise zu verarbeiten. Nach dem fast unterwürfigen Verhalten seiner Ehefrau hingegen schien er eher in die erstere Schublade zu passen.

Anna hatte den Eindruck, dass der Tod ihrer Tochter die Eltern nicht sehr berührte. Dem Vater schien es wichtiger zu sein, sich ausschließlich in aggressiven Allgemeinplätzen über seine Kinder zu ergehen und unaufhörlich ihr Betragen zu kritisieren. Und die Mutter wirkte auf andere Weise wenig betroffen. Spuren, wie gerötete Augen vom anhaltenden Weinen waren ebenso wenig zu entdecken wie eine gebrochene Körperhaltung. Auch verräterische Anzeichen für ein Betäubungsmittel konnte Anna bei der Mutter nicht erkennen.

„Wir würden ganz gerne noch mit Ihrem Sohn sprechen. Ist er im Haus?", wechselte Anna das Thema.

„Aus dem Bengel werden Sie kaum etwas herausbekommen", verkündete Martin Holldorf abfällig, „der hielt es ja noch nicht einmal für nötig, uns zu erzählen, was in Lübeck passiert und warum er ohne Marie wieder nach Hause gekommen ist."

Elisabeth Holldorf stand auf. „Ich hole ihn."

Kurze Zeit später kam sie mit ihrem Sohn zurück. Ein junger Mann Mitte zwanzig. Schlank, mit asketischen Gesichtszügen und trotzig heruntergezogenen Mundwinkeln. Ohne ein Wort flegelte er sich in einen Sessel.

„Hier ist unser Prachtexemplar von Sohn, wie er leibt und lebt. Versuchen Sie Ihr Glück", kommentierte der Vater das Verhalten seines Sohnes. Lars Holldorf reagierte mit keiner Miene auf die

Attacken. Vermutlich kannte er die Tiraden seines Erzeugers schon.

„Wann haben Sie Ihre Schwester das letzte Mal gesehen?", begann Anna mit ihrer Befragung.

Lars Holldorf zuckte nur mit den Schultern. „Weiß ich nicht mehr genau. Wir sind jeder unserer Wege gegangen."

Anna sah ihr Gegenüber herausfordernd an. „Nur für uns zum Verständnis. Sie sind am 13. September mit ihrer Schwester per Bahn nach Lübeck gefahren und haben sich dort bei Ihrem Cousin Dennis Schubert einquartiert. Ist das richtig?"

„Ja. Aber das wissen Sie doch schon alles", kam die trotzige Antwort.

„Sag mal, bist du so blöd oder kapierst du es nicht? Deine Schwester ist ermordet worden. Da wirst du doch der Polizei vernünftig antworten können", pfiff der Vater seinen Sohn an. Dieser reagierte darauf weiterhin völlig gelassen und teilnahmslos.

„Was haben Sie in Lübeck unternommen? Mit wem hatten Sie Kontakt?" Lars Holldorf blickte Petra Kleinschmidt verwundert an, als sie die Befragung fortsetzte.

„Was Marie gemacht hat, weiß ich nicht. Die war immer auf diesem stinklangweiligen Kulturtrip. Hat die Kirchen abgeklappert, wollte alle Museen und Galerien besuchen. Dennis und ich haben hier und da abgehangen, gechillt und die eine oder andere Location aufgesucht."

„Sag mal, geht es auch etwas konkreter? Und hör endlich auf mit dieser nervtötenden Sprache eines Pubertierenden", beschimpfte Martin Holldorf seinen Sohn erneut.

Anna atmete tief durch, ignorierte aber den erneuten Vorwurf des Vaters. „Wo waren Sie am Abend des 15. September?"

„Was soll diese Frage denn? Wollen Sie ernsthaft erwägen, dass mein Sohn seine Schwester umgebracht hat?"

Anna richtete sich auf. „Herr Holldorf, wir würden Ihren Sohn ganz gerne alleine befragen. Können wir das einrichten?"

„Was soll das denn jetzt? Wollen Sie mir vorschreiben, wie ich mich in meinem eigenen Haus zu verhalten habe? Sie gehen zu weit, Frau Kommissarin. Ich lasse mir das nicht bieten."

Anna stand auf und hob die Hand. Irritiert blickte der Hausherr sie an. „Wenn nach Ihrer Auffassung diese Möglichkeit in ihrem Haus nicht besteht, sehen wir uns gezwungen, Ihren Sohn mit auf das Revier zu nehmen."

Elisabeth Holldorf stand ebenfalls auf und wandte sich entrüstet an ihren Mann. „Das kannst du doch nicht ernsthaft wollen, Martin".

Der Hausherr fegte ihre Bemerkung mit einer ungnädigen Handbewegung weg. „In diesem Haus bestimme immer noch ich. Damit das ein für alle Mal klar ist."

Die beiden Kommissarinnen ignorierten den Protest des Hausherrn, traten auf Lars Holldorf zu, und forderten ihn auf, ihnen zu folgen. Der Bruder der Toten wühlte sich behäbig aus dem Sessel und grinste sein Vater provozierend an.

„Das kann doch alles nicht wahr sein." Elisabeth Holldorf begann zu schluchzen. Das erste Mal, dass Anna bei ihr eine menschliche Regung entdeckte. Sie zögerte nur für einen Augenblick, wandte sich dann an ihre Kollegin. „Kannst du mit Lars Holldorf schon einmal zum Revier fahren? Ich würde mir ganz gerne noch einmal das Zimmer von seiner Schwester ansehen."

Petra Kleinschmidt schien Annas Absicht sofort zu erkennen und nickte ihr verständnisvoll zu. „Ist gut, ich schicke dir eine Streife, wenn du fertig bist."

Anna wandte sich an Elisabeth Holldorf, die sich verstohlen die Tränen mit einem Taschentuch abtupfte. Offenbar war ihr der Gefühlsausbruch peinlich. „Hätten Sie etwas dagegen, Frau Holldorf, mir das Zimmer von Marie zu zeigen?"

„Brauchen Sie dafür nicht ein Durchsuchungsbefehl?", polterte Martin Holldorf dazwischen.

„Wenn Sie mir freiwillig das Zimmer ihrer Tochter zeigen, nicht." Mit einem Nicken gab ihr die Mutter der Toten zu verstehen, dass sie ihr folgen sollte.

Anna wandte sich Martin Holldorf zu, der irritiert zwischen den beiden Frauen hin- und herblickte. „Und übrigens Herr Holldorf, um korrekt zu bleiben, es heißt Durchsuchungsbeschluss."

Anna drehte sich um und folgte Elisabeth Holldorf, die bereits auf den Stufen der Treppe in das Obergeschoss stand.

„Das ist das Zimmer von Marie", erklärte die Mutter der Toten mit betretener Stimme, nachdem sie eine Tür am Ende des Flures in der ersten Etage geöffnet hatte. Anna trat ein und sah sich um. Sie wusste nicht genau, was sie erwartet hatte, aber wie das Zimmer einer modernen jungen Frau sah es hier nicht aus. Der Raum war aufgeräumt. Alles lag ordentlich an seinem Platz. Auf dem Schreibtisch herrschte eine rechtwinklige Ordnung ebenso wie auf den Bücherregalen. Selbst die Bettdecke zeigte keine Falte. Es lagen weder Kleidungsstücke noch andere Teile wahllos herum. Irgendetwas fehlte. Persönliches. Keine Fotos, keine Urlaubserinnerungen, nichts Dekoratives. Lediglich an einer Wand entdeckte Anna mehrere gerahmte Zeichnungen ganz unterschiedlicher Motive.

„Die hat Marie gezeichnet", merkte Elisabeth Holldorf an, als sie sah, dass Anna die Bilder betrachtete.

„Die sind gut. Ihre Tochter hat Talent", bemerkte Anna. Kaum hatte sie den Satz ausgesprochen, stellte sie fest, dass er so klang, als ob Marie noch leben würde. Elisabeth Holldorf schien es nicht bemerkt zu haben. „Sie wollte Kunst studieren, doch mein Mann war dagegen. Brotlose und arbeitslose Künstler gibt es schon genug, hat er stets verkündet. Ihr Studium würde er aus diesem Grunde finanziell niemals unterstützen. Aber Marie hat sich davon nicht beirren lassen. Vor einem Monat hat sie sich bei der Kunstakademie in Hamburg beworben."

Elisabeth Holldorf rang mit ihrer Fassung.

„Hat Ihr Mann davon gewusst?"

„Nein, um Gottes Willen. Nein. Dann hätte er sie doch sofort aus dem Haus geworfen." Elisabeth Holldorf betupfte mit dem Taschentuch wieder die Augen.

„Hatte Marie enge Freunde?", fragte Anna, um die betretene Stimmung zu überspielen.

„Marie hat sich schon als Kind immer lieber mit sich selbst beschäftigt. Sie konnte stundenlang an einer Zeichnung sitzen. Auch später, wenn Mädchen aus der Schule sie zu einer Party einluden, vergrub sie sich lieber hinter Kunstkalendern oder Büchern über Malerei."

„Wie war ihr Verhältnis zu ihrem Bruder?", setzte Anna die behutsame Befragung fort.

„Ach, wie Geschwister halt so sind. Sie haben sich auf ihre Weise schon verstanden. Aber Lars konnte mit der Welt rund um die Kunst, in der Marie lebte, nie etwas anfangen. Es interessierte ihn einfach nicht."

„Was macht Ihr Sohn beruflich?"

Elisabeth Holldorf runzelte die Stirn. „Er hat begonnen, Jura zu studieren. Doch wie es schien, war es wohl nicht das Richtige.

Jetzt jobbt er hier und da. Hilft ab und zu im Jachthafen aus. Er ist vermutlich in einer gewissen Findungsphase."

„Und wie beurteilt Ihr Mann diese Situation?"

Elisabeth Holldorf atmete tief durch. „Ach, wissen Sie, Sie sollten die etwas ruppige Art meines Mannes nicht überbewerten. Er ist seinen Kindern immer ein guter Vater gewesen. Der Tod von Marie trifft ihn doch sehr hart. Mein Mann kommt aus einem einfachen Elternhaus und hat seine Firma von allein aufgebaut. Ein Selfmademan wie er im Buche steht. Da ist er sehr stolz drauf."

Anna merkte sehr schnell, dass sie von Elisabeth Holldorf keine ermittlungsrelevanten Sachauskünfte mehr bekommen konnte. Als liebende Mutter wollte sie vermutlich ihre Kinder nie mit kritischen Augen sehen. Auch mit dem despotischen Ehemann hatte sie sich offensichtlich arrangiert und abgefunden. Anna bedankte und verabschiedete sich bei Elisabeth Holldorf.

„Na, dann wollen wir mal", bemerkte Clemens Korthals lapidar, als sie vor dem mehrstöckigen, schon etwas betagten Wohnhaus in Lübecks Stadtteil St. Lorenz standen.

Die Namensschilder an den sechs Klingelknöpfen waren mehr oder weniger lesbar. Ein Dennis Schubert befand sich nicht darunter. Als die beiden Kommissare den Flur durch die offene Haustür betraten, kam ihnen ein älterer Mann entgegen, der sich auf einen Krückstock stützte.

„Entschuldigen Sie bitte, können Sie uns sagen, wo wir Dennis Schubert finden?", wandte sich Clemens Korthals an den alten Mann.

„Wen wollen Sie sprechen?" Wie es aussah, hörte Clemens` Gegenüber etwas schwer. Er trat sehr nah an den Kommissar heran und hielt sich die Hand hinter das rechte Ohr.

„Wir suchen Dennis Schubert", erhob Clemens seine Stimme.

„Einen Dennis Schumann kenne ich nicht. Wo soll der denn wohnen?"

Clemens drehte sich zu seinem Kollegen Bockmann um, schüttelte leicht den Kopf und wandte sich wieder dem alten Mann zu. „Ganz herzlichen Dank für Ihre Hilfe."

Die beiden Kommissare nickten dem irritiert dreinblickenden alten Mann freundlich zu und überprüften die Wohnungstüren im Erdgeschoss. Hier waren die Namensschilder etwas eindeutiger als an den Klingelknöpfen beim Hauseingang. Im zweiten Stock wurden sie fündig. Zumindest lag der Verdacht nahe, dass es sich hinter der Tür um eine Wohngemeinschaft handeln könnte. Mehrere handgeschriebene Kritzeleien ersetzten lesbare Namensschilder. Als Clemens Korthals den Klingelknopf drückte, blieb es still. Mit einem kräftigen Klopfen an der Wohnungstür versuchte er, sich bemerkbar zu machen. Mit Erfolg. Wenig später erschien eine verschlafen wirkende junge Frau an der Tür. Sie trug lediglich ein kurzes Muskel-Shirt, das mit Mühe ihren zierlichen Körper bedeckte.

„Was soll der Lärm mitten in der Nacht?", pfiff sie die beiden Kommissare unwirsch an.

„Es gibt Menschen auf dieser Welt, deren Nacht endet deutlich vor zehn Uhr morgens. Kriminalpolizei Lübeck. Wir müssen Dennis Schubert sprechen", antwortete Clemens freundlich lächelnd.

„Ach du Scheiße. Ob der überhaupt da ist, weiß ich nicht."

Clemens musste schmunzeln. „Auch Ihnen einen schönen guten Morgen. Sie heißen?"

„Miriam Wolter. Aber was soll das Ganze überhaupt?"

„Wir kommen jetzt erst einmal herein. Und nur damit das von Anfang an klar ist, es handelt sich hier nicht um ein

Höflichkeitsbesuch. Wir müssen im Rahmen einer Ermittlung alle Mitglieder Ihrer Wohngemeinschaft befragen." Gleichzeitig zwängten sich die beiden Kommissare an der jungen Frau vorbei. Sie schien nach Clemens` Worten überrascht zu sein. Wortlos starrte sie die Eindringlinge an.

„In welchem Zimmer wohnt Dennis Schubert?"

Miriam Wolter erwachte aus ihrer kurzzeitigen Starre.

„Zweite Tür links", kam die zögerliche Antwort, „dürfen Sie das denn überhaupt?"

„Ja, wir dürfen. Und wenn Sie grundsätzlich etwas dagegen haben, dass wir Sie hier in Ihrer Wohnung befragen, können wir ohne Weiteres gemeinsam auch sofort ins Kommissariat fahren. Wie Sie es wünschen."

„Ist ja schon gut", antwortete Miriam Wolter schnippisch.

Zwischenzeitlich war Malte Bockmann auf die Zimmertür von Dennis Schubert zugegangen, klopfte kurz an und öffnete sie.

Der Gesuchte lag voll bekleidet bäuchlings auf einer Matratze und schlief fest. Der Zustand des Zimmers war ein reines Chaos. Überall lagen Kleidungsstücke herum. Die wenigen Möbel wirkten, als würden sie vom Sperrmüll kommen. Die Luft in dem Raum war abgestanden und muffig.

„Herr Schubert, Kriminalpolizei Lübeck. Wir haben ein paar Fragen an Sie", machte sich Kommissar Bockmann bemerkbar.

Als Reaktion erhielt er lediglich ein unwilliges Grunzen. Inzwischen hatte auch Clemens Korthals den Raum betreten, ging auf den Schlafenden zu und rüttelte an seiner Schulter.

Reflexartig schlug Dennis Schubert um sich und wollte aufspringen. Doch noch bevor er auf die Beine kam, sackte er wieder zusammen und fiel rücklings auf die Matratze.

Clemens Korthals war einen Schritt zurückgetreten. Er hatte mit einer solchen Reaktion gerechnet. „Ist das bei Ihnen angekommen, Herr Schubert. Wir sind von der Kriminalpolizei. Fühlen Sie sich in der Lage, uns ein paar Fragen zu beantworten?"

„Mit Bullen spreche ich nicht", nuschelte Dennis Schubert vor sich hin.

„Wann haben Sie ihre Cousine Marie Holldorf das letzte Mal gesehen?", ging Clemens über die aggressive Bemerkung hinweg.

„Fick dich, Bulle!" Dennis Schubert streckte den Kommissaren seinen rechten Mittelfinger entgegen.

„Wissen Sie, wie oft ich in meiner Dienstzeit schon solche ermüdenden Gespräche geführt habe? Und wie dick inzwischen mein Fell ist, dass solche blöden Sprüche an mir abperlen, wie Regentropfen von einem Lotusblatt. Zum letzten Mal: Wann haben Sie Marie Holldorf das letzte Mal gesehen?"

„Was soll die ganze Scheiße hier? Sie knallen hier unaufgefordert in meine Wohnung. Das ist Hausfriedensbruch. Verpissen Sie sich."

Clemens musterte sein pöbelndes Gegenüber eindringlich und wandte sich dann seinem Kollegen zu.

„Unser lieber Freund hier ist zugedröhnt bis oben hin. Die geweiteten Pupillen zeigen es eindeutig. Wir nehmen ihn mit. Dann kann er sich in unseren komfortablen Hotelzimmern erst einmal erholen. Du bleibst bitte hier und passt auf, dass er keinen Mist baut. Ich will mich kurz noch mit seiner Mitbewohnerin unterhalten."

Malte Bockmann nickte Clemens verständnisvoll zu, als dieser das Zimmer verließ.

Miriam Wolter hatte die Szene vom Flur aus gelangweilt verfolgt und sah Clemens jetzt herausfordernd an. „Und was wollen Sie jetzt von mir?"

Clemens Korthals überging ihre Frage. „Können wir uns irgendwo in Ruhe unterhalten?"

„Wenn es sein muss. Vielleicht in der Küche." Miriam Wolter ging auf die Tür am Ende des Flurs zu. Der Oberkommissar betrachtet die junge Frau nicht ohne Faszination, als sie barfüßig in ihrem kurzen Shirt vor ihm herging. Sie dachte offensichtlich nicht im Traum daran, ihre Blöße zu verstecken und sich etwas anderes anzuziehen.

Mit einer gewissen Verwunderung registrierte Clemens, dass die Küche der Wohngemeinschaft relativ ordentlich aussah. Insbesondere im Vergleich zu dem verwahrlosten Zustand des Zimmers von Dennis Schubert. Sie setzen sich beide an den Küchentisch.

„Wie viele Bewohner hat Ihre Wohngemeinschaft noch außer Ihnen und Dennis Schubert?", begann Clemens die Befragung.

„Da ist nur noch Bernd Strasser. Aber der ist schon seit drei Monaten in Südafrika. Irgend so ein Hilfsprojekt."

„Sie haben in der letzten Woche Besuch von Marie und Lars Holldorf aus Neustadt gehabt. Ist das richtig?"

„Ja, die waren für ein paar Tage hier", kam die zögernde Antwort. Clemens Korthals hatte den Eindruck, als hätte Miriam Wolter keine sehr angenehme Erinnerung an diesen Besuch. „Es hört sich so an, als wären Sie nicht sehr begeistert gewesen, als die beiden hier aufgetaucht sind."

„Eigentlich haben die mich gar nicht interessiert. Die waren beide nur lästig und störend."

„Wann haben Sie Marie Holldorf das letzte Mal gesehen?"

„So genau weiß ich das nicht mehr. Die ging und kam, wie sie wollte. Aber wieso ist das so wichtig für Sie? Haben die beiden irgendetwas verbrochen?" Miriam Wolter schien sich die Fragen des Kommissars nicht erklären zu können.

Der Oberkommissar fuhr ungestört fort. „Hatten Sie engeren Kontakt zu Marie Holldorf?"

„Nein, überhaupt nicht. Sie hat zwar hier übernachtet, aber ging doch ihre eigenen Wege." Miriam Wolter senkte den Kopf und starrte auf die Tischplatte. „Sie war eine arrogante Ziege."

„Wie kommen Sie darauf?"

„Die hat mich doch nicht einmal mit dem Hintern angeguckt. Die fühlte sich als etwas Besseres. Besuchte unentwegt Ausstellungen und Konzerte. Als ich sie einlud, doch einmal mit ins Hüx zu kommen, hat sie mich für blöd erklärt. Sie würde sich doch nicht unter alkoholisierte Proleten mischen, hat sie gesagt."

„Mit Hüx meinen Sie die Disco am Hüxterdamm", fragte Clemens noch einmal nach, obwohl er die Disco selbst kannte. Miriam Wolter nickte.

„Haben Sie mitbekommen, ob Marie Holldorf irgendwelche Personen in Lübeck getroffen hat?"

„Nein, woher denn? Nachdem sie mich so abserviert hat, habe ich mich doch nicht mehr um dieses aufgeblasene Huhn gekümmert. Aber warum diese ganze Fragerei?"

„Marie Holldorf ist ermordet worden, Frau Wolter."

„Nein. Wie schrecklich. Ist Marie etwa die junge Frau aus dem Hansemuseum, die in der Zeitung stand?"

„Es sieht ganz so aus. Wo waren Sie am Abend des 15. September gegen 21 Uhr?"

Miriam Wolter sah den Oberkommissar mit großen Augen an. „Wollen Sie jetzt etwa von mir ein Alibi haben?"

Clemens Korthals lächelte verständnisvoll. „Keine Angst. Reine Routine."

„Ich weiß es nicht mehr so genau. Ich glaube, ich war hier und hab gelernt." Miriam Wolter zuckte mit den Schultern.

„Gelernt, wofür?"

„Ich studiere Medizin hier in Lübeck im vierten Semester."

Clemens Korthals hob die Augenbrauen. Das hatte er der zierlichen Person, die vor ihm saß nicht zugetraut. Als Ärztin im weißen Kittel konnte er sie sich angesichts ihres jetzigen freizügigen Outfits schwer vorstellen.

Kapitel 9

Die Sorgen, die sich Lindberg hinsichtlich des Mordes im Hansemuseum machte, bezogen sich in erster Linie auf Belinda. Er hoffte, dass es der unbekümmerten Art von Tante Gertrud gelang, seiner Nichte die schlaflosen Nächte zu vertreiben. Die grausame Begegnung mit dem Tod in der skurrilen Umgebung zwischen den Mönchen im Museum ließ selbst einen hart gesottenen Kriminalschriftsteller nicht ganz unberührt. Wie sollte es denn erst für ein unbedarftes junges Mädchen aus Cornwall sein? Andererseits übte dieser Mordfall auf Lindberg jenen prickelnden Reiz aus, den sein Autorenherz schon öfter empfunden hatte, wenn er Annas realen Morden so nahekam. Es wurde allerhöchste Zeit, dass seine Freundin ihn einmal wieder zum Abendessen auf ihre Dachterrasse einladen würde. Er brauchte mehr Details zu diesem Fall. Auch wenn es äußerst schwierig war, Anna Einzelheiten zu entlocken, da sie normalerweise nicht berechtigt war, Ermittlungsergebnisse zu verraten. Doch die Vergangenheit hatte gezeigt, dass durch ihren vertrauensvollen Umgang miteinander diese Hürde nicht allzu hoch war. Anna wusste, dass sie sich auf Lindberg verlassen konnte. Außerdem fühlte sie sich ihrem Freund allein dadurch schon verbunden, da er ihr bei der Lösung der Fälle durch Rat und Tat nicht nur einmal hilfreich unter die Arme gegriffen hatte.

Lindberg griff zu seinem Smartphone und drückte die Kurzwahl von Anna.

„Lindberg, du am frühen Morgen? Brennt es irgendwo?", meldete sie sich.

„Anna, ich will deine Kreise nicht stören. Nur ganz kurz. Habe ich da einen falschen Termin in meinem Kalender oder hast du mich für heute Abend zum Essen eingeladen?"

Anna fing an zu lachen. „Das ist ja wohl eine ganz hinterlistige Nummer, mein lieber Lindberg. Aber du hast ja recht. Es wird allerhöchste Zeit, dass wir die Dinge der Welt geraderücken. Also gut. Wenn bei mir nichts dazwischen kommt, sehen wir uns um acht."

Nachdem er Belinda bei Tante Gertrud in guten Händen wusste, entschloss sich Lindberg, an diesem Morgen einer alten Gepflogenheit nachzugehen und sein Frühstück im Café des alten Kanzleigebäudes einzunehmen. Da die morgendlichen Temperaturen des Spätsommers wenig einladend waren, entschloss sich Lindberg, einen Platz im Innern in der ersten Etage des historischen Gebäudes aufzusuchen.

Kaum hatte er seine Bestellung bei der Bedienung aufgegeben, stutzte er, als er auf eine Person aufmerksam wurde, die sich am Eingang suchend umsah. Es war Patrick Vollbrecht, sein alter Schulfreund, von dem Tante Gertrud bereits berichtet hatte. Kurze Zeit später trafen sich ihre Blicke. Lindberg sah, wie Patrick für einen Augenblick zögerte. Dann aber zog sich ein wiedererkennendes Lächeln über sein Gesicht. Mit zügigen Schritten kam er auf Lindbergs Tisch zu. Dieser erhob sich und beide umarmten sich freudig.

„Du wieder im Lande, Patrick? Wie lange ist das her?", überfiel Lindberg seinen alten Schulfreund, nachdem sie sich beide gesetzt hatten.

„Ich weiß es nicht mehr. Aber wir haben uns ja trotzdem wieder-erkannt", antwortete Patrick lachend, „ich hatte mich eigentlich mit einer Bekannten verabredet, aber irgendwie ist sie mir wohl abhandengekommen. Frauen eben."

„Wo bist du die ganze Zeit gewesen? Du warst von heute auf morgen unauffindbar." Lindberg konnte seine naturgegebene Neugier nicht zügeln.

„Ich habe es irgendwann zu Hause nicht mehr ausgehalten. Du weißt ja, die Familienverhältnisse waren bei uns nicht ganz so einfach. Jeder wollte mir sagen, wie ich meine Zukunft gestalten sollte. Irgendwann hatte ich einfach die Nase voll und bin Hals über Kopf abgehauen."

„Und wo bist du dann hin?"

„Zum Hamburger Hafen. Ich habe auf dem erstbesten Seelenverkäufer angeheuert und bin dann ungefähr fünf Jahre über die Weltmeere geschippert. Durch irgendeinen blödsinnigen Umstand habe ich dann in den USA einen Menschen kennen-gelernt, der anscheinend einen Narren an mir und meinem Interesse an technischen Dingen gefressen hatte. Er war der Chef einer Fabrik, die Bagger, Planierraupen und Baukräne produzierte. Ein großer Laden mit weltweitem Vertrieb. Es dauerte nicht lange und ich war in kurzer Zeit Repräsentant seiner Firma in Europa für Baumaschinen aller Art."

„Das hört sich ja wie eine vorzügliche Romanvorlage an", bemerkte Lindberg lächelnd, „und jetzt willst du dich mit Mitte vierzig zur Ruhe setzen?"

„Es könnte fast so aussehen. Aber nein. Ich hatte nur keine Lust mehr, durch die verschiedenen Länder zu tingeln und mich mit zahlungsunwilligen Kunden auseinanderzusetzen. Irgendwie fehlte mir der Reiz einer neuen Aufgabe. Jetzt werde ich erst einmal unser altes Haus wieder wohnbar gestalten. Da gibt es noch genug zu tun. Und dann sehen wir mal weiter."

„Das nötige Kleingeld hast du ja offensichtlich für deine Auszeit und den Hauskauf verdient?"

„Ja, das war ein guter Job. Gebaut wird immer und entsprechende leistungsfähige Maschinen sind unverzichtbar. Selbst, wenn ich ab heute die Füße hochlegen und mich ausschließlich auf die Zucht von Regenwürmern konzentrieren würde, könnte ich mir trotzdem die eine oder andere Flasche Wein leisten", erklärte Patrick lachend, „anscheinend geht es dir aber auch nicht ganz so schlecht, wenn du dein Frühstück in diesen ehrwürdigen Räumen einnehmen kannst." Patrick warf einen Blick auf den Kaffee und das reichhaltige Angebot auf dem Tisch, dass die Bedienung während ihres Gesprächs gebracht hatte.

„Du hast recht, Not leide ich nicht. Auch wenn man das Schreiberlingen wie mir, immer einmal wieder unterstellt."

„Du bist Journalist?", fragte Patrick interessiert.

„Nein, ich schreibe Kriminalromane."

„Donnerwetter. Ist das ein Ausbildungsberuf?" Lindberg bemerkte schon, dass Patricks Frage nicht ganz ernst gemeint war.

„Noch nicht. Aber man weiß ja nie, was noch kommt. Nein, ernsthaft. Ich habe zuerst ein paar Semester Literaturwissenschaft studiert, aber das war mir dann doch zu staubig. Irgendwann habe ich dann angefangen, selbst zu schreiben. Es dauerte schon eine ganze Weile, bis Verlage und auch Leser die Qualität meiner Werke entdeckt hatten", schilderte Lindberg in kurzen Worten seinen Werdegang.

Patrick Vollbrecht hörte aufmerksam zu. „Kriminalromane schreiben, finde ich höchst interessant. Wie funktioniert das denn überhaupt? Fällt dir immer etwas ein?"

Lindberg musste lachen. „Eines schon einmal vorab, Patrick. Du musst nicht unbedingt selbst kriminell sein, um Kriminalromane zu schreiben. Zu deiner Frage, bisher reichten meine grauen Zellen noch aus, um mir spannende Geschichten auszudenken. Die einzige Munition, die du dafür benötigst, ist Fantasie."

„Davon hattest du in der Schule schon genug", meinte Patrick Vollbrecht, sich zu erinnern.

Überrascht blickten die beiden Männer auf, als eine elegant gekleidete Dame in forschen Schritten an ihren Tisch trat.

„Kann es sein, dass wir verabredet sind?", wandte sie sich an Patrick. Der unterschwellige Vorwurf in ihrer Stimme war kaum zu überhören.

Patrick sprang von seinem Stuhl auf. Auch Lindberg erhob sich.

„Es tut mir aufrichtig leid, Marlies. Aber ich habe durch Zufall meinen alten Schulfreund Lindberg getroffen, den ich dir hiermit vorstellen möchte. Wir haben uns jahrzehntelang nicht gesehen."

„Welche Prioritäten du setzt, ist ganz alleine deine Sache. Hast du heute noch Zeit für mich?" Patricks Bekannte belegte Lindberg mit einem abweisenden Blick. Sie wirkte verstimmt. Wie es schien, machte sie ihn für Patricks mangelnde Aufmerksamkeit ihr gegenüber verantwortlich. Amüsiert verfolgte Lindberg, wie sein Schulfreund sich darum bemühte, die Stimmungslage zu verbessern. „Marlies, ich stehe dir ab sofort uneingeschränkt zur Verfügung. Was darf es sein? Wie wäre es mit einem Gläschen Champagner?"

„Ich war davon ausgegangen, dass dir an einem Treffen unter vier Augen mit mir gelegen war." Patricks immer noch verschnupfte Bekannte streifte Lindberg erneut mit einem abschätzigen Blick. Ohne es zu wollen, war er in einen Konkurrenzkampf geraten, aus dem er aus eigener Kraft nicht mehr herauskam.

Patrick war sein Retter, als er sich ihm zuwandte. „Wir sehen uns später, Lindberg. Guck doch bei mir zu Hause mal rein, wenn du deine Tante Gertrud wieder besuchst."

Wie ein treuer Dackel eilte Patrick hinter seiner Bekannten her, die, ohne sich von Lindberg zu verabschieden, bereits dem Ausgang zustrebte. Lindberg konnte sich ein Schmunzeln nicht verkneifen.

Wie verabredet klingelte Lindberg abends um acht Uhr an Annas Haustür.

„Pünktlich, wie immer. Auf dich ist Verlass, Lindberg", begrüßte Anna ihren Gast und gab ihm einen Kuss auf die Wange.

„Um mit den Worten des alten Freddie Frinton zu sprechen: `I will do my very best`. Nicht nur in der Zukunft, sondern auch in der Gegenwart. Das riecht ja wieder fürchterlich verführerisch. Was hast du denn dieses Mal gezaubert, Anna?"

„Lass dich überraschen. Der Bardolino atmet bereits auf der Anrichte. Du kannst uns schon einmal die Gläser füllen. Das Essen ist in fünf Minuten fertig", antwortete Anna, während sie wieder in der Küche verschwand.

„Bardolino weist ja eindeutig auf einen griechischen Abend hin", rief Lindberg ihr lachend hinterher.

Auch Anna musste lachen. „Wer dich nicht kennt, könnte dich glatt für einen Kulturbanausen halten."

„Dich kann ich ja mit solchen blöden Sprüchen nicht beeindrucken, Anna. Das weiß ich. Aber mir macht es immer wieder Spaß, wenn ich die Gesichter anderer sehe, wenn sie zweifeln. Ist der so doof oder will er uns auf den Arm nehmen?"

Lindberg füllte ein Glas und betrachtete andächtig das rubinrote Funkeln des Weins, als er es gegen das Licht einer

Kerze hielt. Er probierte einen Schluck und schloss dabei die Augen. Für einen kurzen Augenblick meinte er, die Leichtigkeit des italienischen Lebens am Gardasee zu verspüren, die er in der Vergangenheit schon mehrfach genossen hatte.

„Deine italienischen Hackröllchen in Tomatensoße waren ein Genuss, liebe Anna. Ich weiß gar nicht, warum ich mich nicht jeden Tag bei dir zum Essen einlade?" Lindberg erhob sein Glas und prostete seiner Freundin nach dem delikaten Mahl dankbar zu.

„Das fehlt mir gerade noch, dass in meinem Zuhause jeden Abend eine Drohne auf warmes Essen und Filzpantoffeln wartet. Nee, nee, Lindberg. Das wird nichts. Wie sagt meine alte Freundin Astrid stets sehr treffsicher? Ambulant ja, stationär nie!"

„Eine weise Frau, deine Freundin Astrid. Man kann ja mal träumen. Du hast ja auch recht, jeden Tag Schokolade und Schlagsahne ist irgendwann auch langweilig. Eine ganz andere Frage. Wie geht es mit deiner Toten aus dem Museum voran?"

„Etwas verwirrend. Aber du kennst ja meine Vorschriften …"

„Ja, Anna, ich weiß, du darfst mir nichts erzählen. Aber habe ich dich je verraten?", unterbrach Lindberg Anna, wohl wissend, dass dieser Einwand von ihr wie das Amen in der Kirche kommen würde, „Nun leg schon los, was bedrückt dich?"

Anna zögerte nur kurz. „Manchmal habe ich das Gefühl, den falschen Job zu haben. Wenn man versucht, einen Mord aufzuklären, sollte man meinen, dass alle Menschen, die man befragt, dasselbe Interesse haben würden. Den Mörder selbst einmal ausgenommen. Aber meine Kollegen und ich werden nicht selten so behandelt, als wären wir die Bösewichte und Störenfriede. Das nervt irgendwann."

„Sprichst du jetzt von deinem konkreten Fall?"

„Ja. Meine Kollegin Petra aus Neustadt und ich haben die Familie der Toten befragt. Der Vater beschimpfte seine Kinder ununterbrochen als unfähige Früchtchen. Die Mutter zeigte überhaupt keine Emotionen und der Bruder tat so, als würde der Tod seiner Schwester ihn überhaupt nichts angehen. Was sind das bloß für Menschen?"

„Vielleicht standen sie noch unter Schock und müssen den Tod ihrer Tochter erst einmal verkraften", warf Lindberg ein.

Anna schüttelte den Kopf. „Und der Cousin des Opfers, bei dem die Tote und ihr Bruder hier in Lübeck übernachtet haben, war zugedröhnt bis oben hin. Er hat meine Kollegen in seinem umnebelten Hirn nur beschimpft. Was für eine Familie!"

„Aber das ist doch nicht das erste Mal, dass du mit solchen eigenartigen Kreaturen zu tun hast. Habt ihr denn schon einen Tatverdächtigen?"

„Ja, ein Mitarbeiter aus dem Museum, dem wir Neigungen zum Satanismus nachweisen konnten. Bei der ungewöhnlichen Lage der Toten ein schlüssiges Indiz. Außerdem hat er kein Alibi."

„Ich gehe davon aus, dass ihr diese besondere Position der Toten auch schon analysiert habt. Hier hat sich nicht jemand nur einer Leiche entledigt. Der Mörder wollte ohne Frage ein Zeichen setzen", dachte Lindberg laut.

„Das ist uns auch klar, aber es passen trotzdem einige Dinge nicht zusammen. Für seine Inszenierung brauchte der Täter Zeit. Wie konnte er zusätzlich die Tote unbemerkt in das Museum schaffen? Und zu guter Letzt die Frage, welche Botschaft steckt hinter all diesem Aufwand?"

„Was sagt denn Kim Matthiesen zur Todesursache?" Lindberg ließ nicht locker.

„Das ist nicht ganz uninteressant. Sie wurde mit einer hohen Dosis Insulin getötet, nachdem man sie betäubt hatte. Aber nun ist es gut, Lindberg. Ich habe dir schon wieder viel zu viel erzählt."

Lindberg schmunzelte. „Aber wenn du ganz ehrlich bist, Anna, fühlst du dich doch jetzt schon sehr viel besser."

„Du bist und bleibst ein hinterhältiger Mensch, Karl-Magnus Lindberg."

„Oh, jetzt wird es gefährlich für mich, wenn du mich beim Vornamen nennst."

„Nur so kann ich dich und deine penetrante Neugier bremsen. Aber ganz etwas anderes, wie kommt denn Belinda mit dieser unliebsamen Sache klar?", unterbrach Anna Lindbergs Fragestunde.

„Ach, ich nehme an, sie wird es auf ihre jugendlich unbekümmerte Art relativ schnell verkraften. Tante Gertruds sonniges Gemüt hilft ihr garantiert dabei."

Kapitel 10

Der Alltag hatte Anna am nächsten Morgen nach dem entspannten Abend mit Lindberg schnell wieder eingeholt. Kaum war sie in ihrem Büro, erinnerte sie sich an die Befragung des Bruders der Toten in Neustadt. Auch nachdem ihre Kollegin Petra und sie ihn mit aufs Revier genommen hatten, um ihn dem Einfluss seiner Eltern zu entziehen, war das Ergebnis seiner Aussage eher spärlich. Nur widerwillig hatte er ihre Fragen beantwortet. An bestimmte Zeitabläufe konnte er sich nicht erinnern. Über ein stichhaltiges Alibi für die Tatzeit verfügte er ebenfalls nicht. Anna vermutete, dass er ebenso wie sein Cousin aufgrund von Drogenkonsum nicht immer Herr seiner Sinne gewesen war. Wie sie bereits bei den Eltern festgestellt hatte, schien auch dem Bruder der Tod seiner Schwester wenig nahe zu gehen. Das Protokoll, das sie noch einmal überflog, verbesserte ihre Stimmung nicht. Im Gegenteil.

„Moin, Chefin, wann wollen wir denn unserem Junkie auf den Zahn fühlen?", begrüßte Clemens Korthals Anna.

„Bist du sicher, dass er unsere Fragen in seinem vernebelten Kopf auch richtig verstehen kann?"

„Ich glaube schon. Schließlich haben wir ihm ja fast zwanzig Stunden Zeit gegeben, wieder klar zu werden."

„Es ist gut, Clemens. Lass ihn schon einmal holen. In einer Viertelstunde werden wir ihn uns dann vornehmen."

Dennis Schubert, der Cousin der Toten, lag mit dem Kopf auf seinen verschränkten Armen auf der Tischplatte, als Anna und Clemens Korthals den Vernehmungsraum betraten. Er reagierte auch nicht, als die beiden auf der anderen Seite des Tisches Platz nahmen.

Wie von einer Tarantel gestochen schoss er hoch, als Clemens mit der flachen Hand auf den Tisch schlug. Völlig verwirrt starrte er die beiden Kommissare an, bis er wieder apathisch auf seinen Stuhl fiel.

„Das ist Folter, was Sie hier mit mir treiben", stieß er keuchend hervor.

„Da irren Sie sich. Die sieht bei uns ganz anders aus", hielt Clemens Korthals ihm entgegen. Anna schüttelte missbilligend den Kopf.

„Fühlen Sie sich in der Lage, Herr Schubert, uns ein paar Fragen zu beantworten?"

„Sie behandeln mich wie einen Schwerverbrecher. Können Sie mir mal sagen, was Sie mir vorwerfen?" Dennis Schubert rutschte bei seinen Worten auf dem Stuhl nervös hin und her.

„Sie sind hier nicht als Beschuldigter", versuchte Anna ihm die Situation zu erklären, „es ist lediglich eine Zeugenbefragung."

„Und dafür stecken Sie mich hinter Gittern? In diesem Polizeistaat hat der Einzelne wohl überhaupt keine Rechte mehr."

„Ich glaube, wir müssen Ihnen nicht erklären, warum Sie gestern nicht in der Lage waren, unsere Fragen zu beantworten. Das wissen Sie selbst nur zu gut. Aber nur zu Ihrer Erinnerung, Sie waren zugedröhnt bis oben hin", schaltete Clemens Korthals sich ein.

Dennis Schubert machte eine abfällige Handbewegung und lehnte sich in seinem Stuhl demonstrativ zurück. „Sie sitzen hier in ihrem Edelhochhaus und wissen doch gar nicht, wie die Welt da draußen tickt. Da ist Krieg. Dort tobt der Mob."

„Sie irren erneut, Herr Schubert. Wir sind von der Mordkommission. Was meinen Sie, wie oft wir in unserem Dienst schon Typen wie Sie tot zwischen Mülltonnen und in der Gosse gefunden haben? In allen Fällen kein schöner Anblick. Drogen sind nicht die Lösung", erklärte der Oberkommissar in ruhigem Ton.

„Wir leben eben in einer Wegwerfgesellschaft", kam die lapidare Antwort und ein gleichgültiges Schulterzucken von Dennis Schubert.

Clemens Korthals blies die Backen auf. „So sehen Sie das? Gehört Ihre Cousine auch in diese von Ihnen so trefflich beschriebene Kategorie? Welch ein würdevolles Menschheitsbild."

„Lassen Sie uns zur Sache kommen", wandte sich Anna ihrer eigentlichen Aufgabe zu, obwohl sie die Ansicht ihres Kollegen teilte, „wann haben Sie Ihre Cousine das letzte Mal gesehen?"

Dennis Schubert blickte die Kommissarin aufgrund des abrupten Themenwechsel irritiert an. Dann schüttelte er den Kopf.

„Keine Ahnung. Die kam und ging, wie sie wollte", kam die patzige Antwort.

„Ist es richtig, dass Marie und Lars am 13. September in Lübeck angekommen und bei Ihnen eingezogen sind?", versuchte Anna jetzt systematisch vorzugehen.

„Wenn Sie das sagen."

„Nur zu Ihrer Erinnerung, Herr Schubert, das ist hier keine Quizsendung. Wir versuchen, den Mord an ihrer Cousine aufzuklären", erhob Clemens Korthals seine Stimme, „vielleicht können Sie Ihre grauen Zellen ein wenig auf Trab bringen und uns vernünftige Antworten geben."

Dennis Schubert zuckte wiederum gelangweilt mit den Schultern. „Ich hab doch keinen Kalender im Kopf. Ja, die beiden sind irgendwann aufgetaucht. Aber, wann das genau war, weiß ich nicht mehr."

„Schildern Sie uns doch einmal den Tagesablauf während der Anwesenheit der beiden", schaltete Anna sich jetzt wieder ein.

„Lars und ich haben uns einen schönen Tag gemacht. Hier und da in der Stadt abgehangen und gechillt. Wo Marie herumgeturnt ist, weiß ich nicht. Die war immer schon früh aus dem Haus. Die hat doch total gesponnen mit ihrem ganzen Kulturkram."

„Sie wollen damit sagen, dass es mit Ihnen und Marie keine Gemeinsamkeiten gab und Sie auch nichts zusammen unternommen haben", hakte Anna nach.

„Nee, die wollte mit uns nichts zu tun haben. Die hat ja noch nicht einmal mit Miriam etwas Gemeinsames geplant. Shoppen, Kaffeetrinken oder was die Weiber sonst so vorhaben. "

„Sie meinen Miriam Wolter, ihre Mitbewohnerin?"

Dennis Schubert nickte.

Clemens Korthals blätterte in seinen Unterlagen, schob eine Seite zu seiner Kollegin hinüber und zeigte mit dem Zeigefinger auf eine Zeile. Anna las die Aussage von Miriam Wolter, die sich mit der ihres Mitbewoners deckte.

„Wo waren Sie am Abend des 15. September?" Die forsche Frage des Kriminaloberkommissars ließ Dennis Schubert zusammen-zucken.

„Woher soll ich das denn wissen?", stotterte er verunsichert.

„Es wäre schon von Vorteil, sich zu erinnern. Denn wenn Sie kein Alibi haben, wird es eng für Sie", setzte Clemens Korthals nach.

„Wollen Sie damit etwa sagen, dass ich Marie umgebracht habe?" Dennis Schubert starrte die beiden Kommissare abwechselnd ungläubig an.

„Wie mein Kollege bereits erklärt hat, ein Alibi für die Tatzeit könnte Sie schon entlasten. Ihre bisherigen Aussagen sind wenig konkret. Sie lassen für uns nur zwei Folgerungen zu. Entweder Sie können sich tatsächlich nicht erinnern. Was möglicherweise auch auf ihren Drogenkonsum zurückzuführen ist. Oder aber Sie wollen keine Aussagen machen, weil Sie etwas zu verdecken haben. Zum Beispiel den Mord an ihrer Cousine. Jetzt liegt es bei Ihnen, uns von dem Gegenteil zu überzeugen."

Anna blickte Clemens Korthals an und blinzelte ihm zu. Beide erhoben sich gleichzeitig und verließen ohne ein weiteres Wort den Raum. Dennis Schubert blickte ihnen verständnislos hinterher.

„Jetzt lassen wir ihn eine Weile schmoren. Dann kannst du ihn mit den üblichen Auflagen laufen lassen", erklärte Anna ihrem Kollegen, als sie wieder in ihr Büro gingen, „als Täter kommt er ohnehin nicht infrage. Zu solchen organisierten und planvollen Handlungen wie der Mörder ist er mit seinem umnebelten Hirn gar nicht in der Lage."

Anna hatte kaum hinter ihrem Schreibtisch Platz genommen und sich in die Ermittlungsakten vertieft, als sie durch das Klingeln des Telefons gestört wurde. Die Nummer auf dem Display zeigte die Staatsanwaltschaft an. Anna meldete sich.

„Guten Morgen, Frau Severin. Hier ist Ina von Ehrenfels. Ich wollte mich eigentlich schon viel früher bei Ihnen melden, aber die Aktenberge in der Staatsanwaltschaft schütten mich einfach zu. Wie geht es Ihnen?"

„Welch eine angenehme Überraschung in meinem trüben Ermittlungsalltag, Frau von Ehrenfels. Womit habe ich das verdient?" Anna konnte ihre Verwunderung nicht verbergen.

„Eigentlich habe ich drei Gründe, Sie anzurufen. Einerseits, weil es mich berührt, auf welche souveräne Weise Sie mit Ihrer Schussverletzung umgegangen sind. Zweitens, weil ich wirklich wissen möchte, wie es Ihnen geht. Und drittens, weil ich Sie daran erinnern möchte, dass Sie mit mir zusammen auf den Schießstand gehen wollten."

Anna musste lachen. „Eine schießwütige Staatsanwältin hatten wir noch nie. Entschuldigung. Aber versprochen ist versprochen. Ich kümmere mich darum und gebe Ihnen Bescheid, wann es passt. Und zu Ihrer anderen Frage, es geht mir gut. Die Wunde ist aufgrund guter medizinischer Versorgung durch unsere Rechtsmedizinerin bestens verheilt."

„Das hört sich gut an. Und wie geht es mit dem Fall der toten Frau aus dem Hansemuseum voran?"

Anna berichtete der Staatsanwältin in kurzen Zügen über den Stand der Ermittlungen. Einschließlich des wenig kooperativen Verhaltens aller Familienmitglieder der Toten.

„Vielen Dank, Frau Severin. By the way. Der Oberstaatsanwalt interessiert sich - aus welchen Gründen auch immer - gleichfalls für diesen Fall. Ich denke, Sie werden noch heute Besuch bekommen. Ich konnte ihn nicht davon abhalten. Ich höre von Ihnen. Bis dann und auf Wiederhören."

Auch Anna verabschiedete sich, hielt aber anschließend den Hörer noch eine Weile verwundert in der Hand, bis sie ihn auflegte. Aus der Staatsanwaltschaft hatte es seit langer Zeit keine angenehmen Signale gegeben. Das lag in erster Linie an dem unerfreulichen Verhalten des Oberstaatsanwalts. Anna empfand sein Benehmen als Missachtung ihrer Arbeit und der ihrer Kollegen. Ein Miteinander wäre insbesondere auch wegen der Sache, nämlich der Aufklärung von Straftaten, weitaus hilfreicher. Unabhängig von den persönlichen Animositäten. Der Anruf von Ina von Ehrenfels und auch ihre erste Begegnung ließ Anna allerdings hoffen, dass in der Staatsanwaltschaft in Zukunft die Uhren ein wenig anders gehen könnten.

Es dauerte keine halbe Stunde, bis sich die Vermutung von Ina von Ehrenfels in eine unvermeidliche Tatsache verwandelte. Ohne vorherige Ankündigung stand Oberstaatsanwalt Reichenbach plötzlich in der Tür. „Erklären Sie mir, Frau Severin, aus welchem Grunde sich Nico Frohwein in Haft befindet."

Der Oberstaatsanwalt hielt es nicht für nötig, seine Anwesenheit durch einen Morgengruß anzukündigen. Ein Umstand, der Anna schon zu Beginn zum Widerstand provozierte.

„Auch ich wünsche Ihnen einen wunderschönen guten Morgen, Herr Oberstaatsanwalt. Wollen Sie nicht Platz nehmen? Wie wäre es mit einer Tasse Kaffee oder Tee?"

Wie es aussah, verlor Oberstaatsanwalt Reichenbach das Konzept seines energischen Auftritts. Annas entwaffnende Worte schienen ihn dermaßen zu irritieren, dass er sie für eine Zeit lang nur mit offenem Mund anstarrte.

„Ich komme nicht für einen Kaffeeklatsch zu Ihnen, sondern erwarte eine kompetente und plausible Antwort auf meine Frage", plusterte er sich auf, nachdem er sich wenig später von seiner kurzzeitigen Verwirrung erholt hatte.

„Wie auch die Staatsanwaltschaft weiß, ist Nico Frohwein hochgradig tatverdächtig. Er hatte als Mitarbeiter des Hansemuseums Gelegenheit wie auch Mittel zur Tat. Und er praktizierte die irrsinnigen Riten des Satanismus. Die Lage der Toten spricht schon allein für sich. Außerdem verfügt er über kein Alibi."

„Das sind doch alles nur Spekulationen und keine beweisbaren Indizien. Sehen Sie zu, dass Nico Frohwein so schnell wie möglich wieder auf freien Fuß gesetzt wird. Das ist eine dienstliche Weisung."

Der Oberstaatsanwalt schien der Auffassung zu sein, dass Anna seine Anweisungen unverzüglich in die Tat umsetzen würde. Er drehte sich bereits um, um das Büro zu verlassen. Anna bremste den eilenden Juristen. „Herr Oberstaatsanwalt, haben Sie nicht einen entscheidenden Faktor übersehen?"

Oberstaatsanwalt Reichenbach erstarrte, als ob man einer elektrischen Figur den Strom abgestellt hätte. Mit wenigen Schritten stand er wieder in Annas Büro.

„Sie arbeiten sehr intensiv auf ein Disziplinarverfahren hin, Frau Severin, wenn Sie sich weigern, meine Anordnungen zu voll-ziehen." Dabei wippte der Oberstaatsanwalt wieder auf den Füßen. Anna kannte diese Macke schon. Der klägliche Versuch, seine geringe Körpergröße zu kompensieren und seinen Worten Nachdruck zu verleihen.

„Verehrter Herr Oberstaatsanwalt, ich würde mir nie erlauben, Ihren Weisungen nicht zu folgen. Doch in diesem Fall sind mir die Hände gebunden. Nicht ich entscheide über die Haft von Nico Frohwein, wie Sie wissen. Das ist einzig und alleine Aufgabe des Haftrichters. Und der ist nun einmal unseren Ermittlungsergebnissen und den Argumenten der Staatsanwaltschaft gefolgt. Wenn Sie also berechtigte Gründe haben, die Haft von Nico Frohwein anzuzweifeln, bleibt es Ihnen unbenommen, sich mit dem Haftrichter in Verbindung zu setzen. Ihre Argumentation würde mich allerdings auch interessieren, da ich sie ja möglicher-weise in meine Ermittlung mit einbeziehen müsste."

Anna lächelte den Oberstaatsanwalt freundlich an, während sich dessen Gesichtsröte deutlich veränderte. Kommentarlos drehte er sich um und verließ wutschnaubend die Räume der Mordkommission.

„Was war das denn für eine Nummer?" Clemens Korthals stand kurze Zeit später in Annas Tür.

„Unser geliebter Oberstaatsanwalt glaubte einmal wieder, eine Gelegenheit gefunden zu haben, mir ein Bein stellen zu können. Er ist der Auffassung, dass wir Nico Frohwein zu Unrecht verhaftet haben."

„Wieso das denn? Die Staatsanwaltschaft hat doch unseren Ermittlungsergebnissen zugestimmt und damit auch den Haftrichter überzeugen können. Das verstehe ich jetzt nicht."

„Ja, das ist richtig. Aber die zuständige Staatsanwältin ist Ina von Ehrenfels. So wie ich es sehe, muss der Oberstaatsanwalt erst später von der Verhaftung von Nico Frohwein erfahren haben. Warum er aber so dicke Backen macht und auf dessen Haftentlassung besteht, weiß ich auch nicht. Hast du eine Erklärung dafür?"

Clemens Korthals sah seine Chefin eine Weile nachdenklich an, sagte aber kein Wort.

„Was ist los, Clemens? Bist du eingeschlafen?"

„Chefin, darf ich einmal herumkommen?", fragte er und wartete Annas Antwort gar nicht erst ab. Er trat hinter sie.

„Gehe bitte einmal auf die Seite vom Kiwanis Club Lübeck." Anna blickte ihren Kollegen über die Schulter fragend an, rief dann aber die gewünschte Homepage auf ihrem Computer auf.

„Und jetzt gehe einmal auf `Mitglieder`", bat Clemens Korthals seine Chefin. Auf dem Bildschirm erschien eine Namensliste.

„Was zu beweisen war!", verkündete der Oberkommissar freudig, „wusste ich es doch. Der Oberstaatsanwalt und der Vater von Nico Frohwein sind beide Mitglieder im Kiwanis Club. Die helfen sich bekanntermaßen gegenseitig. Jetzt weißt du, warum der Oberstaatsanwalt sich so für Nico Frohwein einsetzt. Alles reine juristische Überlegungen und Argumente. Da versucht man, einen Mord aufzuklären, und dieser selbstverliebte Rechtsverdreher hat nur ein Ziel, seinem Kumpel zu demonstrieren, dass die Justiz ausschließlich in seinen Händen liegt. Es ist einfach nur zum Kotzen."

Anna sah ihren Kollegen lächelnd an. „Clemens, reg dich nicht auf. Ich bin stolz auf dich. Deine Spürnase ist für unseren Job unverzichtbar. Und ein Oberstaatsanwalt Reichenbach ist uns allemal nicht gewachsen."

Kapitel 11

Tobias und Lindberg waren sich einig, es würde kein leichter Weg sein, einen Hinweis dafür zu finden, wer hinter der Nötigung von dem VfB-Torwart Finn Holtmann steckte. Solche Machenschaften wurden selten dokumentiert, um keine Beweise zu hinterlassen. Am meisten ärgerte sich Tobias darüber, dass dieser widerliche Kollege Bauer seine Finger in diesem üblen Spiel hatte.

Den gesamten Vormittag durchpflügte er das Internet, um auf eine Information zu stoßen, welche Mandanten Maximilian Bauer gegenwärtig vertrat. Ohne zufriedenstellendes Ergebnis. Tobias kannte viele Leute, wichtige und weniger bedeutende. Aber auch nach zahlreichen Anrufen war er genauso schlau wie vorher. Er musste unbedingt noch einmal mit Lindberg sprechen. Vielleicht hatte der ja noch eine Idee. Auf welche Weise war es möglich, einen Blick hinter die Kulissen dieser Intrige zu werfen, ohne viel Staub aufzuwirbeln?

Noch bevor er Lindberg anrufen konnte, läutete sein Telefon.

„Tobias, ich bin vollkommen fertig", meldete sich Ulrich Bartels völlig aufgelöst, „weißt du, was die von Finn wollen?"

„Ganz ruhig, Ulrich. Alles, was du mir sagen willst, nicht am Telefon. Ich rufe dich in wenigen Minuten wieder an." Tobias beendete das Gespräch, ohne eine Antwort von Ulrich Bartels abzuwarten.

Direkt darauf drückte er die Kurzwahlnummer von Lindberg.

„Lindberg, hast du Zeit? Es sieht so aus, als ob Ulrich Bartels jetzt weiß, was sie von seinem Neffen wollen. Er hat mich gerade vollkommen erschüttert angerufen. Wir müssen uns treffen", überfiel er seinen Freund, als der sich gemeldet hatte.

„OK, Tobias, wann und wo wollen wir uns sehen?", reagierte Lindberg sofort.

„Ich möchte nicht, dass man uns zusammen in der Öffentlichkeit sieht. Außerdem sind mir in den Kneipen zu viele lange Ohren. Können wir uns bei dir treffen? Ich werde Ulrich entsprechend informieren. Sagen wir am Nachmittag gegen fünf?"

„Einverstanden, Tobias. Wenn es sich einrichten lässt, sollte auch Finn dabei sein", schlug Lindberg vor.

„Gute Idee. Ich kümmere mich darum. Bis nachher", verabschiedete sich Tobias.

Wie besprochen, fanden sich Tobias, Ulrich Bartels und sein Neffe Finn am Nachmittag bei Lindberg in der Hüxstraße ein.

„So, dann erzähl mal, was es aufregendes Neues gibt", forderte Tobias Ulrich Bartels auf.

„Am besten wird es sein, dass Finn euch berichtet, was dieser unerträgliche Rechtsanwalt von ihm wollte."

Der junge Torwart des VfB Lübeck sah Lindberg und Tobias fragend an. Als die ihm auffordernd zunickten, begann er zu erzählen. „Gestern kam dieser Rechtsanwalt Bauer nach dem Training in die Kabine und forderte mich auf, nach draußen zu kommen. Dort hat er dann zunächst rumgelabert, wie vorteilhaft es für mich wäre, dass er sich jetzt um mich kümmern würde. Das könnte er aber nur, wenn ich mich kooperativ verhalten würde."

„Hat er auch erklärt, wie er sich das vorstellt?", fragte Tobias nach.

„Ja, das hat er. Er sagte, ich müsste bei bestimmten Spielen einfach meine brillanten Fähigkeiten als Torwart kurzzeitig außer Acht lassen, wie er sich ausdrückte."

„Habt ihr das verstanden?", schaltete sich Ulrich Bartels entrüstet ein, „der hat von Finn verlangt, dass er von Zeit zu Zeit Bälle des Gegners einfach durchlässt. Das ist doch nicht zu fassen."

„Ja, das haben wir schon verstanden", entgegnete Lindberg kopfnickend, „dafür kann es nur einen Grund geben."

„Wettbetrug", verkündete Tobias lautstark.

„So sieht es aus", bestätigte Lindberg den Verdacht seines Freundes, „irgendjemand versucht auf diese Weise, das schnelle Geld zu machen. Hohe Summen werden auf einen schwachen Gegner gewettet. Die Gewinnquoten sind hoch, weil kaum jemand damit rechnet, dass diese vermeintlich schwache Mannschaft erfolgreich gegen den VfB sein könnte. Solche Wetten stehen nicht selten 1:10."

„Das bedeutet, wer 100.000 setzt, hat anschließend eine schnelle Million im Sack", ergänzte Tobias Lindbergs Gedanken.

„Das darf doch alles nicht wahr sein", stieß Ulrich Bartels hervor, „da muss man doch gegen angehen. Die können doch nicht von Finn verlangen, dass er bei den Spielen im Tor den Hampelmann macht, damit irgendwelche Vereine am unteren Tabellenende gewinnen können. Das machen wir einfach nicht mit."

„Du hast absolut recht, Ulrich. Deswegen müssen wir ganz in Ruhe überlegen, wie wir das verhindern können", warf Tobias ein.

„Hat denn der Rechtsanwalt Bauer schon konkret angesagt, bei welchen Spielen er von dir Nachlässigkeiten erwartet?", wandte sich Lindberg an den Torwart.

„Nein, bisher noch nicht. Ich habe ihn das auch gefragt, aber er sagte, das würde ich immer erst kurz vor den Spielen erfahren."

„Wir müssen wissen, wie viel Zeit uns bleibt", dachte Tobias laut, „wir brauchen den Spielplan vom VfB."

Ulrich Bartels kramte sein Smartphone hervor. „Das ist kein Problem, ich guck schnell mal rein." Er tippte mit flinken Fingern auf dem Display herum. „Hier ist der Plan."

„Wann muss der VfB gegen die drei Letzten der Tabelle antreten?", wollte Tobias wissen.

„Das nächste Spiel ist in zehn Tagen gegen den Heider SV. Die stehen zurzeit auf dem vorletzten Platz."

„Wenn wir davon ausgehen, dass Finns Erpresser schnell viel Geld machen wollen, kann es nur um solche Spiele gehen, in denen der VfB haushoher Favorit ist. Bei Spielen, gegen gleichwertige Mannschaften ist die Gewinnquote viel zu gering und die Gefahr zu groß, dass der Gegner gewinnt", setzte Tobias seine Überlegungen fort.

„Wenn deine Theorie stimmt, bleiben uns demnach zehn Tage, um diesen hinterhältigen Typen das Handwerk zu legen", folgerte Lindberg aus den formulierten Gedanken seines Freundes.

Ulrich Bartels runzelte die Stirn. „Und was machen wir in dieser Zeit?"

„Ihr verhaltet euch ganz ruhig. Finn trainiert und macht seinen Job wie bisher", schlug Tobias vor, „wir werden uns inzwischen Gedanken darüber machen, wie wir die unliebsame Sache aus der Welt schaffen können. Wenn wir eure Hilfe brauchen, dann melde ich mich."

Anschließend verabschiedeten Lindberg und Tobias Ulrich Bartels und seine Neffen.

Lindberg atmete tief durch, als die beiden sein Haus verlassen hatten. „Wenn ich ganz ehrlich bin, mein lieber Tobias, bin ich mehr oder weniger ratlos. Hast du einen Plan?"

Tobias sah seinen Freund gleichermaßen entschlusslos an. „Ich habe heute Morgen schon mit Gott und der Welt telefoniert und auch das Internet durchgepflügt, um zu erfahren, mit wem der fiese Maximilian Bauer in der letzten Zeit Kontakt gehabt hat und für wen er gegenwärtig arbeitet. Unglücklicherweise wenig erfolgreich. Ich glaube, wir müssen etwas größere Geschütze auffahren."

Auch wenn der Rechtsanwalt Maximilian Bauer stets viel Wert darauf legte, sich als einen erfolgreichen Juristen in der Öffentlichkeit zu präsentieren, so wusste Tobias, dass er im Herzen eine Krämerseele war. Gemessen an seinem bevorzugten und nach außen getragenen Image hätten seine beruflichen Aktivitäten auch in entsprechenden repräsentativen Räumlichkeiten stattfinden müssen. Doch dazu war er viel zu geizig. Seine Kanzlei befand sich in einem wenig vorzeigbaren alten Siedlungshaus im Stadtteil Eichholz, das er von seinen Eltern geerbt hatte. Seine Klienten bestellte er daher in den meisten Fällen in die Lobby von Hotels, um ihnen den armseligen Anblick seiner Behausung zu ersparen. Auch an diesem Abend war der ungeliebte Rechtsanwalt nicht zu Hause, wie Tobias recherchiert hatte. Die Einladung eines Mandanten zur Einweihung einer neuen Galerie würde Bauer nicht ausschlagen, da es hier einerseits kostenfreie Getränke gab und er andererseits in der Öffentlichkeit Hof halten konnte. Eine anschließende Party des Gastgebers versprach weitere Freuden, denen der unerträgliche Rechtsanwalt garantiert nicht widerstehen konnte. Ein Umstand, der Tobias an diesem Abend sehr gelegen kam. Es war kurz vor Mitternacht.

Tobias und der Schrauber hatten ihr Auto in Eichholz in einer Nebenstraße abgestellt. Das Haus von Maximilian Bauer wurde nur trübe von einer entfernten Laterne beschienen. Zudem bot der ungepflegte Garten mit seinen wild wuchernden Büschen genügend Deckung, um sich ungesehen dem Haus zu nähern.

„Denk dran, Schrauber, kein Lärm und keine Spuren", flüsterte Tobias, als sie den Hintereingang erreicht hatten.

„Ich mach das doch nicht das erste Mal, du verängstigtes Juristenhirn", knurrte der Schrauber Tobias an, während er bereits im Schein einer Taschenlampe sein Besteck aus einem Etui herausfummelte. Das Schloss der Tür bedeutete für ihn kein Hindernis. In wenigen Sekunden sprang die Tür auf und die beiden schlüpften hinein. Kurze Zeit später hatten sie den Raum gefunden, der offensichtlich dem Rechtsanwalt als Büro diente. Tobias begann, die einzelnen Ablagen zu durchsuchen. Er blätterte die Akten durch, die auf dem Schreibtisch lagen, und öffnete anschließend einzelne Schubladen, in denen er Akten der Klienten vermutete.

Ein schepperndes Dröhnen ließ beide aufschrecken. Tobias hatte im trüben Licht der Taschenlampe einen Papierkorb aus Blech übersehen.

„Mein Gott, Tobias. Soll ich denn noch einen Herzinfarkt bekommen?", zischte der Schrauber seinen Freund an.

Tobias trat einen Schritt auf den Schrauber zu und hob die Hand.

„Sei einmal ruhig", flüsterte er und lauschte.

Aus den oberen Stockwerken waren undefinierbare Geräusche zu hören. Die beiden sahen sich verwundert an.

„Hast du nicht gesagt, der hässliche Rechtsverdreher ist auf einer Party?", brummte der Schrauber leise.

„Maximilian, bist du da?", tönte plötzlich von oben eine krächzende weibliche Stimme.

„Ach, du Scheiße", stöhnte der Schrauber auf, „wer ist das?"

„Keine Ahnung. Der Stimme nach, eine alte Frau. Vielleicht seine Mutter", flüsterte Tobias, während er gleichzeitig auf weitere Geräusche von oben lauschte, „vielleicht ist sie bettlägerig. Wir sollten uns beeilen."

Tobias hob wieder die Hand und lauschte. Es war nichts mehr zu hören. Keine Rufe mehr. Keine Schritte.

„Was suchen wir eigentlich?", bedrängte der Schrauber ihn erneut.

Tobias grunzte leise. „Wenn ich das nur wüsste. Diese ganze fiese Angelegenheit mit dem Torwart des VfB ist doch nicht alleine auf dem Mist von Bauer gewachsen. Der hat garantiert einen Auftraggeber. Aber welchen, das ist hier die große Frage."

„Wir stochern doch nur im Heuhaufen herum. Was willst du hier denn finden ohne konkrete Hinweise?", grummelte der Schrauber vor sich hin.

„Du hast ja recht. Dann müssen wir eben unsere kleinen hilfreichen technischen Freunde einsetzen, wenn wir sonst nicht weiterkommen", entschloss sich Tobias.

Kapitel 12

Anna gehörte nicht zu den Menschen, die versuchten, ihre ungelösten Kriminalfälle in schlaflosen Nächten zu bewältigen. Sie konnte sehr gut Dienstliches und Privates trennen. Der aktuelle Fall allerdings schien sie mehr zu beschäftigen, als alle anderen davor. Am frühen Morgen erwachte sie und dachte darüber nach, was sie mit ihren Kollegen am Vortag besprochen hatte. Sie waren sich einig gewesen, dass der Mörder der blonden Frau im Hansemuseum äußerst akribisch vorgegangen sein musste. Seine Kenntnisse über die örtlichen Gegebenheiten und sein detailliertes Wissen über die Abläufe im Haus gehörten ebenso dazu, wie auch die planvolle Ausführung der Tat. Allein diese Tatsachen machten den Mitarbeiter des Museums, Nico Frohwein, tatverdächtig. Die weiteren Mosaiksteine, sein fehlendes Alibi und seine Neigung zum Satanismus und deren zum Teil abartigen Praktiken, führten auch an diesem Morgen nach Annas weiteren Überlegungen zu keinem anderen Schluss. Nico Frohwein war der Mörder.

„The Party ain`t over yet", Annas Status-Quo-Klingelsound unterbrach ihre Gedanken.

„Langsam wird es zu einer unangenehmen Gewohnheit von dir, mein lieber Clemens, meine morgendlichen Rituale zu stören."

„Es tut mir aufrichtig leid, aber die Toten nehmen keine Rücksicht auf persönliche Befindlichkeiten. Insbesondere dann nicht, wenn man Chefin der Mordkommission ist."

„Wer stört denn unsere Kreise dieses Mal?", stöhnte Anna resignierend.

„Es wird immer verrückter. Die Leiche befindet sich auf der Aussichtsplattform der Petrikirche. Ich habe bereits alle, die es wissen müssen, informiert. Wir sehen uns vor Ort", verabschiedete sich der Kriminaloberkommissar.

Die St.-Petri-Kirche gehörte zu einem der sieben Türme Lübecks unweit des Holstentors. Als Kultur- und Universitätskirche ohne eigene Gemeinde wurde sie in der Vergangenheit nur zu besonderen Gottesdiensten und kulturellen Veranstaltungen genutzt. Von der Aussichtsplattform auf dem Turm, die man über einen Fahrstuhl erreichen konnte, hatte man einen atemberaubenden Blick über die Dächer der Hansestadt.

Als Anna vor dem Haupteingang der Kirche ankam, standen bereits unzählige Techniker der Spurensuche in ihren weißen Overalls untätig herum.

„Was sind das für neue Methoden? Seid ihr denn total verrückt geworden?", bestürmte der Leiter der Kriminaltechnik, Kriminalhauptkommissar Heribert Anderlecht, Anna, kaum nachdem er sie erblickt hatte.

„Guten Morgen, Heribert. Schön, dass ihr schon da seid ..." Weiter kam Anna nicht.

„Pfeife mal deinen Adlatus zurück. Der will uns nicht zum Tatort lassen", unterbrach der Leiter der KTU Anna aufgebracht.

Im selben Augenblick trat Kriminaloberkommissar Clemens Korthals aus der Kirche und kam auf die beiden Streithähne zu.

„Der Adlatus, wie du ihn nennst, Heribert, hat einen Namen, der dir wohlbekannt ist. Eine gewisse kollegiale Verhaltens-weise ist wohl nicht zu viel verlangt."

Anschließend wandte Anna sich Clemens Korthals zu und sah ihn fragend an.

„Moin, Chefin. Ich habe bewusst alle vom Tatort ferngehalten. Wie du weißt, ist der Raum auf der Aussichtsplattform beengt. Und ich wollte, dass du dir erst einmal persönlich einen Eindruck vom Tatort machst, ohne, dass vor lauter Weißwürsten nichts mehr zu sehen ist". Dabei grinste der Oberkommissar Heribert Anderlecht provozierend an.

„Sie sind wohl total dem Wahnsinn verfallen", brauste der Leiter der KTU auf. „Wer leitet hier eigentlich die Ermittlung? Kann das inzwischen jeder dahergelaufene Hanswurst sein?"

„Ja, solange er mein Stellvertreter ist schon", antwortete Anna bewusst ruhig.

Clemens Korthals bedachte den Leiter der KTU mit einem abfälligen Blick. „Wenn ich Sie so ansehe, Herr Kriminalhauptkommissar, dann passt Hanswurst doch eher zu Ihnen".

Anna musste sich ein Lachen verkneifen. Hatte Lindberg nicht erst kürzlich Heribert Anderlecht in seinem weißen Overall mit einer Wurst verglichen?

„Jetzt wollen wir wieder sachlich werden", schaltete sie sich ein, bevor der Leiter der KTU abermals aufbrausen konnte, „Heribert, schnapp dir deinen Fotografen. Und dann wollen wir uns einmal die Misere ansehen."

Als Anna und ihre drei Begleiter auf der Aussichtsplattform aus dem Aufzug stiegen, trafen sie lediglich Kriminalkommissar Malte Bockmann dort oben an.

„Guten Morgen, Frau Severin. Wir müssen nur einmal kurz um die Ecke."

„Ach du lieber Himmel", war Annas erste Reaktion, als sie die Leiche sah. An dem wabenförmigen Gitter hing eine blonde junge Frau mit ausgebreiteten Armen. Ihr Gesicht war auf die beiden Türme der Marienkirche ausgerichtet. Ihre nackten Füße schwebten wenige Zentimeter über dem Boden. Sie war lediglich mit einem weißen faltenreichen Gewand bekleidet, das wie ein viel zu großes Nachthemd aussah.

Anna trat näher heran. Das Gesicht der jungen Frau wirkte entspannt. Die Augen waren geschlossen. Es sah aus, als ob sie schlafen würde. Ihre Handgelenke waren mit zwei Stricken an das Gitter gebunden. Ein weiteres Seil umschlang ihren Körper.

„Ich glaube, wir haben ein Problem", bemerkte Clemens Korthals, als er neben seine Chefin trat.

„Da magst du recht haben, Clemens. Die Handschrift sieht sehr eindeutig aus."

Anna wandte sich Heribert Anderlecht zu, der ebenfalls die Tote betrachtete. „Mach doch erst einmal Fotos von allen Seiten und dann können deine Leute aktiv werden."

„Du musst mir nicht erklären, wie ich meinen Job zu machen habe", blaffte der so Angesprochene zurück.

Anna reagierte nicht auf seine unkollegiale Bemerkung und drehte ihm den Rücken zu.

„Wer hat sie gefunden?", fragte Anna Kommissar Bockmann.

„Der Turmwärter oder wie auch immer man die Person bezeichnen mag, die unten sitzt und kassiert und sich um den reibungslosen Besucherablauf kümmert. Ich nehme an, Sie finden ihn unten in seinem Glaskasten. Der ist vollkommen fertig."

„Gut. Wir lassen erst einmal die Techniker ihre Arbeit machen. Herr Bockmann, Sie bleiben hier oben. Clemens, wir beide werden uns mit dem Turmwärter unterhalten", ordnete Anna an.

Als Anna und Clemens Korthals den Glaskasten im Eingangsbereich der Kirche betraten, in dem normalerweise das Eintrittsgeld für die Aussichtsplattform kassiert wurde, trafen sie zwei Personen an. Auf einem Stuhl saß zusammengesunken ein Mann gesetzten Alters. Allein an seinem entgeisterten Gesichtsausdruck konnte Anna zweifelsfrei den Turmwärter identifizieren.

„Mein Name ist Anna Severin und das ist mein Kollege Korthals. Wir sind die ermittelnden Beamten der Kripo Lübeck", stellte sich Anna vor, „und ich nehme an, Sie haben das Opfer gefunden."

Der so Angesprochene nickte nur behäbig.

„Verraten Sie uns Ihren Namen?"

„Berthold Seekamp", nuschelte der Turmwärter.

„Und Sie sind?", wandte sich Anna der zweiten Person zu.

„Ich bin Pastor Degenhardt. Der arme Herr Seekamp hat ja dringend Beistand nötig nach diesem schrecklichen Erlebnis", erklärte der Geistliche nicht ganz ohne theatralischen Unterton.

Anna nickte dem Pastor verständnisvoll zu. „Können Sie uns ein paar Fragen beantworten, Herr Seekamp?

Als Antwort bekamen die beiden Kommissare nur ein kaum wahrnehmbares Kopfnicken.

Als Clemens Korthals den Pastor eindringlich anblickte, verstand dieser das Signal sofort. „Wenn Sie mich brauchen, Herr Seekamp, ich bin in meinem Büro." Ohne eine Antwort abzuwarten, drehte er sich um und verschwand.

„Wann haben Sie die Tote gefunden?", begann Anna ihre Befragung.

„Das muss so gegen halb acht gewesen sein. Bei meinem morgendlichen Kontrollgang."

„Sie fahren also jeden Morgen, bevor die Besucher kommen, zur Aussichtsplattform hoch und kontrollieren sie. Ist das richtig so?"

„Ja. Jeden Morgen."

„Und abends? Wenn alle Besucher fort sind?", schaltete Clemens Korthals sich jetzt ein.

„Abends auch."

Für Anna war sehr schnell klar, dass sie hier kein Plappermaul vor sich hatte. Wie es aussah, war seine Einsilbigkeit nicht nur auf seinen Schockzustand zurückzuführen.

„Und gestern Abend war auch alles in Ordnung?", setzte Anna die Befragung fort.

Berthold Seekamp rutschte auf seinem Stuhl hin und her. Krampfhaft bemühte er sich, Blickkontakte zu den Kommissaren zu vermeiden. „Ja, ich glaub schon."

Clemens Korthals beugte sich ein wenig vor. „Was heißt das genau? Glauben ist innerhalb einer Kirche schon erlaubt, aber uns geht es hier jetzt um Fakten. Also, war alles in Ordnung oder nicht?"

Der Turmwärter schreckte aufgrund der fordernden Stimme des Kommissars zurück.

„Ja, ja, es war alles gut", stotterte Berthold Seekamp aufgeregt.

Die Zeichen waren für Anna und ihren Kollegen eindeutig. Der Mann log. Nicht nur seine erkennbare Unruhe bewies es. Inzwischen stand ihm auch der Schweiß auf der Stirn.

Anna versuchte es auf die sanfte Tour. Sie legte ihre Hand auf seinen Arm. „Herr Seekamp, was war gestern Abend wirklich los?"

Der Turmwärter, der wie ein Häufchen Elend vor ihnen saß, schien noch mehr in sich zusammenzusinken. „Ich schaffe das einfach nicht. Gestern schon diese Aufregung und heute Morgen diese Katastrophe."

Berthold Seekamp gehörte anscheinend zu den Zartbesaiteten. Anna tätschelte ihm beruhigend den Arm. „Was war denn gestern so aufregend?"

„Mein Auto ist abgebrannt", stieß er stöhnend hervor.

„Wann war das?", hakte Clemens Korthals nach.

„Kurz vor acht. Ich wollte gerade alles abschließen."

Clemens sah Anna nachdenklich an. „Das heißt konkret, Sie haben gestern Abend die Aussichtsplattform nicht kontrolliert."

„Das konnte ich doch nicht. Ich musste mich doch um mein brennendes Auto kümmern. Feuerwehr, Polizei, sogar ein Rettungswagen waren da", entrüstete sich Berthold Seekamp.

„Aber auf der Aussichtsplattform sind doch auch Überwachungskameras installiert und die Monitore stehen hier bei Ihnen. Haben Sie darüber nichts erkennen können?", bohrte Clemens Korthals weiter.

Berthold Seekamp stöhnte. „Die waren seit gestern Mittag ausgefallen. Der Techniker wollte erst heute Nachmittag kommen."

Der Oberkommissar runzelte die Stirn und sah seine Chefin erneut skeptisch an. „Ein bisschen viele Zufälle auf einmal."

„Gut, lassen wir dieses Ereignis zunächst draußen vor", fuhr Anna fort, „noch einmal, wann sind Sie heute Morgen zur Aussichtsplattform hochgefahren?"

„Das war so kurz nach sieben oder halb acht. Ich hatte hier noch einiges zu erledigen, weil ich doch gestern Abend so schnell aufgebrochen war."

Anna nickte verständnisvoll. „Schildern Sie uns doch einmal, welches Bild Sie oben vorfanden."

„Ich mag gar nicht daran denken. Es war furchtbar. Ich habe auf der Aussichtsplattform meinen üblichen Rundgang gemacht und geguckt, ob noch irgendwelcher Unrat herumliegen würde. Und plötzlich sah ich dieses grauenhafte Bild vor mir." Berthold Seekamp schluckte ein paar Mal stockend. „Diese Frau, dieses Gespenst wird mich ein Leben lang verfolgen. Wie ein mahnender und drohender Engel hing sie über mir. Ich fasse es einfach nicht."

Der Turmwärter fing haltlos an zu schluchzen. Sein ganzer Körper bebte. Anna sah ihren Kollegen an. „Wir sollten Herrn Seekamp jetzt nicht alleine lassen. Vielleicht kann der Pastor ihm ja zur Seite stehen. Kümmere dich bitte darum, Clemens. Ich fahre derweil nach oben und schau einmal, wie weit die Spurensicherung ist. Inzwischen wird sicherlich auch unsere Rechtsmedizinerin eingetroffen sein."

Als Anna auf der Aussichtsplattform ankam, begegnete sie in erster Linie den Technikern in ihren weißen Overalls. Unmittelbar am Opfer entdeckte sie Kim Matthiesen.

„Moin, Kim. Ich nehme an, die schöne Aussicht vom Turm hast du heute Morgen noch nicht genossen", begrüßte Anna die Rechtsmedizinerin.

„Hallo, Anna. Wohl wahr, es gibt andere Zeiten und Gründe, auf den Turm zu fahren. Ich muss dir sicherlich nicht erzählen, dass uns die Handschrift des Täters äußerst bekannt vorkommt."

Anna nickte bedeutungsvoll. „Das ist offensichtlich. Die andachtsvolle Position, das weiße Hemd, dieselbe Art des Seils und auch Aussehen und Alter des Opfers sind fast identisch mit der Toten aus dem Hansemuseum. Kannst du schon etwas über den Todeszeitpunkt sagen?"

„Ich schätze, sie ist etwa zwölf Stunden tot. Genaueres später. Wie bei unserer ersten Toten, ist oberflächlich betrachtet keine Gewalteinwirkung zu erkennen. Ich gehe daher davon aus, dass das Opfer betäubt war, bevor es angebunden wurde oder diese Fixierung am Gitter erst post mortem erfolgt ist."

„Danke, Kim. Ich hoffe, dass du uns mehr sagen kannst, wenn du sie genauer untersucht hast", bedankte Anna sich bei der Rechtsmedizinerin und wandte sich dem Leiter der Kriminaltechnik zu, der sich wenige Meter entfernt mit einem seiner Techniker unterhielt. „Nun, Heribert, was sagen deine Experten?"

„Viel, Anna, zu viel, wie du mit deinem treffsicheren Auge sicher selbst schon festgestellt hast. Hier oben vergnügen sich Tag für Tag Hunderte von Schaulustige, um ihren Blick in die Ferne schweifen zu lassen. Was meinst du, wie viel Dreck und Spuren sie dabei hinterlassen. Das ist eine Müllhalde. Das ist kein Tatort. Konkrete Spurensuche ist hier unmöglich."

Anna runzelte die Stirn. „Ich habe es vermutet. Wir sind in einer ähnlichen Situation wie im Hansemuseum. Die Fülle der Fremdspuren macht den Tatort unübersichtlich. Man könnte fast meinen, dass der Täter auch diesen Umstand bewusst berücksichtigt."

„Allerdings das Seil, mit dem das Opfer an das Gitter gehängt worden ist, hat fürchterliche Ähnlichkeit mit dem Seil aus dem Hansemuseum. Aber das werden wir noch genauer untersuchen. Du erfährst es rechtzeitig."

Anna bedankte sich, doch dann fiel ihr noch etwas ein. „Ich habe eben erfahren, dass seit gestern Mittag die Überwachungskameras ausgefallen sind. Kannst du dich bitte auch darum kümmern. Mich würde interessieren, woran das gelegen haben könnte."

„Ja, ja, auch das. Und nun lass uns in Ruhe unsere Arbeit machen", grummelte der Leiter der KTU.

Zwei Stunden später saßen die drei Kommissare zusammen in Annas Büro. Es gehörte zwar zum alltäglichen Geschäft einer Mordkommission, sich mit Tötungsdelikten jeder Art auseinandersetzen zu müssen, aber diese beiden Fälle unterschieden sich von den anderen Mordtaten deutlich.

Anna sah ihre beiden Kommissare abwechselnd an. „Was haben wir?"

„Eine junge tote Frau, nach ersten Schätzungen Anfang zwanzig, blond. Auffällig: exponierte Position der Leiche auf der Aussichtsplattform der St-Petri-Kirche. Parallelen zum Mord im Hansemuseum sind kaum zu übersehen", fasste Clemens Korthals zusammen.

„Das sehe ich auch so", kommentierte Anna zustimmend, „doch wir sollten zunächst einmal die Berichte der Rechtsmedizin und der KTU abwarten, bevor wir voreilige Schritte veranlassen. Wenn wir von demselben Täter ausgehen, dann müssen wir unseren bisherigen Hauptverdächtigen, Nico Frohwein, voraussichtlich auf freien Fuß setzen. Der war zur Tatzeit in Haft. Aber da warten wir erst einmal ab. Kommen wir doch zunächst zum Tatablauf, wie er sich uns zurzeit präsentiert."

Oberkommissar Korthals nickte. „Wir müssen davon ausgehen, dass sich der Täter über die Abläufe rund um den St-Petri-Turm genau informiert hat."

„Genauso, wie auch im Hansemuseum", warf Kommissar Bockmann ein.

„So ist es", fuhr Clemens Korthals fort, „das heißt, er wusste genau, wann der Turmwärter seinen letzten Kontrollgang am Abend machte. Ich gehe davon aus, dass der Täter mit dem Opfer, das zu diesem Zeitpunkt noch lebte, zur späten Öffnungszeit den Turm erklomm. Vorher versah er das Fahrzeug des Turmwärters mit einem Brandsatz, den er über eine Fernsteuerung zünden konnte. Und zwar kurz bevor der Turmwärter zu seinem abendlichen Kontrollgang aufbrechen wollte."

Anna hob die Hand. „Auch wenn wir noch keine Aussage der KTU über die Ursache des Ausfalls der Kameras haben, könnte ich mir vorstellen, dass auch hier der Mörder bereits aktiv war. Aber warten wir einmal ab. Zurück zum Auto. Wo ist das Fahrzeug des Turmwärters jetzt?"

„Nach Aussage der Feuerwehr steht es auf dem Werkhof des Unternehmens, das den ausgebrannten Wagen noch gestern Abend abgeschleppt hat. Ich habe schon veranlasst, dass das Fahrzeug zu unseren Kriminaltechnikern gebracht wird, damit sie den Wagen auf einen möglichen Brandsatz untersuchen können", erläuterte Kommissar Bockmann.

„Sehr gut, Herr Bockmann. So konnte also unser Täter sicher sein, dass der Turmwärter an diesem Abend beschäftigt war. Er hatte auf der Aussichtsplattform genügend Zeit und Gelegenheit, seine grausamen Absichten ungestört in die Tat umzusetzen. Warten wir einmal den Bericht der KTU ab, aber wenn wir über denselben Täter wie im Museum sprechen, dann war es für ihn auch ein Leichtes, sich Zugang zu den Räumlichkeiten der Kirche zu verschaffen und ebenso ungesehen in der Dunkelheit wieder unterzutauchen. Ich hoffe nur, dass die Presse morgen nicht mit dem Begriff `Serienkiller` die Bevölkerung verunsichert und aufscheucht."

Kapitel 13

Nach den Aufregungen der letzten Tage hatte Lindberg endlich Zeit gefunden, sich seinen schriftstellerischen Aufgaben zu widmen. Der Verlag erinnerte ihn erneut an den Abgabeschluss seines aktuellen Romans. Aber das kannte er schon. Sein Verleger verlangte von ihm ein Konzept für die nächsten drei Jahre. Die Lektorin nervte einmal wieder wegen aus ihrer Sicht unverständlicher Formulierungen. Und die Künstler des Verlages verbaten sich Lindbergs Kritik an dem vollkommen misslungenen Vorschlag für das Cover des neuen Romans.

„Sollen sie mich doch einfach in Ruhe schreiben lassen", grummelte er vor sich hin. Irgendwann am Nachmittag fand er endlich die Ruhe für seine Leidenschaft. Die Gedanken und Worte strömten nur so aus ihm heraus. Für einen Schriftsteller war das nicht immer selbstverständlich. Obwohl Lindberg Schreibblockaden wie manche seiner Kollegen nicht kannte. Es gab halt nur Zeiten, an denen die Formulierungen und Sätze nicht so flüssig hervorsprudelten wie an diesem Tag.

Gegen Abend lehnte Lindberg sich zufrieden zurück, nachdem er die geschriebenen Seiten noch einmal überflogen hatte. Wie allgemein üblich, scrollte er auf seinem PC auf die Nachrichtenseite, um sich über das Aktuellste zu informieren. Auf Lübecks Lokalseite stutzte er. „Tote auf St. Petri", sprang ihm ins Auge. Flüchtig überflog er den Text. Eine tote Frau, die bisher nicht identifiziert werden konnte, war am Morgen auf der Aussichtsplattform der St.-Petri-Kirche gefunden worden. Weitere Sachinformationen waren dem Artikel nicht zu entnehmen. Der Verfasser stellte lediglich vage Vermutungen an und versuchte, eine Verbindung zu der Toten im Hansemuseum herzustellen.

Lindberg kam die gesamte Berichterstattung äußerst nebulös vor. Kurzentschlossen griff er zum Telefon und wählte Annas Nummer.

„Lindberg am Abend. Womit habe ich das verdient?", meldete sich Anna kurz darauf.

„Ich habe gerade in den Online-Nachrichten die Meldung über die Tote von St.-Petri gelesen. Was ist das denn für eine mysteriöse Geschichte?", fiel Lindberg gleich mit der Tür ins Haus.

„Neugierig bist du gar nicht, Lindberg, oder?"

Lindberg konnte Annas spöttisch lachendes Gesicht förmlich vor sich sehen. „Aber ernsthaft, es ist wirklich mehr als rätselhaft. In den Nachrichten stand ja so gut wie gar nichts. Ich gehe mal davon aus, dass die Pressemitteilung der Polizei ebenso dünn war. Was steckt denn nun dahinter?"

„Wir wissen einfach selbst noch zu wenig. Nur so viel für dich als verschwiegener Freund, wir müssen davon ausgehen, dass es sich um denselben Täter wie im Hansemuseum handelt. Das haben wir bewusst noch nicht veröffentlicht, damit die Presse nicht die Lübecker in Angst und Schrecken versetzt, wenn sie von einem Serienmörder schreibt. Aber, Lindberg, du weißt von nichts."

„Vielen Dank, Anna. Wir beide haben nicht telefoniert. Allerdings halte ich es für sinnvoll, Belinda zu informieren. Es wird ja vermutlich nicht mehr allzu lange dauern, bis auch die Info über den Doppelmörder in der Presse hochgekocht wird. Ich möchte ungern, dass Belinda diese Entwicklung erst aus der Zeitung erfährt. Bist du damit einverstanden?"

„Selbstverständlich. Ist sie immer noch bei Tante Gertrud?"

„Ja, und dort soll sie auch ruhig noch eine Weile bleiben. Auch angesichts des neuen Mordfalls. Bisher konnte ich sie ja erfolgreich von irgendwelchen Pressegeiern fernhalten. Du weißt ja, wie die sich auf solche Personen stürzen, die unmittelbare Zeugen waren."

Am nächsten Tag gegen fünfzehn Uhr schwang Lindberg sich auf sein Motorrad und steuerte den Priwall an. Wohlwissend, dass er Tante Gertrud und Belinda beim Kaffeetrinken antreffen würde.

„Lindberg, du kommst gerade richtig. Möchtest du auch eine Tasse Kaffee? Kuchen ist auch noch da", begrüßte ihn Tante Gertrud begeistert.

„Ihr trinkt Kaffee? Da bin ich aber überrascht." Lindberg grinste über das ganze Gesicht.

„Du willst deine alte Tante doch wohl nicht auf den Arm nehmen? Ich hole jetzt nur noch eine Tasse. Du kannst schon mal zu Belinda gehen."

Nachdem Lindberg auch seine Nichte umarmt und herzlich begrüßt hatte, setzte er sich und wartete, bis Tante Gertrud auch ihm eine Tasse Kaffee eingeschenkt hatte. Auf das Stück Kuchen verzichtete er großzügig.

„Hast du das gelesen, Lindberg? Die haben schon wieder eine tote Frau in Lübeck gefunden", fragte Belinda mit einer belegten Stimme.

„Ist es nicht einfach schrecklich?" Tante Gertrud schüttelte voller Unverständnis den Kopf. „In welcher grausamen Welt leben wir eigentlich?"

„Ja, ich habe auch davon gehört und inzwischen mit Anna gesprochen. Ich will euch nicht beunruhigen. Es hat davon zwar noch nichts in der Zeitung gestanden, aber es sieht so aus, als ob die Tat dieselbe Handschrift trägt wie der Mord im Hansemuseum."

Belinda riss erschrocken die Hände vor den Mund. „Soll das heißen, dass in Lübeck ein Mörder frei herumläuft, der jetzt junge blonde Mädchen umbringt?"

„Reg dich nicht auf, mein Kind", versuchte Tante Gertrud ihre Großnichte zu beruhigen.

„Wie schon gesagt, es besteht kein Grund zur Panik. Ich wollte nur, dass ihr ein wenig mehr über die Hintergründe wisst, bevor die Presseleute sich wieder in wilden Spekulationen ergehen", erklärte Lindberg gelassen.

„Wieso kommt Anna denn darauf, dass es derselbe Mörder sein könnte?" Belinda wollte sich nicht beruhigen.

„Das weiß ich nicht genau. Sie hat keine Einzelheiten erzählt. Aber vermutlich zeigt der Tatort vergleichbare Parallelen zum Mord im Hansemuseum, sonst würde sie diese Vermutung nicht äußern", interpretierte Lindberg sein begrenztes Wissen. Selbst wenn er mehr Einzelheiten gewusst hätte, würde er es garantiert nicht vor den Frauen ausbreiten.

„Du wirst weiterhin bei mir wohnen, Belinda", stellte Tante Gertrud unmissverständlich fest, „auf dem Priwall sind wir weit vom Schuss."

„Ich halte das auch für die beste Idee", stimmte Lindberg seiner Tante zu, „nach diesem zweiten Mord wird die Presseresonanz riesengroß sein. Da die Polizei sich in solchen Fällen zunächst bedeckt hält, suchen die Reporter krampfhaft nach jedem Strohhalm, der in irgendeiner Weise mit diesen Ereignissen im Zusammenhang zu bringen ist. Da wäre eine Augenzeugin wie du, Belinda, ein gefundenes Fressen für die gierigen Pressegeier. Folglich ist es ganz gut, dass du hier bei Tante Gertrud abseits allen Trubels unterkriechen kannst. Deine Sightseeing Tour läuft dir ja nicht weg."

„Es ist ja nicht so, dass Gertrud und ich hier nur Däumchen drehen und Kuchen backen. Gestern haben wir beispielsweise den ganzen Tag in Wismar verbracht", berichtete Belinda begeistert. Wie es schien, hatte sie sich ein wenig beruhigt.

„Auf diese Weise komme ich auch einmal aus meinem Alltagstrott heraus. In meinem Alter neigt man ohnehin dazu, sich nur noch im Kreis zu drehen und sich Gedanken über Einkauf und Hausputz zu machen. Eigentlich eine grauenhafte Vorstellung. Und deswegen werden wir beiden jungen Mädchen morgen nach Schwerin aufbrechen", verkündete Tante Gertrud unternehmungs-lustig.

„Eine Superidee. Ganz etwas anderes. Wie weit ist denn mein alter Schulfreund Patrick mit der Renovierung seines Hauses?", wechselte Lindberg das Thema.

„Ich weiß es nicht", antwortete Tante Gertrud schulter-zuckend, „wie es aussieht, ist er intensiv dabei. Es stehen ab und zu Lastwagen vor seinem Grundstück und laden irgendwelches Baumaterial ab. Aber du kannst ihn ja einmal besuchen."

„Eine gute Idee. Das werde ich machen."

Belinda wurde hellhörig. „Oh, darf ich dich begleiten?"

Lindberg stutzte für einen kleinen Moment. „Natürlich. Warum nicht?"

Kurze Zeit später, als Lindberg und Belinda die wenigen Schritte zu Patrick Vollbrechts Haus gegangen waren, bestätigte sich Tante Gertruds Beobachtung. Paletten mit Mauersteinen sowie mehrere Holzbohlen waren sauber übereinandergestapelt. Mitten in dem verwilderten Garten türmte sich ein Gewirr von alten Brettern und Fensterrahmen.

Als sie das Grundstück betraten, hörten sie aus dem Innern des Hauses permanentes Hämmern verbunden mit lautstarken Flüchen.

„Irgendetwas scheint nicht so zu klappen, wie es soll", bemerkte Lindberg grinsend, „schauen wir mal, ob wir den Zorn des Bau-herrn besänftigen können."

Lindberg und Belinda traten durch die offene Haustür.

„Ist jemand zu Hause?", rief Lindberg lautstark, um die Hammerschläge zu übertönen.

Doch das Hämmern dröhnte weiter durch die leeren Räume. Auch Lindbergs anschließende Rufe wurden nicht erhört. Mit einem Kopfnicken gab er Belinda zu verstehen, dass sie dem geräuschvollen Bauherrn näherrücken müssten, um auf sich aufmerksam zu machen.

Hinter einer verschlossenen Tür entdeckten sie die Lärmquelle. Patrick Vollbrecht stand mit dem Rücken zu ihnen in einer Staubwolke und schwang einen überdimensionierten Hammer gegen eine Wand, die zur Hälfte schon in einem zerborstenen Haufen vor ihm lag.

Lindberg formte seine Hände zu einem Trichter und schrie laut: „Paaaatrick!"

Patrick Vollbrecht fuhr herum und starrte die beiden unerwarteten Besucher erschrocken an. Langsam ließ er den Hammer sinken. „Mein Gott, was habt ihr mich erschreckt."

„Das tut uns leid, aber anders konnten wir uns nicht bemerkbar machen, weil du wie ein Presslufthammer so laut gewütet hast", entgegnete Lindberg hustend mit entwaffnendem Grinsen, „wir wollten nur einmal gucken, ob es bei dir auch vorangeht?"

„Das ist eine schöne Überraschung und gibt mir einen triftigen Grund, eine Pause zu machen." Gleichzeitig musterte er Belinda mit fragenden Augen, was Lindberg nicht entging.

„Das ist übrigens meine Nichte Belinda, die gegenwärtig bei Tante Gertrud wohnt. Verhalte dich bitte ihr gegenüber respektvoll, denn sie ist die Tochter eines englischen Lords."

„Welch eine Ehre für mein verwahrlostes Haus", entgegnete Patrick Vollbrecht und verbeugte sich ehrfurchtsvoll. Angesichts seines verstaubten Outfits und des schweren Hammers in der Hand, verfehlte seine Geste nicht die gewünschte komische Wirkung und brachte alle drei zum Lachen.

„Hier ist so viel Staub in der Luft. Ich glaube, ein frisches Bier könnte dem Kratzen im Hals ganz guttun. Am besten, ihr setzt euch draußen auf die Bank. Da ist es nicht ganz so staubig. Ich hole nur noch das Bier."

„Du hast dir aber schon eine richtige Aufgabe gestellt, Patrick, wenn ich deine Baustelle hier etwas genauer betrachte", bemerkte Lindberg anerkennend, nachdem sie sich, jeder mit einer Flasche Bier in der Hand, vor das Haus gesetzt hatten.

„Du weißt ja, wie es ist, Lindberg. Wenn du an einem solchen alten Kasten an einer Stelle anfängst, zu klopfen, entstehen in den meisten Fällen gleich zwei weitere Probleme. Deswegen habe ich mich entschlossen, gar keine Flickschusterei zu betreiben, sondern das ganze Haus zu sanieren."

„Und das geht am besten mit einem Vorschlaghammer?", warf Belinda schmunzelnd ein.

Patrick Vollbrecht sah die junge Frau verwundert an. „Woher weißt du etwas über Vorschlaghammer?"

„Oh, Patrick, ich glaube, wir müssen deine Ansichten über junge englische Ladys ein wenig korrigieren", schaltete sich Lindberg ein, „Belinda wohnt zwar in einem herrschaftlichen

Landsitz im Südwesten Englands, aber es vergeht kaum ein Tag, an dem nicht an einem solchen alten Gemäuer gehämmert und ausgebessert werden muss."

„Wir sind schon als Kinder über Baugerüste geklettert und haben die Mauerleute mit unseren lästigen Fragen nicht selten in die Nähe von Nervenzusammenbrüchen gebracht", ergänzte Belinda Lindbergs Hinweise.

Patrick Vollbrecht nickte anerkennend. „Die Mauer, die ich gerade bearbeitet habe, störte mich einfach. Es wird auch die letzte Tat mit dem Vorschlaghammer sein. Ich möchte ein Haus haben, in dem Licht und Weite vorherrscht. Zum Garten hin werde ich Fenster und Türen einbauen lassen, die mir einen freien Blick nach draußen erlauben."

Patrick Vollbrecht beschrieb seinen beiden Besuchern ausführlich, wie er sich sein neues Haus vorstellte. Seine Pläne waren sehr konkret und detailliert. „Wenn es euch interessiert, kann ich euch bei einem Rundgang im Haus genau erklären, wie es in Zukunft aussehen soll."

„Das ist sehr freundlich von dir. Aber wir wollen dich von deinem Tatendrang nicht abhalten", antwortete Lindberg dankend.

Belinda runzelte die Stirn. „Ich würde mir das Haus gerne ansehen."

Lindberg wirkte im ersten Augenblick irritiert, fing sich dann aber gleich wieder. „Du findest den Weg zurück zu Tante Gertrud ja vermutlich auch ohne mich."

„Ich denke, das wird mir gerade noch gelingen. Selbst nach einer Flasche Bier", antwortete Belinda spöttisch lächelnd.

Kapitel 14

Lindberg fiel an diesem Morgen ein Stein vom Herzen, als Tobias ihn voller Begeisterung anrief. Bisher waren sie mit der Rettung des bedrohten VfB-Torwarts noch nicht weit gekommen. Bewusst wollten sie durch ihre Nachforschungen nicht allzu viel Staub aufwirbeln, um das Ansehen von Finn Holtmann nicht zu gefährden. Aber gleichzeitig brannte ihnen die Zeit unter den Nägeln. „Treffen in zwei Stunden bei dir", hatte Tobias nur verkündet.

Erneut saßen Lindberg, Tobias und Ulrich Bartels in der Hüxstraße zusammen.

„Ich bin schon ganz hasig geworden, weil es in den vergangenen Tagen überhaupt nicht voranging", erklärte Tobias nicht ganz unaufgeregt, „aber gestern Abend hat es gefunkt."

„Du machst es aber auch wieder richtig spannend, nun erzähl schon, was ist passiert?", forderte Lindberg seinen Freund auf.

Tobias wandte sich an Ulrich Bartels. „Kennst du einen Ferdinand Kallweit?"

„Ja, den kenne ich. Der hat erst kürzlich eine Werbeaktion für meine Firma gestartet. Warum fragst du?"

„Nur für dich zur Info, Lindberg, Ferdinand Kallweit ist der Besitzer der Werbeagentur „Big Deal". Welch beziehungs-reicher Name, wenn man bedenkt, dass nach meinen Nachforschungen aus dieser Ecke die Attacken gegen Finn kommen", erklärte Tobias bedeutungsvoll.

„Das kann nicht sein." Ulrich Bartels fiel aus allen Wolken. „Woher hast du denn diesen Unsinn?"

„Mein lieber Ulrich, ich mache meinen Job schon ein paar Jahre. Dazu gehört auch eine akribische Recherche. Und Oberflächlichkeit ist bei allem Wohlwollen das Letzte, was man mir unterstellen kann. Frag Lindberg."

Lindberg nickte zustimmend. „Da kann ich Tobias nicht widersprechen. Wenn er etwas anpackt, dann hat das Hand und Fuß."

Der Onkel des VfB-Torwarts ließ sich anscheinend nicht so schnell überzeugen. „Und woher beziehst du deine so treffsichere Weisheit über Kallweit?"

„Ulrich, das willst du gar nicht wissen. Wir haben dir und Finn versprochen, dass wir euch helfen werden. Darauf kannst du dich auch absolut verlassen. Wie wir dabei vorgehen, sollte dich wahrhaftig nicht interessieren. Letztlich zählt nur der Erfolg. Davon sind wir allerdings noch weit entfernt. Also vertraue uns und hilf uns in deinem eigenen Interesse."

Tobias hatte nicht vor, Ulrich Bartels ihr Vorgehen zu verraten. Allein schon aus dem Grunde nicht, da ihre Aktionen nicht selten fern von Legalität waren. Wie auch der Einbruch bei Rechtsanwalt Bauer und die Installation der Abhörwanzen in seiner Kanzlei. Tobias hatte am Abend ein Telefongespräch zwischen Bauer und Ferdinand Kallweit mitgehört. Dabei ging es zweifelsfrei um die nächsten Spiele des VfB Lübeck. Es wurden Termine besprochen und es fiel auch der Name von Finn Holtmann. Das gesamte Gespräch ließ für Tobias keinen Zweifel zu, dass hier die dubiosen Geschäfte und die Erpressung des Torwarts vom VfB erörtert wurden.

Ulrich Bartels runzelte immer noch bedenklich die Stirn. „Ferdinand Kallweit und meine Firma haben seit Jahren eine gut funktionierende Geschäftsbeziehung."

„Das wollen wir ja auch nicht in Frage stellen", schaltete sich Lindberg ein, „aber so, wie es aussieht, scheint dieser Kallweit der von uns gesuchte Mann im Hintergrund zu sein, der die Fäden an der Marionette Rechtsanwalt Bauer bedient."

„Ich kann es immer noch nicht glauben. Und was machen wir jetzt?" Ulrich Bartels sah die beiden völlig verunsichert an.

„Darüber habe ich mir auch schon Gedanken gemacht und ich komme eigentlich nur auf eine Lösung …"

„Wir müssen jemanden einschleusen", setzte Lindberg Tobias` Gedanken fort.

„Genauso ist es", bestätigte Tobias die Bemerkung seines Freundes, „wie genau kennst du das Geschäft von Ferdinand Kallweit?"

Ulrich Bartels überlegte eine Weile. „Es ist eine große Agentur, deren Geschäftsbereich sehr weit gefächert ist. Sie machen Werbung und PR-Aktionen in aller Form. Dafür braucht man eine Vielzahl an Mitarbeitern unterschiedlicher Qualifikationen."

„Siehst du eine Chance, dass wir kurzfristig jemanden in der Nähe von Ferdinand Kallweit platzieren könnten?", hakte Tobias nach.

„Die Fluktuation seiner Mitarbeiter ist relativ groß. Warum das so ist, weiß ich nicht. Und wenn ich mich richtig erinnere, sucht er gegenwärtig einen neuen Assistenten der Geschäftsleitung", wusste Ulrich Bartels zu berichten.

„Das hört sich vielversprechend an." Lindberg sah Tobias an. Beide hatten denselben Gedanken.

„Rosi", kam es wie aus einem Mund.

Tobias griff zu seinem Smartphone und wählte. „Rosi, du Traum meiner schlaflosen Nächte, kannst du mich für eine Minute erhören?" Tobias verdrehte die Augen. Lindberg konnte sich Rosis Äußerung gut vorstellen. Denn jedes Mal, wenn Tobias ihr gegen-über seine Liebesschwüre absonderte, reagierte sie überaus empfindlich und kratzbürstig. Wie es aussah, war es auch heute nicht anders.

„Ist ja gut, Rosi", versuchte Tobias sie zu beruhigen, „wir brauchen deine Hilfe in einem nicht ganz unkomplizierten Fall. Wo bist du gerade?" Tobias hörte einen Augenblick zu. „Das passt ja bestens. Kannst du in Kürze kurz bei Lindberg hereinschauen, dann können wir alles persönlich besprechen."

Tobias beendete das Gespräch mit einem „Super". „Rosi kommt. Sie ist gerade in der Stadt."

„Wer bitte schön ist Rosi?" Ulrich Bartels sah etwas ratlos von einem zum anderen.

„Rosi ist eine gute Freundin von uns, die uns in der Vergangenheit nicht nur einmal bei den Aufklärungsarbeiten geholfen hat", klärte Lindberg Ulrich Bartels auf, „da sie über ein ausgiebiges schauspielerisches Talent verfügt und bereits in Werbefilmen aufgetreten ist, scheint sie mir für den Job in der Werbeagentur gut geeignet zu sein. Du wirst sie ja gleich kennenlernen."

Es dauerte keine halbe Stunde als es an der Haustür klingelte. Lindberg und Tobias begrüßten Rosi herzlich und stellten sie Ulrich Bartels vor. Der schien von ihrer Erscheinung beindruckt zu sein, wenn man seine flackernden Augen richtig deutete.

„Wie groß muss eure Not sein, wenn ihr einmal wieder nicht ohne mich könnt?", flachste Rosi lächelnd, als sie sich gesetzt und Lindberg ihr ein Glas Weißwein eingeschenkt hatte.

„Ein komplizierter Fall, liebe Rosi. Ulrich Bartels ist der Onkel von dem VfB-Torwart Finn Holtmann. Diesem jungen Fußballer wollen nun hinterhältige Gesellen eine Homosexualität andichten, was wir schleunigst verhindern müssen", begann Tobias mit seinen Erläuterungen. Anschließend berichtete er

Rosi über ihre Nachforschungen und den notwenigen Folgerungen daraus.

„Das heißt, ihr wollt in der Werbeagentur dieses Ferdinand Kallweit einen Spion einschleusen, der den Beweis für den geplanten Wettbetrug erbringen soll. Und dabei habt ihr an keine andere gedacht, als an mich?", resümierte Rosi kritisch, nachdem sie die Geschichte aufmerksam verfolgt hatte.

„Ich hätte da noch ein Ass im Ärmel, das dich für diesen Auftrag begeistern könnte", versuchte Tobias Rosi zu ködern.

Rosi sah ihn skeptisch an. „Da bin ich aber gespannt."

„Was meinst du, wer noch seine schmutzigen Finger bei dieser Intrige mit im Spiel hat? Einer deiner über alles geliebten Freunde."

„Du meinst jetzt aber nicht den Dreckskerl von Rechtsanwalt, Maximilian Bauer, der meine Freundin Sandra so vorgeführt hat?"

„Genau der ist es", bestätigte Tobias. Anschließend berichtete er Ulrich Bartels von dem spektakulären Gerichtsprozess, bei dem Maximilian Bauer den Chef von Rosis Freundin Sandra vertreten hatte. Er war wegen sexueller Nötigung angeklagt, wurde aber freigesprochen, weil Rechtsanwalt Bauer Sandra als Hure dargestellt hatte.

„Es wäre doch nicht der erste Auftrag dieser Art, den du erfolgreich absolviert hast", unterstützte Lindberg Tobias, „außerdem müssen wir die Gunst der Stunde nutzen, da wir eben von Ulrich Bartels erfahren haben, dass Kallweit gerade eine Assistenz der Geschäftsleitung sucht."

Rosi schwieg eine Weile. Es sah aus, als würde sie nachdenken. „Mir tut der arme Junge leid. Diese geldgierigen Typen gehen einfach über Leichen. Widerwärtiges Pack. Haben wir eine

Möglichkeit, schnell den Fuß in die Tür bei dieser Werbeagentur zu bekommen?"

„Ich glaube schon, dass wir eine gute Chance hätten, wenn ich bei Ferdinand Kallweit ein gutes Wort einlegen würde." Ulrich Bartels schien seine anfänglichen Bedenken verdrängt zu haben. „Vielleicht ist er mir gegenüber sogar noch dankbar."

Rosis Entschluss stand fest, nachdem sie die Tragweite dieser Hinterhältigkeit noch einmal überdacht hatte. Ulrich Bartels gelang es tatsächlich kurzfristig einen Termin für Rosis Vorstellung bei Ferdinand Kallweit zu erwirken. Ihre attraktive Erscheinung schien auch bei dem Chef der Werbeagentur „Big Deal" nicht ohne Wirkung zu sein. Ungeniert musterte er sie von oben bis unten, als sie an diesem Morgen in seinem Büro vor ihm stand. Ihre langen blonden Haare waren unter einem kastanienbraunen Bob verschwunden. Ihre rote Jacke und der schwarze kurze Rock betonten ihre Figur. Die ebenfalls roten Stiefeletten vervollständigten das Bild einer modernen und selbstbewussten Frau.

Rosi registrierte die Blicke mit absoluter Gelassenheit. Sie kannte diese Typen, die sich selbst für unwiderstehlich hielten und der Meinung waren, dass alle Frauen nur auf sie fliegen würden. Auch Ferdinand Kallweit gehörte in diese Schublade. Schwarzes gegeltes Haar, solariumgebräunte Haut, ein weißes Hemd mit Hosenträgern und nackte Füße in Budapestern. In Rosis Augen der Prototyp eines Kotzbrockens.

„Ich lege keinen Wert auf irgendwelche Zeugnisse und Referenzen. Bei mir zählt nur die Leistung. Zeig mir, was du kannst und wir sind im Geschäft. Übrigens ich bin Ferdi, wir duzen uns hier alle", begrüßte der Chef der Werbeagentur Rosi, nachdem er ihr mit einer lässigen Handbewegung den Platz vor seinem gläsernen Schreibtisch angeboten hatte.

„Kein Problem", antwortete Rosi mit einem verbindlichen Lächeln, „was ist mein Job und wann kann ich anfangen?"

„Das ist ein Wort. So gefällst du mir. Dabei fällt mir ein, hattest du eigentlich was mit Ulrich Bartels? Der hat dich derart verzückt angekündigt. Und wenn ich dich jetzt so vor mir sitzen sehe, kann ich ihn sogar gut verstehen."

Rosi reagiert, ohne mit der Wimper zu zucken. Passte doch sein Gesülze zu ihrem ersten Eindruck von ihm. Kotzbrocken.

„Nicht jeder, der mich mag, liegt auch in meinem Bett. Dazu gehören bekanntermaßen immer noch zwei. Können wir uns wieder auf den Job konzentrieren?"

Ferdinand Kallweit hob abwehrend die Hände. „War ja nur eine Frage. Ich habe gleich eine Besprechung. Es geht um eine Werbekampagne für eine neue Küchenmaschine. Du kannst gleich mitkommen."

Kurz darauf betrat ein Mann ohne anzuklopfen das Büro des Chefs. Er warf Rosi nur einen kurzen abfälligen Blick zu. „Job oder Freizeit?"

„Komm rein, mein Freund. Das ist Rosi, unsere neue Assistentin der Geschäftsleitung, ausgestattet mit allem Wissen über die verworrene Welt der Werbung", stellte er Rosi grinsend vor, „mit Maik Suhrer, meinem besten Freund und Partner, solltest du dich gut stellen, er denkt und handelt genauso wie ich."

Auch dieser Vertreter des anderen Geschlechts war Rosi von Anbeginn unsympathisch. Hinter seiner übertriebenen Lässigkeit verbarg sich ein aufgeblasener Macho. Er passte in dieselbe Schublade wie sein Chef. Worauf hatte sie sich bloß eingelassen?

Eine Viertelstunde später saß Rosi mit dem Chef der Werbeagentur, seinem Freund und elf anderen Personen an einem großen Besprechungstisch. Ferdinand Kallweit stellte Rosi kurz vor und forderte anschließend einen seiner Mitarbeiter, den er Rudi nannte, auf, seine Präsentation zu beginnen. Auf der Projektionsfläche an der Wand erschien eine Küchenmaschine, die nach der Beschreibung von Rudi alles konnte, was von einem Gerät in einer modernen Küche verlangt wurde. Er präsentierte mehrere Ansichten aus verschiedenen Perspektiven.

„Rudi, strapaziere nicht meine Nerven", fuhr Ferdinand Kallweit ihn nach kurzer Zeit an, „du sollst hier keine Werbeveranstaltung für diese Wundermaschine wie bei einer Kaffeefahrt für senile Rentner abhalten, sondern mir ein durchdachtes Konzept vorlegen. Also bitte!"

Rudi schien irritiert zu sein, als er so unverhofft aus dem Tritt gebracht wurde. Mit zusammengepressten Lippen fuhr er fort.

„Mein Team und ich haben uns für diesen Clip entschieden", erklärte Rudi daraufhin pikiert und spielte einen Videoclip ab. Eine Frau, deren Alter schwer einzuschätzen war, stand in einer modernen Küche, lobte die Küchenmaschine über den Klee und hielt die einzelnen Zubehörteile in die Kamera.

„Stopp! Stopp!", unterbrach Ferdinand Kallweit den Clip nach wenigen Sekunden, „das ist doch wohl nicht dein Ernst, Rudi? Hat dir jemand ins Gehirn geschissen? Bei solchem Werbeschrott hat sich doch schon meine Großmutter vor vierzig Jahren gelangweilt. Fällt euch denn gar nichts mehr ein? Wozu bezahle ich euch eigentlich? Garantiert nicht für einen solchen Dünnschiss. Morgen früh habe ich ein vernünftiges Konzept auf dem Tisch oder es rollen Köpfe."

Ferdinand Kallweit sprang auf und nickte Rosi auffordernd zu. Noch während sie auf die Tür zugingen, bemerkte Rosi halblaut: „Kinderleicht."

Ferdinand Kallweit blieb abrupt stehen und drehte sich um. Entgeistert starrte er Rosi. „Was hast du eben gesagt?"

Rosi lächelte. „Kinderleicht. Jeder sollte wissen, dass eine solche kompliziert aussehende Maschine kinderleicht zu bedienen ist. Kinder und Tiere sind immer Zugpferde. Aber wem erzähle ich das. Du bist der Profi."

Über Ferdinand Kallweits Gesicht zog sich ein aner-kennendes Grinsen. „Nicht schlecht, Rosi. Kaum ein paar Minuten im Rennen und schon auf den vorderen Plätzen."

Ferdi drehte sich um und wandte sich Rudi zu. „Kinderleicht heißt deine neue Marschrichtung. Lass dir etwas einfallen. Darauf hättet ihr Experten auch selber kommen können. Doch dazu muss man erst einmal Gehirn einschalten."

Rosi entging nicht, dass die Anwesenden im Besprechungsraum mitbekommen hatten, von wem dieser Vorschlag kam. Freunde hatte sie sich damit bestimmt nicht gemacht. Aber das war ja auch nicht das Ziel ihrer Anwesenheit in diesem Betrieb.

Kapitel 15

Es kam nicht selten vor, dass Lindberg nach einem betriebsamen Tag ein wenig Erholung bei einem Spaziergang durch Lübecks Altstadt suchte. Auch wenn er schon sein ganzes Leben mit kleinen Unterbrechungen hier verbracht hatte, war er immer wieder erstaunt, welche neuen Ecken und Winkel man entdecken konnte, wenn man seine Augen aufhielt. Nicht selten erlaubten ganz besondere Aussichtspunkte neue Perspektiven. Wer nicht auf den Straßen spazierte, sondern mit dem Boot einmal rund um die Altstadt fuhr, erlebte ein völlig anderes Lübeck. Die alten Häuser, Höfe und Gassen flüsterten Geschichten aus vergangenen Tagen. Was hatten sie nicht schon alles erlebt? Man musste nur zuhören. Lindberg genoss solche Wanderungen am Abend, wenn der tägliche Trubel nachließ und sich die Stadt zur Ruhe begab. Verwundert sah er sich um, als er sich an der Untertrave vor dem Haus, in dem Anna wohnte, wiederfand. Warum nicht, fragte er sich?

Er klingelte und hörte kurz darauf Annas Stimme aus der Gegensprechanlage.

„Hallo, Anna. Das ist ein Überfall. Gewährst du einem einsamen Wanderer Einlass?"

Das kurze Zögern vor Annas Antwort nahm Lindberg nicht wahr. „Komm rauf, du einsam Verirrter." Der Summer erklang.

Als Lindberg Annas Wohnung wenig später durch die angelehnte Tür betrat, blieb er irritiert stehen, da er Stimmen aus dem Wohnzimmer hörte. Anna hatte Besuch?

Lindberg klopfte kurz an und betrat das Wohnzimmer. Verwundert blickte er in die Runde.

Anna kam ihm entgegen. „Nun guck nicht so, wie ein kleiner Hund, der sich verlaufen hat. Wie du siehst, haben wir gerade unseren Mädelabend."

Lindberg fand den Vergleich mit einem kleinen Hund äußerst unpassend, aber er spielte mit. „Das tut mir aber leid. Euren Mädelabend wollte ich durch meine Anwesenheit nicht torpedieren."

„Vorstellen muss ich dich ja nicht, denn wir haben in deiner Abwesenheit ausführlich über dich geschludert. Aber trotzdem. Kim Matthiesen kennst du ja schon." Die Rechtsmedizinerin winkte Lindberg lächelnd zu.

„Und das ist Ina von Ehrenfels. Unsere neue Staatsanwältin", fuhr Anna fort.

Lindberg hatte schon von Ina von Ehrenfels gehört. Anna konnte sich vor einiger Zeit nicht verkneifen, ihm von dem Auftritt mit dem Oberstaatsanwalt zu berichten. Es war jener Tag, an dem die junge Staatsanwältin ihrem wichtigtuerischen Kollegen die Butter vom Brot nahm, wie Anna sich ausgedrückt hatte. Ganz angetan war er auch von ihrer attraktiven Erscheinung. Lindberg verneigte sich leicht. „Es ist mir eine Ehre."

„Auch ich freue mich, den berühmten Kriminalautor kennenzulernen", entgegnete Ina von Ehrenfels freundlich.

„Lindberg, setzt dich. Ich hole dir ein Glas", befahl Anna bestimmt.

„Und ihr hattet wahrhaftig nichts Besseres zu tun, als eure hübschen Mäuler über mich zu zerreißen?", fragte Lindberg in die Runde, nachdem Anna ihm ein Glas geholt und von dem Rotwein eingeschenkt hatte.

„Wenn es für die Politur deines Egos erforderlich ist, werden wir jetzt alle verzückt `Ja` rufen", erklärte Kim Matthiesen mit gespielt ernster Stimme.

„Diese bedeutungsvollen Worte aus dem Mund einer Medizinerin betrachte ich als therapeutischen Ansatz", entgegnete Lindberg schmunzelnd.

„Warum wir dich so großzügig in unserer Mädelrunde aufgenommen haben, erkläre ich dir gleich", schaltete Anna sich jetzt ein, „aber vorab solltest du wissen, dass unabhängig von unserem geliebten Oberstaatsanwalt in der Staatsanwaltschaft Lübeck, seit heute eine neue weitere Gefahr lauert …"

„Anna, hör auf", unterbrach Ina von Ehrenfels die Kommissarin. Kim Matthiesen und Anna fingen an zu lachen.

„Um es kurz zu machen. Ina ist eine der schießwütigsten Staatsanwältinnen, die ich je gesehen habe", ließ Anna Lindberg weiterhin rätseln. Verständnislos blickte er von einer zur anderen.

„Anna ist einfach hinterhältig und gemein", warf Ina von Ehrenfels ein und funkelte Anna dabei mit bösen Blicken an.

„Um dich nicht länger im Unklaren zu lassen", klärte Kim Matthiesen Lindberg auf, „die beiden waren heute Nachmittag im Schießkino und Ina hat das erste Mal in ihrem Leben außerhalb von Gerichtssälen scharfe Schüsse abgegeben, die nicht nur verbal waren."

Lindberg hob anerkennend die Augenbrauen. „Und wie hat sich das angefühlt?"

„Ich hatte Anna darum gebeten, mir einmal diese Möglichkeit einzuräumen. Es war schon eine sehr beeindruckende Erfahrung. Nicht nur der technische Ablauf, eine Schusswaffe abzufeuern, sondern insbesondere unter dem Bewusstsein, dass in

Gefahrensituationen für Polizeibeamte auf der anderen Seite nicht nur eine Pappscheibe sondern ein Mensch steht."

„Kim, hast du auch geschossen?", wandte sich Lindberg an die Rechtsmedizinerin.

Kim Matthiesen hob abwehrend die Hände. „Nein, um Gottes Willen. Meine schärfste Waffe ist alleine das Seziermesser. Und meinen Individuen, denen ich damit zu Leibe rücke, füge ich, wie ihr wisst, auch keine Schmerzen mehr zu."

„Ich habe ein ganz andere Frage an euch", wechselte Ina von Ehrenfels auffallend eilig das Thema, „wieso gibt es diese permanenten Spannungen zwischen Oberstaatsanwalt Reichenbach und der Mordkommission? Und wie hängt Lindberg noch damit drin?"

„Über die menschlichen und charakterlichen Eigenarten von Oberstaatsanwalt Reichenbach müssen wir nicht lange nachdenken. Er ist eben wichtig. Vielleicht auch ein Ergebnis seiner begrenzten Körpergröße", stellte Anna erklärend fest.

„Anna, unsere psychologische Expertin", bemerkte Lindberg schmunzelnd, „aber du hast ja recht. Siegmund Freud hätte sicherlich genug an diesem Patienten zu tun, wenn er denn noch leben würde."

Anna schüttelte den Kopf. Wie es schien, hielt sie Lindbergs Bemerkung für nicht ausreichend. „Der Grund unserer Liebe zueinander liegt offensichtlich in dem Fall um die Tote vom Friedhof. Im Rahmen der Ermittlungen stellte sich damals heraus, dass Reichenbach mit der Familie von Bahrenfeld, zu der die Tote gehörte, auf Hasselburg befreundet war."

„Aber das muss doch nicht zwangsweise zu Animositäten führen", warf Ina von Ehrenfels zweifelnd ein.

„Grundsätzlich nicht", fuhr Anna fort, „aber die Ermittlungen ergaben, dass der wahre Vater der Toten, das war nämlich nicht der Graf, bei einem dubiosen Jagdunfall in Schweden zu Tode gekommen war. Im Beisein des Grafen, seines Schwagers und unseres lieben Oberstaatsanwalts. Hinzu kam, dass es Lindberg war, der diese Zusammenhänge in Schweden aufgedeckt hatte, was Reichenbach auf irgendeine Weise erfahren haben musste."

Ina von Ehrenfels schüttelte den Kopf. „Ist denn diese Jagdunfallsache irgendwann aufgeklärt worden?"

„Ob die schwedischen Kollegen den Fall wieder aufgegriffen und weiter verfolgt haben, wissen wir nicht", antwortete Anna schulterzuckend.

„In die Schusslinie des Oberstaatsanwalts ist Lindberg ja auch bei dem Hardenberg-Fall gekommen", wusste Kim Matthiesen ergänzend zu berichten.

Lindberg setzte sich gerade hin. „Ja, das war eine seiner Glanzleistung. Ich hatte den Toten entdeckt, weil ich für den Hotelier eine Expertise erstellen sollte. Folglich war ich für den messerscharf analysierenden Oberstaatsanwalt auch der Täter. Ein einziger Witz. Aber ich denke, die Erlösung ist nahe. Wird er nicht in absehbarer Zeit pensioniert?"

„Ich weiß es nicht genau, aber ich glaube, zwei Jahre hat er wohl noch", spekulierte Ina von Ehrenfels.

Lindberg erhob sein Glas. „Möge er uns in dieser Zeit möglichst fern bleiben." Nachdem alle vier einen Schluck genommen hatten, sah Lindberg die Frauen eine Weile schweigend an. Anschließend lächelte er verschmitzt.

Anna fixierte ihn herausfordernd. „Was ist los, Lindberg? Was brütest du schon wieder aus in deinem wirren Hirn?"

„Ist euch eigentlich schon aufgefallen, dass hier vier Totengräber zusammen sitzen?" Lindberg erwartete keine unmittelbare Antwort. Die drei Frauen sahen ihn ein wenig erstaunt und erwartungsvoll an. „Ganz einfach. Anna gehört zur

Mordkommission und wird erst aktiv, wenn jemand tot ist. Ina muss sich neben anderen Schandtaten der Menschheit auch um Mord und Totschlag kümmern. Kim kommt erst in Schwung, wenn sie einen Toten auf dem Tisch hat. Und ich beschäftige mich, zumindest in meiner Fantasie regelmäßig mit Mördern und toten Figuren."

Alle vier fingen an zu lachen.

„Welch ein trauriges Quartett", erklärte Kim fröhlich, „umso mehr ein Grund, neben unserem morbiden Berufsleben die Freuden des Daseins nicht zu vergessen." Alle vier tranken sich erneut lachend zu.

„Wo wir gerade beim Thema sind. Der Tod an sich und im Besonderen", lenkte Anna das Gespräch jetzt in eine andere Richtung, „ich möchte unsere Stimmung ungern zerstören, aber ich würde mit euch ganz gerne noch einmal über die beiden letzten Mordfälle sprechen. Wir waren schon dabei, bevor du gekommen bist, Lindberg. Da wir uns bisher im Kreise drehen, wären uns deine außenstehenden Gedankengänge gerade recht."

Lindberg registrierte die skeptischen Blicke der Staatsanwältin bei den Worten von Anna. Auch der Kommissarin waren sie nicht verborgen geblieben.

„Ich kann deine Bedenken hinsichtlich der Preisgabe von Ermittlungsergebnissen gut verstehen, Ina", fuhr Anna daraufhin fort, „aber Lindberg ist eine absolut vertrauenswürdige Person. Er ist mir mehrfach schon ein wertvoller Ratgeber gewesen. Und vermutlich hätte ich mir bei manchen Fällen ohne seine Hilfe die Zähne ausgebissen."

„Solange alles, was wir hier besprechen, in diesen Räumen bleibt und letztlich zu Ermittlungserfolgen führt, habe ich generell keine Bedenken", entgegnete die Staatsanwältin unverblümt.

Anna informierte Lindberg in kurzen Worten über die Einzelheiten zum Fundort der zweiten Leiche auf der Aussichtsplattform der St.-Petri-Kirche. „Wir sind uns einig darüber, dass wir von einem und demselben Täter ausgehen müssen. Seine Handschrift ist unverkennbar."

„Meine ersten Untersuchungen können das nur bestätigen", ergänzte die Rechtsmedizinerin, „auch hier wurde das Opfer zunächst betäubt und anschließend mit einer Überdosis Insulin getötet."

„Alter und Aussehen sowie die speziellen Auffindsituationen der beiden Frauen geben uns eindeutige Hinweise auf das Täterprofil", stellte Ina von Ehrenfels fest, „beide Frauen sind blond und beide mit Anfang zwanzig im selben Alter. So wie der Täter die Frauen drapiert hat, ist seine Botschaft für mich eindeutig. Sie sollen büßen."

„Dem ist nicht zu widersprechen", bestätigte Lindberg die Ansicht der Staatsanwältin, „die andächtige kniende Haltung bei den Mönchen im Museum spricht ebenso dafür wie auch die gekreuzigte Frau auf der Aussichtsplattform mit Blick auf die Marienkirche. Auffällig ist auch, dass der Täter die Opfer entkleidet und ihnen ein weißes Gewand übergestülpt hat. Ein Büßergewand im herkömmlichen Sinne ist es nicht, denn das sollte den tragenden Personen aufgrund seines groben Stoffes, meistens aus Ziegenhaar gewebt, Schmerz verursachen. Ich glaube eher, dass er mit dem weißen Kleid die Reinheit der Person unterstreichen will."

Anna blickte fragend in die Runde „Was verrät uns das nun über den Täter? Was sind seine Motive?"

„Prinzipiell können wir davon ausgehen, dass der Täter ein feindliches Frauenbild hat", begann Kim Matthiesen ihre Gedanken darzulegen, „das muss nicht zwangsweise für alle

Frauen gelten, da er sich bei seinen Taten zielgerichtet auf blonde Frauen desselben Alters projiziert. Gleichwohl lässt es den Schluss zu, dass es in seinem Leben derart einschneidende Ereignisse gegeben haben muss, die ein solches Hassbild hervorrufen."

„Aber mit dem obligatorischen Feindbild der prügelnden Großmutter kommen wir hier doch nicht weiter", warf Anna kritisch ein.

„Das stimmt", bestätigte Lindberg, „entscheidend ist der moralische Anspruch, den der Täter offensichtlich erhebt. Wie es aussieht, hat sich eine Person in seinem Leben nach seiner sittlichen Auffassung nicht korrekt verhalten. Dieses Ereignis muss so einschneidend gewesen sein, dass sich sein Zorn heute gegen Frauen ähnlicher Prägung richtet."

„Und wie sind diese inszenierten Demutshaltungen zu erklären?", fragte Ina von Ehrenfels nach.

Lindberg ergriff sein Glas und nahm einen Schluck, bevor er antwortete. „Nun, wie ich schon erwähnt habe, den Auslöser für die Mordfantasien sehe ich nicht in einer gewalttätigen Kindheit des Mörders. Zumindest nicht im herkömmlichen Sinne. Hier geht es eher um Verstöße gegen Sittlichkeit und Tugenden, die zu einer derart psychischen Belastung geführt haben, die ihr Ventil nur in der Mordtat findet."

„Und du meinst, die demütigen Positionen der Opfer sollen uns sagen, ein gottesfürchtiges Leben wäre der richtige Weg gewesen?", setzte Anna die Gedanken ihres Freundes fort.

Lindberg schüttelte bedächtig den Kopf. „Es wäre eine Erklärung von vielen. Aber ich glaube, ganz langsam bewegen wir uns im Bereich von Spekulationen."

Kapitel 16

Als Anna sich am nächsten Morgen mit ihren beiden Kommissaren zusammensetzte, klangen immer noch Lindbergs Überlegungen in ihrem Kopf. Auch wenn seine Gedanken nicht von der Hand zu weisen waren, führten sie endgültig nicht zu Ermittlungsergebnissen.

Anna sah ihre beiden Kommissare fragend an. „Bevor ich es vergesse, ist Nico Frohwein eigentlich schon wieder auf freiem Fuß?"

„Ja, das ist alles erledigt. Gestern wurde er bereits aus der Haft entlassen", wusste Kommissar Bockmann zu berichten.

Anna nickte zufrieden. „Sehr gut. Also, was wissen wir bisher konkret?"

„Fangen wir einmal mit dem Autobrand an", begann Oberkommissar Korthals, „die Feuerwehr hat bestätigt, dass der Alarm am 20. kurz vor acht bei ihnen eingegangen ist. Zu retten war da nichts mehr. Der Wagen ist vollkommen ausgebrannt. Allerdings haben unsere Spurensicherer inzwischen die Reste eines elektronischen Fernzünders gefunden. Ein Teil, das jeder Blödel im Internet kaufen kann, also auch unser Mörder."

„Also können wir davon ausgehen, dass der Mörder einen Brandsatz platziert und gezündet hat, um den Turmwärter abzulenken und bewusst von der Aussichtsplattform fernzuhalten. Er muss also wie auch im Hansemuseum die täglichen Abläufe vorher genau studiert haben", stellte Anna folgerichtig fest.

„Wir müssen davon ausgehen, dass er auch für den Ausfall der Überwachungskameras auf der Aussichtsplattform verantwortlich ist. Die KTU hat nämlich festgestellt, dass die Kabel nicht nur einfach durchtrennt worden waren, sondern sogar meterweise herausgeschnitten wurden. All diese Aktivitäten vor der eigentlichen Tat setzen eine Akribie und Präzision voraus, die wir bei unseren vorherigen Mordtaten in dieser Konsequenz noch nie erlebt haben." Bei Clemens Korthals' ausgesprochenen Überlegungen klang eine unterschwellige Anerkennung mit.

„Das macht unsere Ermittlungsarbeit nicht unbedingt einfacher", bestätigte Anna bedächtig kopfnickend, „solche Täter machen selten Fehler. Wie auch immer. Der Mörder muss danach zu den ganz normalen Öffnungszeiten mit seinem Opfer zur Aussichtsplattform hochgefahren sein. Zeitlich eher gegen Abend. Was sagt unser Turmwärter? Kann er sich an bestimmte Personen erinnern?"

„Nein. Wir haben ihn noch einmal ausführlich befragt", erklärte Kommissar Bockmann schulterzuckend, „er konnte lediglich anhand der verkauften Karten sagen, wie viele Personen zur Aussichtsplattform hochgefahren waren. Das waren in der letzten Stunde, bevor der Anruf wegen des Autobrandes kam, dreizehn Personen. Er wusste aber überhaupt nicht, wie viele zwischenzeitlich den Turm wieder verlassen hatten."

„Er scheint nicht einer der Hellsten zu sein", bemerkte Clemens Korthals ergänzend.

„Verlassen wir einmal den Turmwärter", fuhr Anna fort, „durch die Zündung des Brandsatzes verschaffte sich der Mörder die nötige Ablenkung, die er für seine Tat brauchte. Wir müssen davon ausgehen, dass sein Opfer auf dem Weg zur Aussichtsplattform noch lebte. Erst nachdem alle anderen Besucher den Turm verlassen hatten, löste er den Brandsatz aus und betäubte sein Opfer. Wie wir von der Rechtsmedizin wissen, geschah dieses wie beim Opfer im Museum mithilfe von Chloroform. Auch die anschließende Tötung ist identisch, nämlich durch eine Überdosis Insulin. Anschließend zog er sein Opfer aus, bekleidete es mit dem weißen Gewand und befestigte es in der uns bekannten demutsvollen Pose am Gitter. Die Spurenlage ergibt keine sexuellen Motive."

Oberkommissar Korthals nickte zustimmend. „Das Seil, mit dem er sie angebunden hat, ist in der Art ebenfalls identisch mit dem Tau, was wir auch im Hansemuseum vorgefunden haben. Üblicherweise als Schot auf Segeljachten genutzt. Massenware. In jedem Baumarkt oder Geschäft für Jachtzubehör zu erhalten. Das sagt zumindest die KTU."

„Ich hätte da mal eine Frage", schaltete sich Kommissar Bockmann ein, „wenn der Mörder schon ein Seil benutzt, das üblicherweise auch von Seglern verwendet wird, wieso befestigte er seine Opfer dann nicht mit typischen Seemannsknoten?"

Anna und Clemens Korthals sahen den jungen Kommissar verwundert an.

„Ganz einfach, Malte. Weil er kein Seemann ist", war die lapidare Antwort des Oberkommissars.

Anna bewegte bedenklich den Kopf. „Oder er vermeidet bewusst solche Knoten, um sich nicht zu verraten. Bei seinem pedantischen Verhalten kann auch das durchaus eine Erklärung sein. Kommen wir zu der nächsten Frage. Auf welche Weise konnte der Täter unerkannt den Turm wieder verlassen? Und wie gelang es ihm, mögliche Hindernisse wie Türen und Sperren zu überwinden?"

„Auch wenn der aufgeregte Turmwärter, bevor er zu seinem brennenden Auto gehetzt ist, den Fahrstuhl außer Betrieb gesetzt hat, kann man die Aussichtsplattform ebenfalls über das Treppenhaus verlassen. Das ist zwar mit Gittertüren verschlossen, aber sicherlich für einen Täter wie unseren kein großes Hindernis. Auf jeden Fall hat die KTU an keiner der

Türen irgendwelche Gewaltspuren gefunden", erläuterte Clemens Korthals.

„Was ist mit der schweren Kirchentür?", wollte Anna wissen.

Kommissar Bockmann hob den Finger „Uns ist nicht bekannt, wann sie an diesem Abend verschlossen wurde. Berthold Seekamp, also der Turmwärter, wusste nicht mehr, ob er die Kirchentür bei seinem hastigen Weg zum brennenden Auto noch verschlossen hatte oder erst nachdem die erste Aufregung vorbei und sein Wagen abgeschleppt worden war."

„Wie lange hat es denn gedauert, bis die ganze Brandaktion vor der Kirche beendet war?", hakte Anna nach.

„Wir müssen von mehr als einer Stunde ausgehen", ergänzte Kommissar Bockmann.

„Das heißt also, dass der Mörder in dieser Zeit in aller Ruhe seine Tat begehen und selbst während der Aufregung um das brennende Auto ohne Mühe die Kirche ungesehen wieder verlassen konnte", überlegte die Kommissarin laut.

Das Telefon auf Annas Schreibtisch klingelte. Sie stand auf, hob den Hörer ab und meldete sich.

„Hier ist die Einsatzzentrale. Moin, Frau Severin. Ich habe hier vom Hanse Hotel in der Fischergrube jemanden in der Leitung. Möglicherweise gibt es einen Hinweis zu dem letzten Mordfall. Können Sie den aufgeregten Menschen einmal übernehmen?"

„Kein Problem, Herr Kollege. Vielen Dank." Anna drückte den Übernahmeknopf und meldete sich erneut.

„Mein Name ist Zimmermann. Ich bin der Direktor des Hanse Hotels in der Fischergrube. Ich habe von der Toten auf dem Turm in der Petrikirche gelesen. Wir haben hier im Hotel einen weiblichen Gast, der bereits gestern auschecken wollte, aber sein Zimmer bis heute nicht geräumt hat. Könnte da vielleicht ein Zusammenhang bestehen?"

Anna hatte einige Mühe, den Hotelbesitzer zu verstehen, da er immer wieder stockte und neu ansetzte. Seine Aufregung war unüberhörbar. „Herr Zimmermann, beruhigen Sie sich. Wir werden uns darum kümmern. Ich gehe davon aus, dass Ihnen die Personalien ihres Gastes bekannt sind."

„Ja, natürlich. Wir haben sogar eine Kopie des Personalausweises. Die Dame heißt Verena Johann."

„Herr Zimmermann, in wenigen Minuten werden meine Kollegen bei Ihnen erscheinen und sich der Sache annehmen. Zunächst ganz herzlichen Dank für Ihren Hinweis. Eine Bitte noch. Sorgen Sie dafür, dass niemand mehr das Hotelzimmer von Frau Johann betritt."

Der Hotelbesitzer sicherte Anna beflissen zu, unverzüglich das Notwendige zu veranlassen.

Anna hatte kaum den Hörer aufgelegt, da klingelte es erneut. Stirnrunzelnd betrachtete sie die Nummer auf dem Display. Es war das Vorzimmer ihres Chefs.

„Guten Morgen, Frau Pantaenius", meldete sich Anna, „hat unser Chef Sehnsucht nach mir?"

„Wie haben Sie das denn bloß erraten, Frau Severin?", bemerkte die Vorzimmerdame von Kriminaldirektor Mertens lachend, „wenn Sie es einrichten können, würde der Chef sie gerne sehen."

„Ich komme sofort", antwortete Anna und legte den Hörer auf.

„Auf gehts, meine Herren. Der Hotelbesitzer des Hanse Hotels in der Fischergrube vermisst einen weiblichen Hotelgast namens Verena Johann. Er vermutet eine Verbindung zu unserer Mordtat in der Petrikirche. Kümmert ihr euch bitte darum. Mich erwartet Kriminaldirektor Mertens unverzüglich. Sollte der Verdacht im Hotel sich bestätigen, benachrichtigt mich bitte, dann stoße ich unmittelbar nach der Besprechung beim Chef zu euch", ordnete Anna an.

„Frau Severin, ich weiß, Sie haben viel um die Ohren", begrüßte Kriminaldirektor Wolfgang Mertens seine Mitarbeiterin freundlich per Handschlag und lud sie ein, sich zu setzen. „Einerseits möchte ich kurz auf den neuesten Stand gebracht werden, andererseits muss ich eine persönliche Sache mit Ihnen besprechen."

Anna berichtete dem Kriminaldirektor in groben Zügen von beiden Mordfällen, den auffälligen Parallelen des Tathergangs und den bisher überschaubaren Ermittlungsergebnissen.

„Wenn ich Sie richtig verstehe, haben wir es hier mit einem ganz speziellen Täter zu tun. Seine minutiösen Vorbereitungen und Tatausführungen lassen den Schluss zu, dass es sich hier um einen nicht ganz unintelligenten Menschen handelt", resümierte der Kriminaldirektor Annas Ausführungen, „aber ich bin mir ganz sicher, auch diese Fälle sind bei Ihnen in den richtigen Händen. Nun zu einer ganz anderen Sache. Frau Severin, ich halte es für dringend erforderlich, dass Sie sich demnächst ernsthafte Gedanken über Ihre weitere dienstliche Zukunft machen. Aufgrund Ihrer bisherigen Leistung und Qualifikationen ist ein Aufstieg in den höheren Dienst zwingend vorgegeben. Meine uneingeschränkte Unterstützung ist Ihnen sicher, das wissen Sie. Nun liegt es ausschließlich bei Ihnen, wann und wie schnell Sie diesen Weg gehen wollen. Die Tür zu einer reizvollen Karriere steht Ihnen weit offen. Sie müssen sie nur durchschreiten."

Anna sah den Kriminaldirektor mit ernster Miene an. Sie zögerte nur einen Augenblick. „Herr Mertens, hatten wir dieses Thema nicht schon öfter?"

„Schön, dass Sie sich noch daran erinnern. Allerdings habe ich bis heute von Ihnen keine plausible Antwort erhalten. Das Innenministerium verlangt von mir eine Personalplanung für die kommenden Jahre. Dabei geht es auch um die Dotierung herausgehobener Positionen. Es ist damit zu rechnen, dass man die Leitung der Mordkommission mit einem Beamten des höheren Dienstes besetzen wird. Sie müssen entscheiden, ob sie in Zukunft selbst dieses Amt einnehmen oder ob Sie unter einem Vorgesetzten dienen wollen. Ich würde Ihren Werdegang gerne berücksichtigen. Ich erwarte Ihre Antwort spätestens innerhalb einer Woche. Ich kann Ihnen Ihr Glück nicht befehlen. Aber es würde mir persönlich sehr weh tun, wenn Sie ihre Chancen nicht nutzen wollten. Denken Sie darüber nach und geben Sie mir rechtzeitig Bescheid."

Kapitel 17

Anna hatte kaum ihren Schreibtisch wieder erreicht, als die Melodie auf ihrem Smartphone erklang.

„Clemens, was gibt es im Hotel?", meldete Anna sich, nachdem sie den Anrufer auf dem Display erkannt hatte.

„Bingo, Chefin. Der hier vermisste Gast ist unsere Tote von der Kirche. Das geht aus der Kopie des Personalausweises zweifelsfrei hervor."

„Es ist gut, Clemens. Ich komme gleich zu euch. Ihr könnt in der Zwischenzeit schon einmal mit der Befragung der Hotelbediensteten beginnen."

Anna ging die Bemerkung des Kriminaldirektors hinsichtlich ihrer Karriere nicht aus dem Kopf. Es war nicht das erste Mal, dass er sie daraufhin angesprochen hatte. Damals konnte sie sich mit ihrer Antwort noch hinter der Hektik eines aktuellen Mordfalles verstecken, wohl wissend, dass ihr Chef nicht locker lassen würde. Wie soeben geschehen.

Anna musste den Kopf klar kriegen. Sie entschloss sich, den Weg zum Hanse Hotel in der Fischergrube zu Fuß zurückzulegen. Ihre Kommissare waren vor Ort. Für sie war es letztlich vollkommen unerheblich, ob sie zehn Minuten früher oder später dort eintreffen würde.

Anna warf sich ihre Jacke über und verließ das Polizeihochhaus in der Possehlstraße. Vorbei am Leichtathletikstadion Buniamshof erreichte sie nach wenigen Minuten die Obertrave. Der Blick vom Malerwinkel aus über den Fluss auf die Altstadt und die alles überragenden Kirchtürme riefen bei Anna immer wieder ein wohliges Gefühl hervor. Sie konnte es gar nicht genau erklären. Obwohl sie schon so viele Jahre in Lübeck lebte, berührte sie dieser harmonische Anblick nach wie vor. „Werde ich auf meine alten Tage schon sentimental?", fragte sie sich selbst.

Getrübt wurde ihre heutige Stimmung jedoch durch die eindringliche Frage ihres Chefs nach ihrer Zukunft. Was wollte sie wirklich? Der Aufstieg würde ihr Tätigkeitsfeld komplett verändern. Selbst wenn sie im Bereich der Kriminalpolizei bleiben könnte, aktive Ermittlungsarbeit gehörte dann vermutlich nicht mehr zu ihren Aufgaben. Dienst am Schreibtisch. Kaum vorstellbar. Außerdem bestand die Gefahr, ihr geliebtes Lübeck verlassen zu müssen. Sie musste unbedingt mit Lindberg darüber sprechen.

Anna war so tief in ihren Gedanken versunken, dass sie ihren Weg über die Dankwartsbrücke, vorbei an den Salzspeichern und dem Holstentor gar nicht bewusst wahrgenommen hatte. Erst kurz vor der Einmündung in die Fischergrube an der Untertrave wurde ihr bewusst, wohin sie eigentlich wollte.

Kaum hatte sie das Hanse Hotel betreten, kam ihr Oberkommissar Korthals entgegen. „Es stimmt, Chefin. Wie schon gesagt, Verena Johann heißt unsere Tote von der Petrikirche. Und sie war Gast in diesem Haus seit dem 17. September."

Clemens Korthals streckte Anna ein Blatt Papier entgegen, eine Kopie des Personalausweises der Toten, auf der sie zweifelsfrei identifiziert werden konnte. „Dem Ausweis nach kommt sie aus Hannover. Bockmann ist schon dabei, herauszufinden, ob es irgendwelche Verwandten gibt."

Anna nickte. „Wissen wir schon, was sie hier in Lübeck wollte?"

„Nein, Genaues konnten wir bisher nicht erfahren. Das Hotelpersonal ist nicht gerade aussagefreudig. Da müssen wir wohl noch ein wenig nachbohren."

„Entschuldigen Sie bitte, wenn ich Sie störe", unterbrach ein etwas unruhig wirkender Mann mit grauen Haaren und schwarzem Anzug die beiden Kommissare.

„Das ist Herr Zimmermann, der Direktor des Hauses", stellte Clemens Korthals die Person seiner Kollegin vor.

„Ich bin Anna Severin und leite die Ermittlungen in diesem Mordfall", erklärte Anna, nachdem sie den Hoteldirektor mit Handschlag begrüßt hatte, „können wir uns irgendwo ungestört unterhalten?"

„Ja, natürlich in meinem Büro. Ich darf dann mal vorgehen", bemühte sich der Hoteldirektor beflissen. Anna und Clemens Korthals sahen sich schmunzelnd an.

„Wie ich bereits gehört habe, hatte Verena Johann ihr Zimmer vom 17. bis zum 22. September gebucht. Ist das richtig?", begann Anna die Befragung, nachdem sie sich im Büro des Hoteldirektors gesetzt hatten.

Rüdiger Zimmermann nickte eifrig. „Ja, das stimmt."

„Wissen Sie den Grund des Aufenthalts in Lübeck von Verena Johann?"

„Nein, genau nicht. Aber wie ich von meinem Personal gehört habe, interessierte sie sich für die Sehenswürdigkeiten der Stadt. Sie scheint ein touristischer Gast gewesen zu sein", vermutete der Hoteldirektor.

„Hatte Frau Johann Besuch oder Kontakte zu anderen Gästen?", fuhr Anna fort.

„Das weiß ich beim besten Willen nicht." Der Hoteldirektor schien entrüstet zu sein. „Diskretion ist eine unserer obersten Direktiven im Haus."

„Das mag ja alles richtig sein, aber ihre Gäste des Hotels leben hier ja wohl nicht wie im Kloster", schaltete sich Clemens Korthals ein.

Rüdiger Zimmermann sah den Kommissar empört an. „Wir sind ein offenes Haus, wie es sich für ein modernes Hotel gehört. Jeder Gast ist uns willkommen, der sich an die Regeln eines gesellschaftlich angemessenen Miteinanders hält. Gleichwohl üben wir in diesem Haus Diskretion und Respekt unseren Gästen gegenüber ..."

„Das ist ja alles schön und gut", unterbrach Clemens Korthals den entrüsteten Hoteldirektor, „aber das schließt ja nicht aus, dass Verena Johann Besuch empfangen oder sich in ihrem Restaurant mit anderen Gästen unterhalten hat."

Der Hoteldirektor schien immer noch pikiert zu sein. „Wie schon gesagt, darüber kann ich keine Aussage machen."

„Gut, das wäre es erst einmal. Vielleicht können ihre Mitarbeiter uns in dieser Angelegenheit weiterhelfen", beendete Anna die Befragung.

Rüdiger Zimmermanns bisherige Beflissenheit hatte sich in den letzten Sekunden in eine nervöse Hektik verwandelt. „Ich muss Sie jedoch sehr um Zurückhaltung bitten. Einem Verhör meines Personals kann ich nicht zustimmen. Diese Unruhe ist dem Renommee unseres Hauses abträglich."

Die beiden Kommissare hatten sich bereits erhoben, um zu gehen. Anna wandte sich um. „Herr Zimmermann, nur zu Ihrer Erinnerung, wir ermitteln in einer Mordsache. Ich vermute einmal, dass Ihnen auch daran gelegen ist, dass die Angelegenheit so schnell wie möglich aufgeklärt wird. Und unsere Arbeit wollen Sie persönlich doch bestimmt nicht übernehmen, oder?"

Anna und ihr Kollege verließen das Büro. Erschüttert blickte der Hoteldirektor den Kommissaren mit offenem Mund hinterher.

„Ein äußerst merkwürdiger Kauz", bemerkte Clemens Korthals ungläubig, „ich gehe davon aus, Chefin, dass du jetzt das Hotelzimmer sehen möchtest."

Anna nickte. „Das ist richtig. Ist denn bei der Befragung des Personals schon irgendetwas Sinnvolles herausgekommen?"

„Nicht viel", gestand Clemens Korthals ein, während sie auf den Fahrstuhl zusteuerten, „sie halten sich alle sehr zurück. Ich habe fast den Eindruck, dass der Hoteldirektor ihnen einen Maulkorb verpasst hat."

„Nach seiner letzten Bemerkung könnte das ohne Weiteres sein", bestätigte Anna den Verdacht.

Der Fahrstuhl stoppte in der zweiten Etage. Clemens Korthals ging vor und hielt an dem Hotelzimmer an, vor dem ein uniformierter Polizeibeamter stand.

„Herzlichen Dank, Herr Kollege. Ab jetzt übernehmen wir", bedankte sich Anna bei dem Beamten. Als dieser keine Anstalten machte, zu gehen, sah sie ihn fragend an.

„Ich würde Sie ganz gerne noch über eine Beobachtung informieren, die mir ein wenig eigenartig vorgekommen ist, Frau Severin", bemerkte der Polizeibeamte bestimmt.

„Ich gehe davon aus, dass nach Ihrer Ankunft keine Person das Zimmer mehr betreten hat." Der fragende Unterton bei Annas Bemerkung war unüberhörbar.

„Selbstverständlich nicht. Allerdings wollte ein Hotelmitarbeiter unbedingt in das Zimmer. Ich konnte ihn nur mit Mühe davon abhalten. Als Begründung gab er an, er müsste die Minibar kontrollieren und gegebenenfalls auffüllen."

Anna sah ihren Kollegen zweifelnd an. „Das klingt fürwahr etwas mysteriös."

„Der Meinung war ich auch. Zumal er auch keinen Wagen mit Flaschen dabei hatte, um dieser Aufgabe nachzukommen. Ich habe anschließend eines der Zimmermädchen befragt, wer üblicher-weise die Minibar kontrolliert. Das hat mir glaubhaft versichert, dass das auch zu ihren Pflichten gehören würde."

„Woraus haben Sie geschlossen, dass es sich um einen Hotelangestellten handelte?", wollte Clemens Korthals jetzt wissen.

„Er trug eine weinrote Weste, ein weißes Hemd und eine schwarze Hose. Ähnlich gekleidete Personen habe ich auch schon unten im Restaurant gesehen", wusste der Polizeibeamte zu berichten.

Anna wandte sich dem Oberkommissar zu. „Clemens, fahr doch bitte mit dem Kollegen nach unten und versucht, diese Person ausfindig zu machen. Ich möchte mich anschließend mit ihr unterhalten."

Unmittelbar darauf betrat Anna das Hotelzimmer, in dem die Tote von der Petrikirche gewohnt hatte. Der Raum sah aufgeräumt aus. Wie sollte es auch anders sein. Die guten Geister des Hotels sorgten täglich dafür.

Das Bett war unbenutzt. Auf der Kofferablage stand eine Reisetasche aus hellbraunem Leder. Anna zog sich Latexhandschuhe über. Neben einem Paar Sportschuhen befanden sich lediglich Unterwäsche und zwei Shirts darin. Eine Hose und zwei Kleider hingen fein säuberlich auf Bügeln im Schrank. Auf dem Nachttisch lag ein Reiseführer Lübeck. Weitere persönliche Gegenstände fehlten. Anna ging ins Badezimmer. Auch hier nichts Auffälliges. Eine Kulturtasche und die üblichen Utensilien wie Bodylotion, Deo, Lippenstift, Eyeliner, Haar- und Zahnbürste.

Als Anna in das Hotelzimmer zurückkehrte, stand Clemens Korthals in der Tür und sah sich ebenfalls um. „Ich glaub nicht, dass uns dieses aufgeräumte Zimmer weiterhelfen wird. Dafür haben die fleißigen Zimmerelfen des Hotels schon gesorgt."

„Da magst du wohl recht haben. Nichts Persönliches. Ich gehe davon aus, dass sie ein Smartphone oder Tablet wie auch Portemonnaie und Ausweis bei sich gehabt und der Mörder es an sich genommen hat", bestätigte Anna die Beobachtungen ihres Kollegen, „habt ihr den dubiosen Hotelbediensteten gefunden?"

Clemens Korthals nickte. „Ja. Es ist der Barkeeper. Er heißt Marvin Hübner und wartet unten. Wie es aussieht, scheint er nicht ganz glücklich darüber zu sein, dass wir ihn noch sprechen wollen."

„Ist gut, Clemens. Ich möchte das Hotelzimmer noch nicht freigeben. Ob wir die Spurensicherung noch benötigen, können wir immer noch entscheiden. Auf jeden Fall müssen wir die Sachen der Toten sicherstellen. Zahn- oder Haarbürste könnte für Kim Matthiesen für einen möglichen DNA-Vergleich von Bedeutung sein. Kümmerst du dich bitte darum? Ich werde mir inzwischen den Barkeeper vorknöpfen. Wo finde ich ihn?"

„Da, wo er hingehört. Zwischen seinen Flaschen hinter dem Bartresen", antwortete Clemens Korthals grinsend.

Als Anna mit dem Fahrstuhl wieder das Foyer erreicht hatte, wurde sie vom Hoteldirektor aufgehalten. „Frau Kommissarin, ich möchte Sie doch eindringlich bitten, Ihre polizeiliche Präsenz zu reduzieren. Vor dem Hotel steht immer noch ein Streifenwagen und ihre uniformierten Kollegen beunruhigen unsere Gäste auf das Höchste. Wie ich schon betont habe, ich habe auf das Renommee unseres Hauses zu achten."

Anna musterte den Mann von oben bis unten. „Herr Zimmermann, Sie scheinen immer noch nicht den Ernst der Lage erfasst zu haben. Hier ist ein unschuldiger Mensch umgebracht worden. Der Mörder läuft immer noch frei herum. Unsere Aufgabe ist es, ihn zu fassen, bevor er erneut zuschlägt. Ich gehe davon aus, dass es auch Ihre Möglichkeiten erlauben, diese gravierenden Umstände zu erfassen und in ein angemessenes Verhältnis zu Ihrer Sorge um die Funktionsfähigkeit Ihres Hotels zu setzen. Haben wir uns verstanden?"

Anna wartete keine Antwort des verblüfften Hoteldirektors ab, wandte sich um und ging auf das Restaurant zu, wo sie auch die Bar vermutete.

Marvin Hübner, der Barkeeper, hantierte eifrig hinter seinem Tresen herum. Vermutlich hatte er die Kommissarin schon im Gespräch mit dem Hoteldirektor erblickt und täuschte jetzt Geschäftigkeit vor. Zumindest hatte Anna den Eindruck. Im Restaurant befanden sich zu dieser Zeit keine weiteren Personen.

„Herr Hübner, ich bin Anna Severin von der Kripo Lübeck. Hätten Sie ein paar Minuten Zeit für mich?"

Der Barkeeper sah Anna überrascht an, unterbrach aber dann mehr oder wenig widerwillig das Gläserputzen. „Ich weiß nicht, was Sie von mir wollen."

Anna ignorierte seine abweisende Bemerkung, setzte sich an einen Tisch und lud ihn mit einer Handbewegung ein, ebenfalls Platz zu nehmen. „Sie kannten Verena Johann näher?"

„Ich weiß nicht, vom wem Sie sprechen", kam die patzige Antwort.

Anna holte tief Luft. Das fehlte ihr gerade noch. Ein unwilliger und renitenter Zeuge. Der lästige Hoteldirektor war ihr schon genügend auf die Nerven gegangen. Vor ihr saß ein Mann, dessen Überheblichkeit schon aus seinem abweisenden Gesichtsausdruck abzulesen war. Irgendwie passte seine Mimik nicht so ganz zu der sonst durchaus attraktiven Erscheinung. Ein Mann, der für manche Frauen aufgrund seines trainiert wirkenden Körpers und des markanten Gesichts einen besonderen Reiz ausüben würde. Seine Augen hatten hingegen etwas Kaltes und Berechnendes. Er vermittelte den Eindruck eines lauernden, in die Enge getriebenen Tieres.

„Nur für Ihr Verständnis. Wir ermitteln in einem Mordfall. Das Opfer heißt Verena Johann und war Gast in diesem Hotel. Erinnern Sie sich?"

Marvin Hübner zuckte desinteressiert mit den Schultern. „Ich kann mir nicht jeden Gast merken."

Anna ließ nicht locker. Sie kannte solche Typen. „Erklären Sie mir doch einmal, warum Sie heute Morgen das dringende Bedürfnis hatten, im Zimmer 221 nach dem Rechten sehen zu müssen?"

„Ich weiß nicht, wovon Sie reden. Ich wollte nicht in irgendein Hotelzimmer." Der Barkeeper schlug demonstrativ die Beine über-einander. Vermutlich um seine Souveränität zu unterstreichen. Eine Maßnahme, die Anna wenig beeindruckte. „Es tut mir ja leid, aber Ihre Glaubwürdigkeit steht auf ganz wackeligen Beinen. Für Ihre Aktion vor dem Hotelzimmer gibt es Zeugen."

„Dann irren sich Ihre Zeugen eben."

Anna musste feststellen, dass sie bei ihrem Gegenüber so nicht weiterkam. Noch bevor sie schwere Geschütze auffahren konnte, sah sie, dass Clemens Korthals ihr von der Eingangstür zum Restaurant Zeichen gab. „Ich bin gleich wieder bei Ihnen. Sie können sich ja inzwischen überlegen, ob Sie sich nicht doch an Verena Johann erinnern."

Anna stand auf und ging auf ihren Kollegen zu. „Na, Clemens, wo brennt es?"

„Ich vermute einmal, dass der Barkeeper eine schwer zu knackende Nuss ist, wenn ich seine arrogante Haltung richtig interpretiere", bemerkte Clemens Korthals mit hochgezogener Augenbraue.

Anna seufzte hörbar. „Deine Spürnase hat unglücklicherweise recht."

„Aber ich glaube, wir können ihn von seinem hohen Ross sehr schnell auf den Boden der Tatsachen herunterholen. Denn eines der Zimmermädchen hat mir verraten, dass der unwiderstehliche Barkeeper ein Verhältnis mit unserer Toten gehabt hat."

Anna schmunzelte. „Gut, zu wissen. Das wird unserem tugendhaften Hoteldirektor auch nicht gefallen."

Beide Kommissare betraten wieder das Restaurant und setzten sich. Der Barkeeper lümmelt nach wie vor lässig auf dem Stuhl und demonstrierte überhebliche Gelassenheit.

„Herr Hübner, noch einmal. Sie behaupten nach wie vor, Verena Johann nicht zu kennen", setzte Anna die Befragung fort.

„Ich hab Ihnen doch schon gesagt, dass man in einem Hotelbetrieb nicht jeden Gast kennen kann", wiederholte der Barkeeper seine Aussage.

„Was sagen Sie denn dazu, dass es Zeugen gibt, die Sie gesehen haben, als Sie aus dem Zimmer von Verena Johann gekommen sind?", schaltete sich Clemens Korthals ein.

Marvin Hübner musterte den Kommissar abfällig. „Was wollen Sie eigentlich von mir? Sie graben hier irgendwelche komischen Zeugen aus, die nur Lügen verbreiten. Ich weiß ja noch nicht einmal, in welchem Zimmer diese berüchtigte Verena Johann genächtigt hat."

Anna und Clemens Korthals wechselten kurz ein paar verständige Blicke miteinander.

„Herr Hübner, da wir hier offensichtlich nicht weiterkommen, werden Sie uns jetzt ins Kommissariat begleiten. Ihren Hoteldirektor werden wir entsprechend informieren", ordnete Anna an. Beide Kommissare standen auf. Der Barkeeper starrte sie überrascht an. „Das können Sie nicht machen."

„Wir können noch ganz andere Sachen machen, falls Sie nicht freiwillig mitkommen möchten", stellte Clemens Korthals unmissverständlich fest und trat dabei einen Schritt auf den noch sitzenden Barkeeper zu.

Als Anna und Clemens Korthals mit dem Barkeeper das Kommissariat in der Possehlstraße betraten, kam ihnen Kommissar Bockmann entgegen.

„Ich habe inzwischen ein paar Infos über unsere Tote erfahren können", begrüßte er die beiden Kommissare, bevor er die Begleitung der beiden erblickte.

„Sehr gut, Herr Bockmann. Clemens, bist du so gut und bringst Herrn Hübner erst einmal in einen unserer komfortablen Empfangsräume", ordnete Anna an.

„Was soll das Ganze hier? Wollen Sie mich etwa verhaften?", stieß der Barkeeper hervor. Es schien, als ob die Fassade seiner Selbstgefälligkeit langsam   anfing, zu bröckeln.

„Wir haben Sie ausschließlich für eine Zeugenbefragung zu uns gebeten", erklärte Oberkommissar Korthals mit bedächtigen Worten, als hätte er ein Kind vor sich, „es ist allerdings nicht auszuschließen, wenn Sie sich weiterhin wenig kooperativ verhalten oder wir Sie einer kriminellen Tat überführen, dass Sie auch dann die Chance erhalten, etwas länger bei uns zu verweilen. Wenn ich dann bitten darf."

Clemens Korthals zeigte mit ausgestrecktem Arm den Flur entlang, um den Barkeeper zu einem Vernehmungsraum zu geleiten.

„So, Herr Bockmann, dann lassen Sie mal hören, was Sie über die Tote herausgefunden haben", bemerkte Anna, nachdem Clemens Korthals zurückgekehrt war und sie sich an den Besprechungstisch in ihrem Büro gesetzt hatten.

„Verena Johann ist, wie auch ihr Personalausweis zeigt, unter der dort angegebenen Anschrift in Hannover gemeldet", begann Kommissar Bockmann seinen Bericht, „sie arbeitet als Angestellte bei der Leinebank Hannover. Wie unsere Kollegen vor Ort in der kurzen Zeit herausgefunden haben, hatte sie kaum Freunde. Auch die persönlichen Kontakte zu ihren Arbeitskollegen hielten sich in Grenzen. Über mögliche Verwandte habe ich bisher noch nichts erfahren können."

„Hört sich ganz nach einer grauen Maus an", bemerkte Clemens Korthals nebenbei.

Anna runzelte die Stirn. „Aber wie passt denn ihre Liaison mit dem Barkeeper in dieses Bild?"

„Vielleicht hat sie die Abwechslung von ihrem tristen Leben in Hannover gerade hier in Lübeck gesucht und bei dem bereitwilligen Barkeeper gefunden", überlegte Clemens Korthals laut.

„Ist der Barkeeper der Mann, den Sie zur Befragung mitgebracht haben?", wollte Kommissar Bockmann wissen.

„So ist es. Er soll Verena Johann näher gekannt haben, leugnet trotz eindeutiger Zeugenaussagen jedoch alles", erklärte Anna ihren Kollegen auf, „wir werden ihm jetzt einmal auf den Zahn fühlen. Sie, Herr Bockmann, versuchen, noch mehr über den persönlichen Hintergrund der Toten zu erfahren. Es scheint nötig zu sein, dass wir auch ein Amtshilfeersuchen an unsere Kollegen in Hannover stellen müssen. Und sehen Sie doch einmal nach, ob wir auch etwas über Marvin Hübner in unserer Datenbank haben."

„Chefin, ich glaube, wir sollten doch noch die KTU in das Hotelzimmer schicken", meldete sich Clemens Korthals zu Wort.

Anna wandte sich mit fragendem Blick ihrem Kollegen zu. „Warum hältst du das für nötig?"

„Wir gehen doch davon aus, dass die Beobachtungen unseres Kollegen vor der Hotelzimmertür richtig waren. Das heißt, dass der Barkeeper heute Morgen versucht hat, in das Zimmer zu gelangen. Die Frage ist: Warum?"

„Du meinst, er wollte mögliche Gegenstände aus dem Weg räumen, die ihn in Verbindung zur Toten bringen könnten?", setzte Anna die Gedanken ihres Kollegen fort.

„Einen Grund muss es ja geben, weshalb er heute Morgen unbedingt in das Hotelzimmer wollte", bestätigte Clemens Korthals den Verdacht seiner Chefin.

„Allein, wenn die KTU seine Fingerabdrücke im Hotelzimmer finden würde, wäre das für uns schon ein Beweis seiner Beziehung zu der Toten. Unabhängig davon, ob es noch andere Objekte gibt, die wir mit ihm in Verbindung bringen können. Bei meiner ersten Durchsicht ist mir allerdings nichts aufgefallen. Herr Bockmann, setzen Sie bitte die KTU Richtung Hotelzimmer in Marsch. Und wir beide, Clemens, widmen uns jetzt dem wenig aussagefreudigen Barkeeper."

Es kam selten vor, dass Anna ihre Arbeit in der Mordkommission als Tretmühle empfand. Aber heute schien ein solcher Tag zu sein. Auch wenn sie das zweite Mordopfer identifiziert hatten, so nervte sie doch die Penetranz des uneinsichtigen Hoteldirektors ebenso wie auch die mangelnde Kooperationsbereitschaft des Barkeepers. Über allem schwebte zudem die drängende Frage von Kriminaldirektor Mertens nach ihren Karriereplänen.

Anna atmete tief durch. Vielleicht sollte sie sich ernsthafte Gedanken über einen Urlaub machen, wenn diese beiden Mordfälle aufgeklärt waren.

Irritiert blickte sie auf, als ihre trüben Gedanken durch ein Klopfen an der Bürotür unterbrochen wurden.

„Ina, welche Überraschung. Du kommst gerade zur rechten Zeit, bevor ich vollkommen in Depression versinke", begrüßte Anna die Staatsanwältin freundlich.

„Depressionen? So etwas gibt es in deiner Welt doch nicht", stellte Ina von Ehrenfels lachend fest, nachdem sie sich an dem Besprechungstisch gesetzt hatten.

„Grundsätzlich stimme ich dir zu, aber es gibt Zeiten, da wünscht man sich am liebsten auf eine Südseeinsel. Was kann ich für dich tun, Ina?"

„Ich war ohnehin in der Gegend und dachte mir, ich hole mir einmal die neuesten Informationen an kompetenter Quelle ab", erklärte die Staatsanwältin lächelnd.

„Das trifft sich gut. Ich hätte dich heute auch noch angerufen. Also zum Stand der Dinge. Wir haben das zweite Mordopfer identifiziert. Es heißt Verena Johann. Die junge Frau kommt aus Hannover. Sie war Gast im Hanse Hotel und hielt sich vermutlich als Touristin in Lübeck auf. Wir haben den Barkeeper des Hotels, er heißt Marvin Hübner, heute Mittag vorübergehend fest-genommen, da er eine sexuelle Beziehung zu dem Opfer hatte. Was er bisher vehement leugnet. Bei der Befragung zeigte er sich wenig kooperativ und widersprach sich mehrfach in seinen Aussagen, um nicht zu sagen, er hat einfach gelogen. Hinzu kommt, dass er für die Tatzeit kein Alibi hat. Von der KTU, die das Hotelzimmer unter die Lupe genommen hat, habe ich soeben erfahren, dass sie eine Halskette unter dem Bett gefunden haben, die von Mitarbeitern des Hotels identifiziert wurde und dadurch zweifelsfrei dem Barkeeper zugeordnet werden konnte. Ich gehe davon aus, dass unter den Fingerabdrücken, die die KTU im Hotelzimmer gefunden hat, auch die des Barkeepers sind. Ob er allerdings für die Mordtaten verantwortlich ist, kann ich noch nicht sagen. Dafür ist es noch zu früh. So viel in groben Zügen."

„Vielen Dank, Anna. Dann bin ich erst einmal auf dem Laufenden. Durch die zweite Tat ist der erste Verdächtige wohl aus dem Rennen", bemerkte die Staatsanwältin stirnrunzelnd.

Kapitel 18

Tobias war mehr als zufrieden, dass es ihnen gelungen war, Rosi in der Werbeagentur von Ferdinand Kallweit einzuschleusen. Nach ihren ersten Berichten zu urteilen, sah es so aus, als würde sie das Vertrauen ihres Chefs gewonnen haben. Sorgen bereitete ihnen allerdings der Zeitdruck, unter dem sie standen. Von Rosi waren noch keine Ergebnisse zu erwarten. Sie musste erst einmal in der Werbeagentur Fuß fassen und die allgemeinen Abläufe des Betriebes verfolgen. Wichtig für sie war, das Verhalten und die Gewohnheiten von Ferdinand Kallweit zu beobachten. Erst dann konnte sie versuchen, unbemerkt weitere Informationen auszukundschaften. Doch das brauchte Zeit. Einen weiteren Unsicherheitsfaktor stellte der Freund und Partner von Ferdinand Kallweit, Maik Suhrer, dar. Wie Rosi berichtete, konnte sie ihn schwer einschätzen. Er schien die graue Eminenz der Firma zu sein, hatte überall seine Finger im Spiel, tauchte permanent unverhofft aus dem Nichts auf und war die absolute Vertrauensperson des Chefs. Rosi hatte auch mit sehr drastischen Worten klargemacht, dass sie die beiden lieber von Weitem sehen würde, weil sie nichts anderes als widerliche Angeber und Großschnauzen wären.

Ein rotes Blinkzeichen auf dem Laptop signalisierte Tobias ein Telefongespräch des Rechtsanwaltes Bauer. Die installierten Wanzen funktionierten. Tobias stellte den Lautsprecher an.

„Hör zu, Anwalt. Du suchst heute noch den Torwart auf und machst ihm klar, was übermorgen auf dem Spiel steht. Setz ihm die Pistole auf die Brust. Ich erwarte, dass der Heider SV gewinnt. Sollte das nicht klappen, hast du schlechte Karten. Dafür hab ich zu viel eingesetzt, dass mir diese Chance durch die Lappen geht. Wenn alles gut läuft, kann es für die nächste Zeit eine gut sprudelnde Quelle sein. Was ja auch für dich bisher nie von Nachteil war. Also, halt dich ran."

„Du kannst dich auf mich verlassen, Ferdi", war die Antwort des Anwalts zu hören, „der Torwart macht keine Schwierigkeiten. Alles in trockenen Tüchern."

„Dein Wort in Gottes Ohr." Das Gespräch war beendet.

Tobias raufte sich die Haare. Jetzt wurde es eng. Das war der Beweis, dass seine Vermutung richtig war. Ferdinand Kallweit wollte die schwachen Vereine gewinnen lassen, um so bei hohen Wetten abzukassieren. Auf welche Weise konnte er in der Kürze der Zeit Finn Holtmann schützen, ohne das Ferdinand Kallweit und seine Helfer Verdacht schöpfen würden? Sollte der VfB-Torwart sich weigern, bewusst Schüsse der gegnerischen Mannschaft durchzulassen, wäre ihm eine gnadenlose Schlammschlacht sicher. Der hinterhältige Rechtsanwalt wie auch der geldgierige Chef der Werbeagentur würden alle Hebel in Bewegung setzen, um Finn Holtmann ins schlechte Licht zu rücken und ihm eine Homosexualität anzudichten.

Tobias drückte die Kurzwahl von Lindberg. „Wir müssen uns etwas einfallen lassen, mein Freund."

„Was ist passiert, Tobias, das dich so aufregt?" fragte Lindberg nach.

„Ich hab gerade ein Gespräch zwischen Bauer und Kallweit mitgehört. Jetzt geht es ins Eingemachte." In kurzen Zügen berichtet Tobias von dem Telefongespräch. „Hast du eine Idee, wie wir Finn erst einmal aus der Schusslinie bringen können, um Zeit zu gewinnen?"

Lindberg musste nicht lange überlegen. „Du hast selbst eben schon den richtigen Vorschlag gemacht."

„Ich weiß nicht, wovon du sprichst?", reagierte Tobias etwas ungehalten, „hast du mich nicht richtig verstanden?"

Lindberg musste lachen. „Doch. Aber du hast selber eben gesagt, wir müssen Finn aus der Schusslinie bringen. Das ist doch auch die Lösung."

„Lindberg, du sprichst in Rätseln. Was soll das?" Tobias fühlte sich immer noch unverstanden.

„Mein Gott, Tobias. Du bist doch sonst nicht auf den Kopf gefallen. Ganz einfach. Finn läuft am Sonntag wie geplant auf, spielt die ersten Minuten und verletzt sich dann. Er muss ausgewechselt werden und ist somit aus der Schusslinie. Dagegen sind auch Bauer und Kallweit machtlos. Wie lange Finn dann ausfällt, richtet sich letztlich nach den Erfolgen von Rosi. Findet sie Beweise für den Wettbetrug, kann Finn auch wieder spielen."

„Genial, Lindberg." Tobias war begeistert. „So können sie auch Finn keinen Vorwurf machen, dass er sich nicht an die Absprachen gehalten hätte. Wir haben nur ein Problem, ohne den Trainer und den Mannschaftsarzt einzuweihen, wird diese Nummer nicht laufen."

„Das sehe ich auch so. Sprich mit dem Onkel. Der hat sicher gute Kontakte zu beiden. Wichtig ist, dass wir Finn, ohne dass jemand Verdacht schöpfen kann, aus dem Rennen nehmen."

„Mache ich. Das Ganze hat auch noch einen äußerst zufriedenstellenden Nebeneffekt. Wenn Kallweit hoch gewettet hat, wovon wir ausgehen, kann er lange auf seinen erhofften Gewinn warten. Dabei fällt mir ein. Wenn ich das Telefongespräch, das ich mitgehört habe, richtig interpretiere, ist mein geliebter Kollege Bauer nicht nur der juristische Knecht von Kallweit, sondern er beteiligt sich auch selbst aktiv bei den Wettbetrügereien. Umso mehr ein innerer Reichsparteitag für mich, wenn die Geldgeier so richtig auf die Schnauze fliegen."

Rosi fühlte sich nicht wohl in ihrer Haut. Ihr Undercoverjob bei der Werbeagentur bereitete ihr Bauchschmerzen, mehr als ihr lieb war. Zugegeben, sie hatte bereits früher mehrfach Lindberg, Tobias und den Schrauber bei ihren Einsätzen für Gerechtigkeit unterstützt. Sie wusste auch, dass manche Maßnahmen nicht unbedingt im Rahmen der geltenden Gesetze verliefen. Doch das nahm sie gerne in Kauf, weil es schließlich um eine gute Sache ging. Auch diese heimtückische Attacke gegen den jungen Torwart verachtete sie zutiefst. Ein Grund, weshalb sie nicht gezögert hatte, ihren Part bei diesem Plan zu spielen.

Von den Mitarbeitern der Werbeagentur „Big Deal" wurde sie in den ersten Tagen misstrauisch beäugt. Das empfand Rosi nicht als ungewöhnlich, denn schließlich war sie die Neue, die man anfangs generell etwas kritisch sah. Hinzu kam, dass ihr Hinweis für die Werbekampagne der Küchenmaschine am ersten Tag nicht sehr positiv aufgenommen wurde. Ausgenommen durch Ferdinand Kallweit, den Chef. Und auch dieser Umstand machte sie nicht unbedingt zur Sympathieträgerin unter ihren Kollegen.

Ferdinand Kallweit hatte sie von Anbeginn mit Aufgaben zugeschüttet. Dazu gehörten Terminplanungen, Protokolle von Besprechungen, Erfassen von Aufträgen ebenso wie auch Analysen von Werbemaßnahmen und die persönliche Begleitung zu Kundenbesuchen. Es war ein Fulltime-Job, den Rosi ohne allzu große Mühe erfüllte. Ferdinand Kallweit forderte sie unaufhaltsam, schien jedoch mit ihrer Leistung zufrieden zu sein. Mit Erstaunen stellte Rosi fest, dass er bisher nicht versucht hatte, ihr intim näherzukommen. Ausgenommen, ein flüchtiges anerkennendes Schulterklopfen. Nach dem allgemeinen Klatsch in der Kaffeepantry gab es kaum jemanden unter den Frauen in der Firma, die nicht schon vor seiner Aufdringlichkeit geflohen oder letztlich doch in seinem Bett gelandet waren. Ihr Aussehen konnte nun wahrhaftig nicht der Grund dafür sein, dass ihr Chef sich bisher zurückgehalten hatte. Sollte es tatsächlich daran liegen, dass sie durch ihre tadellose Arbeitsleistung verbunden mit ihrem selbst-bewussten Auftreten ihren Chef zügeln konnte?

Das alles hatte für Rosi nur nebensächliche Bedeutung. Es gab nur ein Ziel. Es mussten für die kriminellen Machenschaften Beweise her. Öffentlich herumliegen würden sie garantiert nicht. Etwas Schriftliches würde sie ebenfalls vergeblich suchen. Rosi war klar, dass es eigentlich nur zwei Quellen geben konnte, die hier die nötigen Erkenntnisse liefern würden. Das eine war das Smartphone ihres Chefs und das andere sein Laptop.

Rosi hatte sehr schnell herausgefunden, dass Ferdinand Kallweit sein Smartphone nie aus der Hand gab. Er ließ es nicht irgendwo unbeachtet liegen. Es war immer in seiner Nähe. Für Rosi unerreichbar. Der Laptop hingegen verließ das Büro des Chefs nie. Er nahm ihn nicht zu Verhandlungen bei Kunden mit und verschloss ihn auch nicht am Abend, wenn er die Firma verließ. Er lag immer auf seinem Schreibtisch. Hierin sah Rosi ihre einzige Chance. Sie musste einen Zeitpunkt abwarten, wo sie sicher sein konnte, das Ferdinand Kallweit für längere Zeit nicht im Büro war und auch nicht unverhofft zurückkehren würde. Ihr war aufgefallen, dass er dienstags am späten Nachmittag regelmäßig nach Hamburg fuhr. Was er dort machte, wusste sie nicht. Das war für ihr Vorhaben auch vollkommen unerheblich. Der Umstand, dass einige Mitarbeiter auch noch abends in der Firma arbeiteten, störte Rosi weniger, da die meisten nur mit sich selbst und ihrer Aufgabe beschäftigt waren. Sie würde noch nicht einmal beim Betreten oder Verlassen des Büros vom Chef während seiner Abwesenheit auffallen. Es wäre ein ganz normaler Vorgang in ihrer Funktion als Assistentin der Geschäftsleitung.

Ferdinand Kallweit verließ auch an diesem Dienstag gegen fünf Uhr die Firma, nicht ohne Rosi zwei schnelle Aufträge zuzuwerfen. Sie erledigte diese in relativ kurzer Zeit. Mit einem Aktenordner unter dem Arm ging sie gegen sieben Uhr zielstrebig in das Büro von Ferdinand Kallweit und schloss die Tür. Der Laptop lag wie erwartet auf dem Schreibtisch. Sie klappte ihn auf und schaltete ihn ein. Passwort. Rosi hatte nichts anderes erwartet. Auf der anderen Seite wusste sie, dass Typen wie Ferdinand Kallweit sich wenig um solche Nebensächlichkeiten kümmerten. Sie klappte den Laptop wieder zu, hob ihn hoch und warf einen Blick auf die Unterseite. Rosi schüttelte den Kopf. Nicht zu fassen. Wie sie vermutet hatte, klebte dort ein mit Tesafilm befestigtes gelbes Stückchen Papier, auf dem fein säuberlich eine Kombination aus Buchstaben und Zahlen notiert war. Reflexartig legte Rosi den Laptop ab, als plötzlich die Tür zum Büro geöffnet wurde. Maik Suhrer starrte sie verwundert an. „Was machst du hier?"

Rosi legte ihre Hand auf den Aktendeckel, den sie mitgebracht hatte. „Ich habe Ferdi nur die Zusammenstellung der Werbeverträge des letzten Quartals hingelegt."

Der Freund und Partner des Chefs funkelte sie misstrauisch an und trat einen Schritt näher. „Und das soll ich dir glauben? Abends um sieben? Für wie blöd hältst du mich eigentlich?"

Rosi ließ sich durch sein provokatives Auftreten nicht einschüchtern. Nach dem ersten Schrecken hatte sie sich schnell wieder gefangen. „Ferdi wollte diese Unterlagen bis morgen früh haben und ich habe sie noch heute Abend erledigt. Wo ist also das Problem?"

Maik Suhrer musterte Rosi nach wie vor skeptisch. „Du schnüffelst hier herum. Das gefällt mir nicht."

„Wenn dich irgendetwas an meiner Arbeit stört, dann beschwere dich beim Chef. Aber lass mich mit deinen haltlosen Verdächtigungen in Ruhe."

Mit energischen Schritten ging sie um den Schreibtisch herum und auf Maik Suhrer zu. Einen Meter vor ihm blieb sie stehen. „Ist noch etwas? Wenn nicht, dann lass mich bitte vorbei."

Rosi konnte sein süßliches Eau de Toilette riechen. Sie wusste nicht, ob dieser aufdringliche Duft ihr auf den Magen schlug oder es die Aufregung war. Der Freund und Partner des Chefs der Werbeagentur starrte sie von oben herab mit zusammen geknifffenen Augen an. „Dich kriege ich noch, du Schlampe", stieß er zwischen den Zähnen hervor und ging einen Schritt zu Seite.

„Dir auch einen wunderschönen Abend". Rosi verließ erhobenen Hauptes das Büro ihres Chefs.

Kapitel 19

Anna rauchte der Kopf. Irgendwo musste es doch einen Ansatz geben? Im Mordfall des Hansemuseums standen sie wieder am Anfang. Die Indizienlage zeigte sich anfangs vielversprechend, aber nach dem zweiten Mord auf dem Turm der Petrikirche mit derselben Handschrift des Mörders war die Haft von Nico Frohwein nicht länger aufrecht zu erhalten. Ina von Ehrenfels hatte den Haftrichter zwar davon überzeugen können, dass sich die Verdachtsmomente gegen den Barkeeper mehr und mehr häuften, sodass er eine Untersuchungshaft angeordnet hatte. Doch in Annas Kopf rauschten noch viel zu viele Fragezeichen durcheinander. Die einzelnen Mosaiksteine ergaben nicht einmal andeutungsweise ein schlüssiges Bild. Gerade weil Marvin Hübner, der Barkeeper, sich bisher nicht kooperativ verhalten hatte, hielt sie eine erneute Vernehmung für unausweichlich.

„Herr Hübner, im Rahmen unserer Ermittlung ist jetzt eine Fülle an Fakten aufgetreten, die Ihre Lage gegenwärtig nicht unbedingt verbessern", begann Anna eine Stunde später mit der erneuten Befragung des Barkeepers.

„Ich hab schon alles gesagt, was zu sagen ist."

Anna hatte kaum eine andere Antwort erwartet, ließ sich davon aber nicht beirren. „Erklären Sie uns doch einmal, wie Sie es geschafft haben, den Job im Hotel zu bekommen, obwohl Ihre Weste alles andere als weiß ist. Schwerer Raub, Diebstahl und Urkundenfälschung mit entsprechenden Haftstrafen sind ja immerhin kein Pappenstiel."

Der Barkeeper wirkte im ersten Augenblick irritiert, fing sich dann aber sehr schnell wieder. „Der Hoteldirektor hat mir eben eine zweite Chance gegeben."

Clemens Korthals lächelte Marvin Hübner mitleidig an. „Ich hätte noch eine andere Erklärung dafür. Was halten Sie von der Variante, der Hoteldirektor hat von meinen Vorstrafen gar nichts gewusst und ich habe ihm gefälschte Zeugnisse präsentiert?"

„Das ist doch Schwachsinn, was Sie da erzählen …"

Clemens Korthals hob die Hand und unterbrach den Barkeeper. „Bevor Sie uns weiter für dumm verkaufen, wir haben den Hoteldirektor befragt und der ist aus allen Wolken gefallen, als er von Ihrer unrühmlichen Vergangenheit erfahren hat. Und nun zu einer ganz anderen Frage, wie ist ihre Halskette in das Zimmer 221, das Verena Johann bewohnt hat, gekommen?"

„Woher soll ich das wissen? Ich hab die Kette wohl verloren und sie hat sie gefunden."

„Ja, das ist vollkommen logisch", bemerkte Clemens Korthals ironisch, „und weil Verena Johann diese Kette nicht leiden mochte, hat sie sie einfach unters Bett geworfen. Nun fragen wir uns allerdings auch, wie denn Ihre Fingerabdrücke in dieses Hotelzimmer kommen, indem Sie ja nie gewesen sind, wie Sie uns bisher verraten haben."

Marvin Hübner zuckte nur mit den Schultern und antwortete nicht. Nachdem Anna und ihr Kollege den Barkeeper eine ganze Weile schweigend ansahen, wurde dieser erkennbar unruhig und rutschte auf dem Stuhl nervös hin und her. „Ja, gut, dann habe ich eben diese Verena gekannt. Und was ist nun dabei?"

„Eigentlich ist das nichts Schlimmes. Es sei denn Ihr Hoteldirektor hat etwas dagegen, da er augenscheinlich sehr viel auf Moral und Renommee des Hauses legt. Das sind aber nicht unsere Sorgen. Ihr Problem ist, dass Verena Johann tot ist. Und ein weiteres Problem kommt hinzu, dass sie ermordet wurde. Sie haben sie gekannt, waren intim mit ihr und haben für die Tatzeit kein Alibi", führte Anna den Barkeeper anschaulich seine missliche Situation vor Augen.

„Ich möchte die Ausführungen meiner Kollegin noch ein wenig ergänzen", fuhr Clemens Korthals fort, „wie wir der Anrufliste Ihres Smartphones entnehmen konnten, sind Sie der Letzte, der mit der Toten telefoniert hat. Die von Ihnen bisher geleugneten Kontakte zu Verena Johann werden immer mehr. Aus dieser Nummer kommen Sie nicht mehr heraus. Es sei denn, Sie haben eine plausible Erklärung dafür."

„Bloß weil ich sie gekannt habe, muss ich sie ja nicht ermordet haben." Es war das erste Mal, dass Anna eine emotionale Regung bei dem Barkeeper registrierte.

Clemens Korthals beugte sich vor und fixierte sein Gegenüber mit zusammengekniffenen Augen. „Könnte es möglicherweise sein, dass Ihnen der Lebenswandel von Verena Johann nicht gefallen hat? Sie sind doch ein gläubiger Mensch. Sonst würden Sie sicherlich keine Goldkette mit einem Kreuz daran tragen. Und jetzt kommt dieses junge flatterhafte Wesen und wirft sich jedem Erstbesten an den Hals. Geht sogar mit Ihnen ins Bett, obwohl sie sich nur wenige Stunden kannten. Sie offenbart Ihnen auf provozierende Weise ein sündhaftes Leben, das nicht gottesfürchtig ist und das unbedingt bestraft werden muss. Sind Sie der von Gott gesandte Vollstrecker, der die Gottlose aus dem Sündenpfuhl erlöst hat? Haben Sie Verena Johann umgebracht?"

Marvin Hübner sprang auf, stieß seinen Stuhl um. „Sie spinnen doch total. Sie wollen mir einen Mord anhängen. Sie sind ja vollkommen verrückt."

„Setzen Sie sich hin!", befahl Anna dem aufbrausenden Barkeeper, „erklären Sie uns doch einmal, woher die Blankorezepte stammen, die wir in Ihrer Wohnung gefunden haben?"

Der Barkeeper stutzte. Offenbar irritierte ihn der plötzliche Themenwechsel der Kommissarin. Langsam ging er wieder zu seinem Stuhl, hob ihn auf und setzte sich. „Davon weiß ich nichts."

Anna atmete tief durch. „Herr Hübner, wir haben bei der Durchsuchung Ihrer Wohnung acht Rezepte aus der Praxis von Frau Doktor Gabriele Bulthaupt gefunden. Nun war es nicht schwer, herauszufinden, dass die Ärztin Ihre Tante ist. Ebenso wenig war es für uns sehr aufwendig, bei der Befragung ihrer Tante zu erfahren, dass Sie diese Rezepte gestohlen haben. Nun zu unserer Frage: Wozu verwenden Sie diese Rezepte?"

„Ich weiß nichts von irgendwelchen Rezepten", verfiel der Barkeeper wieder in seine ablehnende und vermeintlich desinteressierte Haltung.

„Auch wenn eine mögliche Drogen- oder Medikamentensucht Ihrerseits für uns gegenwärtig zweitrangig ist, kommt den Rezepten in unseren Mordfällen eine wichtige Bedeutung zu", versuchte Anna, dem Barkeeper seine prekäre Lage zu erklären, „denn unsere Mordopfer wurden mit einem Medikament getötet, das man nur über ein Rezept erhält. Da Sie über solche Blankorezepte uneingeschränkt verfügen und somit jedes Medikament erwerben können, liegt der Verdacht nahe, dass Sie sich auch das tödliche Mittel für die Opfer beschafft haben."

„Das denken Sie sich doch alles nur aus", brauste der Barkeeper erneut auf.

„Nein, Herr Hübner, wir zählen nur eins und eins zusammen. Ich wiederhole mich bewusst noch einmal, um Ihnen Ihre bedrohliche Lage deutlich vor Augen zu führen. Sie haben Verena Johann gekannt, uns aber über längere Zeit belogen. Wir fragen uns, aus welchem Grund? Was haben Sie zu verbergen? Sie haben für die Tatzeit kein Alibi. Ebenso wenig wie zu der

Zeit, als der Mord im Hansemuseum geschah. Auch darüber haben Sie die Unwahrheit gesagt. Sie geben uns keine Erklärung für die Rezepte. Leugnen sogar ihre Anwesenheit. Aus all diesen Tatsachen sollen wir jetzt schließen, dass Sie vollkommen unschuldig sind?"

Anna erwartete von dem Barkeeper weder eine Antwort noch eine plausible Erklärung. „Eines ist sicher, Sie stehen nach wie vor unter dringendem Tatverdacht, den Mord an Verena Johann begangen zu haben. Aus diesem Grund werden Sie auch weiterhin unsere Gastfreundschaft in Anspruch nehmen müssen."

Anna legte die Füße hoch und blickte versonnen in ihr Rotweinglas. Sie konnte sich ihre Stimmung in den letzten Tagen gar nicht erklären. Sie hatte zwar nicht den Eindruck, dass ihr die Arbeit zu viel werden würde, aber auf irgendeine Weise fühlte sie sich nicht wohl. Schwerfällige Ermittlungs-arbeiten hatten sie auch bisher nicht über Gebühr beunruhigt. Nicht zuletzt waren Lindbergs Freundschaft und Neugier manchmal hilfreich gewesen. Ihr ungebrochener Wissens-drang, ihre Beharrlichkeit und auch ihr gutes Team gehörten bisher stets zu den Garantien ihrer Erfolge. Die Aufklärungsquote konnte sich sehen lassen. War sie einfach nur urlaubsreif?

„Anna, die kleine Falte zwischen deinen Augen ist wieder da. Was beunruhigt dich?", unterbrach Lindberg ihre Gedanken. Er hatte sie ebenfalls schweigend eine ganze Weile beobachtet. Wie so oft in der Vergangenheit saßen sie bei einem Rotweinglas zusammen und ließen den Tag ausklingen.

Anna lächelte ihren Freund an. „Ach, Lindberg, übst du dich wieder in deinen hellseherischen Fähigkeiten?"

„Du weißt doch, ich kann in deinem Gesicht lesen, wie in einem Buch. Eine Komödie findet auf den gegenwärtigen Seiten gerade nicht statt. Ein Drama geben sie dagegen auch nicht unbedingt her. Allerdings sind tragische Elemente unverkennbar. Vielleicht kannst du deinem unbedarften Leser ja einmal den Inhalt interpretieren."

„Aus dir spricht unverkennbar der Literat. Mein Gesicht mit einem Buch zu vergleichen, empfinde ich allerdings nicht unbedingt als Kompliment. Ich weiß gar nicht, warum ich dich regelmäßig zum Abendessen einlade und dir die Möglichkeit einräume, in meiner Behausung genussvoll zu entspannen, wenn solche profanen und verletzenden Worte aus dir herausprudeln."

„Du liebst mich halt, das ist die einzige Erklärung dafür. Doch da wir beide dieses Thema nicht vertiefen wollen, lege bitte deine Sorgen auf den Tisch und ich werde versuchen, sie zu verscheuchen."

„Ich kann es kaum erklären, Lindberg. Es ist so ein unterschwelliger Unmut."

„Liegt es möglicherweise an den ungeklärten Mordfällen, die dich beunruhigen?"

Anna schüttelte den Kopf. „Nein, das glaube ich nicht. Es hat ja immer schon schwierige Fälle gegeben und die haben mich auch nicht aus dem Kurs geworfen. Möglicherweise beunruhigt mich der derzeitige Würgegriff meines Chefs mehr, als mir lieb ist."

„Was? Mertens war dir gegenüber doch bisher sehr wohlgesonnen, wie du stets berichtet hast. Hat seine Gesinnung sich geändert? Und wenn ja, warum?"

„Nein, nein, im Gegenteil. Er hat mir ein Ultimatum gesetzt. Ich soll mich innerhalb einer Woche entscheiden, ob ich noch Karriere machen will oder nicht."

Lindberg blickte verwundert auf. „Das ist doch aber nicht unbedingt ein Grund, sich Sorgen zu machen."

„Das sagst du so leicht. Es würde meine berufliche Situation grundlegend verändern. Die Ausbildung in den höheren Dienst beunruhigt mich dabei am wenigsten. Aber ich bin mir nicht sicher, ob mir die aktive Ermittlungsarbeit fehlen wird. Denn das eine steht fest, je höher ich aufsteige, umso mehr klebe ich auch am Schreibtisch."

Lindberg runzelte die Stirn und trank einen Schluck aus seinem Glas. „Beleuchten wir doch einmal die Angelegenheit von beiden Seiten. Du hast jetzt noch mehr als zwanzig Dienstjahre vor dir. Das bedeutet, du wirst dich in dieser Zeit nicht verändern. Leichen werden weiterhin deinen Weg pflastern und Mörder auf der Flucht sein. Wenn du Pech hast, verfehlt eine Kugel nicht ihr Ziel und es bleibt nicht nur bei einem Streifschuss. Ein feierliches Staatsbegräbnis wäre dir gewiss. Der Dank des Vaterlandes für deinen unermüdlichen Einsatz wäre dagegen fraglich. Gut, du magst vielleicht noch einmal befördert werden. Aber das wäre es dann auch."

„Du kannst einem richtig Mut machen, Lindberg."

„Warte ab. Jetzt kommt die zweite Seite. Steigst du auf, wachsen auch deine Befugnisse. Du hast die Möglichkeit, konzeptionell zu gestalten. All die Dinge, die dich heute im täglichen Dienst stören, den reibungslosen Ermittlungsablauf organisatorisch behindern und personell wie materiell beeinträchtigen, kannst du dann positiv beeinflussen und verändern. Den Vorgesetzten, die dich bisher geärgert haben, begegnest du dann auf Augenhöhe oder du überholst sie irgendwann sogar. Unabhängig einmal davon, dass dann deine finanziellen Möglichkeiten wachsen und du dir einen noch besseren Wein als diesen leisten kannst."

Anna musste lachen. „Lindberg, du bist einfach unverbesserlich. Ob du dann allerdings von dem teuren Wein profitieren kannst, bleibt fraglich. Denn wenn ich Karriere mache, werde ich wohl nicht in Lübeck bleiben können."

„Wie du weißt, ist das Leben kein Ponyhof. Und selbst dort liegen auch Pferdeäpfel auf dem Weg. Ich würde dir vorschlagen, du klärst erst einmal deine beiden Mordfälle auf. Danach solltest du dir eine Auszeit gönnen. Urlaub in der Ferne ist dafür die beste Medizin. Da wird der Kopf frei. Deinem Kriminaldirektor teilst du freundlich mit, dass er von dir nach deinem Urlaub eine verbindliche Antwort bekommt. Was hältst du davon?"

Anna sah Lindberg eine Weile schweigend an. „Ich kann mir gar nicht vorstellen, ohne dich und deine weisen Ratschläge zu leben. Aber du hast ja recht. Und das mit dem Urlaub hat mir Kim Matthiesen auch schon vorgeschlagen."

„Wunderbar. Wo wir gerade beim Thema Urlaub sind. Auf meine guten Ratschläge musst du in den nächsten Tagen verzichten. Ich werde mit Tobias und dem Schrauber einen Ritt Richtung Dänemark machen. Es wird allerhöchste Zeit. Nicht, dass unsere Maschinen noch einrosten."

Kapitel 20

Lindberg hatte gemeinsam mit seinen beiden Freunden Tobias und dem Schrauber in den vergangenen Jahren schon so einige Tausend Kilometer auf dem Motorrad hinter sich gebracht. Dazu gehörten längere Ausflüge bis Sizilien und Gibraltar ebenso wie auch kürzere Trips in die nordischen Länder. Ein Wallfahrtsort für Biker allerdings stand regelmäßig auf ihrem Tourprogramm, wie auch an diesem Tag im Spätsommer.

Von Lübeck aus lenkten sie ihre Motorräder durch die Holsteinische Schweiz entlang der Ostseeküste gen Norden. Dabei wählten sie bewusst die wenig befahrenen Straßen, auch wenn sie über die Autobahn viel schneller ans Ziel gekommen wären. So unterschiedlich die drei auch im Charakter waren, so vereinte sie neben der Faszination für das Motorrad auch das Interesse an der Natur und der Landschaft. Pausen mussten sein. Beispielsweise am Leuchtturm in Kiel-Holtenau mit einem atemberaubenden Blick über die Förde bis zum Laboer Ehrenmal auf der anderen Seite oder auch die Fahrt mit der alten Seilzugfähre in Missunde über die Schlei.

Ihr Ziel an diesem Tag hieß jedoch „Annies Kiosk". Ein Ort auf der dänischen Seite der Flensburger Förde, der sich im Laufe der Jahre zu einem wahren Mekka der Biker entwickelt hatte. Auch wenn Annie, die Namensgeberin und Seele dieses Anziehungspunktes für die Motorradfahrer inzwischen verstorben war, so schien die Faszination dieses Ortes unweit der deutsch-dänischen Grenze ungebrochen zu sein. Ausschlaggebend dafür waren nicht zuletzt auch die qualitativ hochgelobten Hotdogs.

Lindberg, Tobias und der Schrauber hatten am Nachmittag einige Mühe, geeignete Parkplätze für ihre Motorräder zu finden.

Selbst an Wochentagen war der Ansturm auf Annies Kiosk ungebrochen. Nachdem die drei sich in die Warteschlange gestellt hatten, blieb das eine oder andere fröhliche Hallo nicht aus. Man kannte sich untereinander und hatte sich nicht das erste Mal gesehen.

Mit ihren Hotdogs und jeweils einer Dose Bier zum Hinunterspülen fanden sie noch einen Platz an einem der Stehtische.

„Schrauber, ich hab nur eine Bitte an dich", sprach Lindberg seinen Freund an, „verschone uns bitte mit deinen Kommentaren über das dänische Bier."

„Mein Gott, Lindberg, was bist du wieder empfindlich heute. Das ist doch allgemein bekannt, dass das, was die Wikinger hier Bier nennen, wie …"

„Stopp, Schrauber, sag es nicht", unterbrach Tobias ihn, „wir wollen nicht dafür verantwortlich sein, wenn Lindbergs empfindliche Seele Schaden nimmt."

„Ich glaube, ich bin heute nur mit Weicheiern unterwegs", grummelte der Schrauber und öffnete mit lautem Zischen seine Bierdose.

„Kann es sein, dass euer Freund etwas gegen das dänische Bier hat, oder habe ich das falsch verstanden?", klang eine Stimme mit dänischem Akzent vom Nebentisch herüber.

Lindberg wandte sich um. „So ganz unrecht hast du nicht. Aber unser Freund leidet an einem äußerst empfindlichen Gaumen. Wenn da nicht der richtige Saft über seinen Knorpel plätschert, wird er ungenießbar."

„Besser hätte ich es auch nicht formulieren können", brummte der Schrauber und biss herzhaft in seinen Hotdog.

Die vier Biker am Nebentisch lachten. „Das muss eine schreckliche Krankheit sein", bemerkte einer von den dänischen

Bikern, der ein schwarzes Kopftuch mit roten Flammen trug, „woher kommt ihr?"

„Wir sind aus Lübeck", erwiderte Lindberg, „und ihr?"

„Oskar kommt aus Aalborg, Mats aus Odense, Finn aus Vejle und ich heiße Enno und komme aus Kolding", verriet das Kopftuch und zeigte dabei jeweils auf seine Bikerkumpel.

„Schrauber, ich glaube, du musst etwas zur Völkerverständigung beitragen. Deine kritischen Bemerkungen über das dänische Bier schreien förmlich danach. Oder wie siehst du das, Tobias?", forderte Lindberg seine Freunde heraus.

„Daran geht gar kein Weg vorbei. Wir wollen nicht für internationale Verwicklungen verantwortlich sein. Schrauber, du kennst den Weg", pflichtete Tobias Lindberg bei.

„Ihr seid so etwas von bekloppt. Ich weiß gar nicht, wieso ich euch als Freunde habe. Aber wenn ihr euch unbedingt vergiften wollt, in Gottes Namen", schimpfte der Schrauber, wandte sich um und ging zum Kiosk, um das Bier zu holen.

Lindberg, Tobias und die dänischen Biker riefen ihm noch aufmunternde Worte hinterher.

„Ich hätte da mal eine ganz spezielle Frage", wandte sich Enno an Lindberg, „ich habe gelesen, dass es in Lübeck zwei Morde an jungen Frauen gegeben haben soll. Wisst ihr etwas darüber?"

Lindberg und Tobias sahen sich stirnrunzelnd an.

„Ja, das ist uns bekannt", antwortete Lindberg anschließend, „eine schlimme Sache. Aber warum fragst du?"

„Das ist Berufskrankheit bei ihm", stellte der Biker fest, den Enno Oskar genannt hatte, „Enno ist nämlich unser Krimineller."

„Oskar spinnt oder sein Deutsch ist einfach nicht so gut. Ja, es ist richtig, ich bin in Kolding bei der Kriminalpolizei", klärte

Enno Lindberg und Tobias auf, „habt ihr Kenntnisse darüber, wie die beiden ermordeten Frauen aufgefunden wurden?"

Lindberg nickte. „Ja, schon. Der Mörder hat den jungen Frauen, als sie schon tot waren, ein weißes Gewand angezogen und sie dann in eine büßende Position gebracht. Aber wieso interessiert dich das so sehr?"

Bevor Enno antworten konnte, kam der Schrauber mit dem Bier zurück. „Im Namen der Völkerverständigung stoßen wir jetzt mit einem Getränk an, über dessen Konsistenz ich nichts weiter sagen möchte."

„Schrauber, wir sind stolz auf dich. Unsere dänischen Freunde werden sich garantiert bei ihrer Königin dafür einsetzen, dass du auf die Liste der Anwärter für den Elefantenorden gesetzt wirst", erklärte Lindberg feierlich, nachdem der Schrauber die Bierdosen verteilt hatte.

Nach ihrem ersten Schluck wandte sich Enno wieder an Lindberg. „Der Grund, weshalb ich so sehr an den Morden in Lübeck interessiert bin, liegt daran, dass ich den Verdacht habe, dass zwei Morde in Dänemark ähnliche Parallelen aufzeigen. Sie sind bisher nicht aufgeklärt worden. Mein Vorgänger hat sich daran die Zähne ausgebissen."

„Sprecht ihr von Annas aktuellen Mordfällen?", fragte der Schrauber interessiert nach.

„Ja, Enno ist bei der Kripo in Kolding und wie es aussieht, hat es in Dänemark ähnliche Fälle gegeben, mit denen Anna zurzeit in Lübeck zu tun hat", klärte Lindberg den Schrauber auf. Dann wandte er sich wieder Enno zu. „Anna ist die Chefin der Mordkommission in Lübeck und eine gute Freundin von uns. Es könnte hochinteressant für euch beide sein, wenn ihr euch einmal miteinander in Verbindung setzen würdet."

Anna saß an ihrem Schreibtisch und blickte stirnrunzelnd auf die Visitenkarte, die vor ihr lag. Lindberg war am Tag zuvor von seinem Motorradtrip aus Dänemark zurückgekehrt und hatte sie am Abend zu Francesco, der Pizzeria in der Hüxstraße, eingeladen. Interessiert war sie seinem anschaulichen Reisebericht gefolgt, aber die Überraschung bildete das Erlebnis mit dem dänischen Kollegen. Nach einer unruhigen Nacht machte sich Anna bis jetzt Vorwürfe, dass sie selber nicht daran gedacht hatte, über den Tellerrand hinaus zu sehen. Zumindest hätte sie ihre Kommissare anweisen können, bei Europol nach vergleichbaren Fällen nachzufragen. Sie konnte es sich selbst nicht erklären, warum sie dieses versäumt hatte. Vielleicht lag es daran, dass die Präsentation der Opfer so speziell war und sie sich schwerlich vorstellen konnte, dass ein Täter über die Grenzen hinaus seinen mörderischen Trieben folgen könnte. Anna ärgerte sich über diesen entscheidenden Fehler, ganz gleich wie hilfreich die Informationen durch den dänischen Kollegen bei der Suche nach dem Mörder auch ausfallen würden. Anna nahm die Visitenkarte in die Hand, hob den Telefonhörer ab und wählte die Nummer in Dänemark.

„Kriminel efterforskningsafdeling, her er Enno Jacobsen", meldete sich Annas Kollege in Kolding.

„Hier ist Anna Severin von der Kripo Lübeck. Meine Freunde behaupten, wir hätten etwas zu besprechen", meldete sich auch Anna.

Enno lachte. „Ja, es sind übrigens sehr nette Freunde, die du hast. Aber welch ein Zufall, dass wir über diesen doch etwas ungewöhnlichen Weg beruflich Kontakt aufnehmen."

„Ich mache mir schon die ganze Zeit Vorwürfe, dass ich nicht eher daran gedacht habe, dass der Täter von Lübeck auch außerhalb Deutschlands aktiv gewesen sein könnte", erklärte Anna freimütig.

„Mach dir keine Gedanken, mich ärgert es, dass wir den Mörder unserer Opfer auch noch nicht erwischt haben. Sehen wir es positiv. Vielleicht sind wir ja gemeinsam erfolgreich", versuchte Enno Jacobsen optimistisch zu klingen.

Anna holte tief Luft. „Du willst jetzt aber nicht sagen, dass wir dem Mörder dankbar sein müssen. Denn hätten wir ihn schon hinter Schloss und Riegel gebracht, dann gäbe es ja auch keinen Grund, jetzt miteinander zu sprechen."

Enno Jacobsen fing an zu lachen. „Ja, so könnte man das auch sehen. Kein unangenehmer Aspekt. Aber nun zur Sache. Da ich wusste, dass du anrufen würdest, habe ich die beiden Fallakten schon einmal bereitgelegt. Allerdings sind sie in Dänisch verfasst."

„Ich denke, das wird für uns kein Problem sein, da es auch bei uns ein paar Leute gibt, die fließend Dänisch sprechen."

„Wunderbar, aber ich habe auch die Fakten schon einmal zusammengefasst und übersetzt. Das macht es für euch vielleicht etwas leichter", erklärte der dänische Kommissar.

„Welch ein vorzüglicher Service. Vielen Dank." Anna hörte sich überrascht an. „Ich gehe davon aus, dass ihr an unseren Ermittlungsergebnissen ebenso interessiert seid, da eure Morde auch noch nicht aufgeklärt sind, oder?"

„Ja, das wäre sicherlich hilfreich. Ich schlage vor, dass wir uns immer einmal wieder kurzschließen, nachdem wir die Unterlagen studiert haben. Vielleicht macht es sogar Sinn, sich persönlich zu treffen. Ich war lange nicht in Lübeck."

Anna konnte Enno Jacobsens Lächeln förmlich durch das Telefon sehen. „Das ist eine gute Idee. Aber jetzt habe ich vorab schon eine ganz bestimmte Frage. Wo wurden eure Opfer jeweils gefunden?"

Enno Jacobsen zögerte nur einen Augenblick. „Das erste Opfer haben Gärtner auf dem Gamle Kirkegard hier in Kolding entdeckt. Also auf unserem alten Friedhof. Und das zweite Opfer wurde an einer Bushaltestelle in der Dronningenssgade in Fredericia nicht weit von hier gefunden."

„Das ist ungewöhnlich", bemerkte Anna überrascht.

„Wieso meinst du das?"

„Ich ging bisher davon aus, dass alle Frauen diesen kirchlichen Bezug hatten", fuhr Anna fort, „die büßende Position aller Opfer ist doch bezeichnend für diese Morde. Da passt die Bushaltestelle gar nicht ins Bild."

„Doch, doch. Du kannst es nicht wissen. Unabhängig davon, dass der Fundort der Leiche nicht weit entfernt von der Reformierten Kirche in Fredericia war, an der Bushaltestelle befand sich auch eine überdimensionale Reklame der Schwestern und Brüder Gottes. Das ist eine freie Glaubensgemeinschaft hier in Dänemark. Unmittelbar vor diesem Plakat war die Leiche arrangiert. Du wirst die Fotos in den Unterlagen finden."

„Es ist also doch dieselbe Handschrift wie bei den anderen drei Morden", stellte Anna fest.

„Wenn wir davon ausgehen, dass wir es mit einem Serienmörder zu tun haben, und es spricht einiges dafür, dann können wir nicht sicher sein, dass sich die Zahl seiner Opfer auf vier beschränkt", meldete der dänische Kommissar seine Bedenken an. „Ob er vorher schon gemordet hat, wissen wir nicht."

„Da kann ich dir nicht widersprechen. Ich habe zudem Befürchtungen, wenn ich die kurzen Zeitabstände der beiden Morde hier in Lübeck berücksichtige, dass der Mörder auch sehr bald sein nächstes Opfer sucht. Aber zunächst vielen Dank für deine Hilfe, Enno."

Die beiden Kommissare verabschiedeten sich voneinander mit dem Versprechen, in Kontakt zu bleiben.

Kapitel 21

Das Erlebnis mit Maik Suhrer bereitete Rosi Sorgen. Eigentlich war sie nicht so zartbesaitet, doch seine feindliche Haltung ihr gegenüber machte ihr Angst. Aufgeregt hatte sie noch am Abend Tobias davon berichtet. Er konnte sie zwar ein wenig beruhigen, aber unterschwellig verspürte sie eine unaufhaltsame Bedrohung durch diesen undurchsichtigen Kerl. Tobias hatte ihr von dem Plan erzählt, wie sie Finn Holtmann zunächst aus der Schusslinie bringen wollten, sodass auch Rosi mehr Zeit für ihre Nachforschungen haben würde. Wohl fühlte sie sich dabei trotzdem nicht. Etwas entspannter ging sie ihrer Beschäftigung nach, nachdem sie registrierte, dass Ferdinand Kallweit sie nicht wegen ihres Aufenthalts in seinem Büro während seiner Abwesenheit ansprach. Entweder hatte sein Freund sie nicht verpfiffen oder er maß der Sache keine Bedeutung zu.

Erneut war Dienstag. Jener Tag, an dem Ferdinand Kallweit die Firma gegen fünf am Nachmittag für seinen Trip nach Hamburg verließ. Rosi hatte sich fest vorgenommen, heute den Laptop auf seinem Schreibtisch zu durchforschen. Dieser verdeckte Auftrag dauerte ihr schon viel zu lange und nagte an ihrem Nervenkostüm. Erleichtert stellte sie fest, dass auch Maik Suhrer kurze Zeit nach dem Chef fortfuhr. Sie zögerte nicht lange und betrat das Büro von Ferdinand Kallweit. Sie klappte den Laptop auf und schaltete ihn ein. Bei dem Blick auf die Unterseite des Laptops erstarrte sie. Das Passwort fehlte. Irgendjemand hatte den kleinen Zettel entfernt. War man ihr doch auf die Schliche gekommen? Rosi zögerte nicht lange. Mit fliegenden Fingern gab sie das Passwort ein. Der Laptop bestätigte die Richtigkeit mit einem freundlichen Signalton. Wohl dem, der ein fotografisches Gedächtnis hatte, sagte sie sich. Unzählige Dateien erschienen, die Rosi nicht durchstöbern wollte. Zügig tippte sie eine spezielle Mailadresse ein, die ihr Tobias gegeben hatte, und versendete den kompletten Inhalt des Laptops. Auf einem grünen Balken konnte sie den Fortschritt verfolgen. Es dauerte nicht lange, da die Werbeagentur über einen extrem schnellen Internetzugang verfügte. Doch das Ende des Uploads sah sie nicht mehr. Rosi blieb fast das Herz stehen. Wie ein Blitz aus heiterem Himmel stand Maik Suhrer in der Tür und grinste sie hämisch an. „Ich wusste es doch, du kleine Schlange."

Mit drei schnellen Schritten war er bei Rosi und schlug ihr mit der flachen Hand ins Gesicht. Sie taumelte, versuchte, sich vergeblich am Schreibtischstuhl festzuhalten, und stürzte zu Boden. Maik Suhrer stand über ihr und drückte seinen Fuß auf ihren Bauch. „Wenn du dich noch einen Mucks bewegst, drehe ich dir den Hals um." Gleichzeitig wandte er sich dem Laptop zu und tippte auf der Tastatur herum. Rosi beobachtete ihn wie durch einen Schleier. Wie es schien, war er nicht damit zufrieden, was er auf dem Desktop sah. „Das wirst du noch bereuen, du alte Hure."

Tobias und Lindberg saßen an diesem Abend zusammen in der Hüxstraße, wohl wissend, dass Rosi einen weiteren Versuch starten würde, mehr über Ferdinand Kallweits Machenschaften zu erfahren. Tobias lief unruhig in Lindbergs Wohnzimmer auf und ab und guckte immer wieder auf seinen Laptop, in der Hoffnung, dass eine erlösende Mail eingehen würde.

„Nun setz dich endlich hin. Der piept doch, wenn etwas eingeht", sprach Lindberg seinen aufgeregten Freund an.

„Das weiß ich selbst, du Experte." Kaum hatte Tobias das letzte Wort gesprochen, ertönte das alles erlösende Signal. Tobias stürzte auf den Laptop zu und starrte auf den Maileingang.

„Volltreffer, Lindberg. Sie hat es geschafft. Jetzt muss ich nur in aller Ruhe nachsehen, welchen verräterischen Mist Kallweit auf seiner Festplatte hat. Und dann haben wir ihn bei den Hammelbeinen."

Tobias strahlte über das ganze Gesicht, sprang auf und umarmte Lindberg überschwänglich. Doch dann stockte er in seiner Begeisterung. Ungläubig blickte er auf den Laptop. Er setzte sich wieder, seine Finger flogen über die Tastatur. „Ach, du Scheiße", stieß er hervor.

Lindberg blickte ihn ratlos an. „Was ist los, Tobias?"

„Da hat eben jemand versucht, erneut auf meine spezielle Mailadresse zuzugreifen, auf die Rosi mir die Daten von Kallweit geschickt hat. Das war zwar erfolglos, weil er den Eingangscode nicht kennt. Aber …" Tobias raufte sich die Haare.

„Und was heißt das jetzt? Sind die Daten von Kallweit wieder weg?"

„Nein, das nicht. Aber diese spezielle Mailadresse kennt nur Rosi. Und ich hab ihr gesagt, dass sie nach dem Senden alle Daten der Übertragung löschen muss. Wie es aussieht, hat sie das aber nicht mehr geschafft. Es gibt nur eine Erklärung dafür und die gefällt mir gar nicht."

Lindberg runzelte die Stirn. „Was willst du damit sagen?"

„Irgendjemand muss sie erwischt und unmittelbar nach dem Upload einen Zugriff auf meinen Account versucht haben."

„Und wenn es Rosi selbst war?", warf Lindberg zögernd ein.

„Das macht keinen Sinn. Sie kennt den Eingangscode und den hätte sie auch verwendet. Irgendetwas stimmt da nicht."

Tobias griff zu seinem Smartphone und tippte auf Rosis Kurzwahl. Er schüttelte den Kopf. „Sie meldet sich nicht. Nur die Ansage. Das gefällt mir gar nicht. Wir müssen etwas unternehmen."

„Und was hast du vor?" Lindberg klang immer noch zweifelnd.

„Wir fahren da jetzt hin und sehen nach. Wenn die Rosi geschnappt haben, dann ist sie in höchster Gefahr. Ich weiß nicht, was diese unberechenbaren Typen mit ihr machen. Denen ist alles zuzutrauen." Tobias schien wild entschlossen zu sein. Sie mussten handeln.

„Hast du nicht gesagt, Ferdinand Kallweit ist dienstags immer in Hamburg?", meinte Lindberg, sich zu erinnern.

„Moment. Das haben wir gleich." Tobias fummelte wieder sein Smartphone aus der Hosentasche.

„Das glaube ich jetzt nicht. Lindberg, jetzt wird es eng", stieß Tobias schwer atmend hervor, „ich habe gerade einmal Kallweits Handy geortet. Der war schon kurz vor Hamburg. Jetzt fährt er aber mit hoher Geschwindigkeit auf der Autobahn wieder zurück nach Lübeck. Wir müssen los. Das kann gefährlich werden. Ich rufe noch den Schrauber an."

Lindberg trommelte ungeduldig auf dem Lenkrad herum. Am heutigen Abend schien halb Lübeck auf den Straßen zu sein. Es ging nicht voran. Das Bürohaus, indem sich die Werbeagentur „Big Deal" befand, lag nicht weit von der Innenstadt entfernt nahe der Klappbrücke über die Trave. Tobias saß auf dem Beifahrersitz und malträtierte sein Laptop. Ab und zu gab er grunzende Laute von sich. „Das, was Rosi gerade geschickt hat, ist mehr als aufschlussreich. Auf den ersten Blick finde ich hier auch Kontoverbindungen und Finanztransaktionen von Kallweit."

Kaum hatte Lindberg seinen Volvo vor dem Bürogebäude der Werbeagentur geparkt, erstarb das Blubbern der Maschine des Schraubers unmittelbar neben ihnen. Sie waren zur selben Zeit angekommen. Lindberg fuhr die Scheibe herunter.

„Was ist los, Männer? Wo brennt es?", fragte der Schrauber, nachdem er sich den Helm abgenommen und ihn auf den Spiegel gehängt hatte.

Lindberg schilderte ihm in kurzen Worten die Situation. Als der Schrauber hörte, dass Rosi sich möglicherweise in Gefahr befand, zupfte er mit der Rechten nervös an seinem grauen Bart. Lindberg nahm es schmunzelnd zur Kenntnis, wusste er doch, dass die beiden eine kaum definierbare Zuneigung verband.

„Und was habt ihr jetzt vor?", brummte der Schrauber ungeduldig.

„Wir gehen da jetzt rein", erklärte Tobias seinen Plan, „Lindberg, du musst den Pförtner ablenken. Der Zugang in die Agentur ist nur mit einer Chipkarte möglich. Das ist kein Problem für uns. Ich habe mir für alle Fälle eine Kopie von Rosis Karte gemacht. Anschließend müssen wir sehen, dass wir Rosi irgendwo finden. Aber wir müssen uns beeilen. Kallweit wird nicht mehr lange auf sich warten lassen, so wie der über die Autobahn brettert."

Alle drei gingen auf das Gebäude der Werbeagentur zu. Tobias und der Schrauber hielten sich im Hintergrund. Lindberg betrat das Haus. Der Pförtner sah ihn fragend an.

„Guten Abend", begrüßte Lindberg den Mann im Glaskasten, „sagen Sie, der schwarze Porsche da draußen gehört der nicht jemandem von der Werbeagentur?"

Der Pförtner reckte den Hals, um das Auto durch das Fenster sehen zu können. „Ja, das ist der Wagen von Herrn Suhrer. Warum fragen Sie?"

„Haben Sie gesehen, wer den so zerkratzt hat? Das müssen Sie sich unbedingt einmal ansehen." Lindberg zeigte sich erschüttert.

Der Pförtner, ein Mann gesetzten Alters mit Glatze und einem grauen Haarkranz, sah Lindberg betroffen an. „Oh, mein Gott.

Das habe ich gar nicht bemerkt." Er quälte sich aus seinem Stuhl hoch und verließ humpelnd den Glaskasten, um den Schaden zu begutachten. Während er ratlos um das erwähnte Fahrzeug herumging, schlüpften Tobias und der Schrauber ungesehen ins Gebäude. Die kopierte Chipkarte funktionierte einwandfrei. Der Pförtner suchte immer noch kopfschüttelnd die vermeintlichen Kratzer am Porsche.

Über eine Treppe mit gläsernen durchsichtigen Treppenstufen erreichten die drei die Räume der Werbeagentur in der ersten Etage. Sie folgten dem langen Flur.

„Kann ich Ihnen helfen?" Eine junge Frau stand plötzlich vor ihnen. Sie war aus einer der vielen Türen getreten und schien selbst überrascht zu sein, die drei Besucher anzutreffen.

Lindberg reagierte als erster. „Wir haben einen Termin mit Herrn Kallweit."

„Der Chef ist nicht mehr im Haus", war die erwartete Reaktion der jungen Frau.

„Ja, das hat Herr Kallweit uns schon angekündigt, dass diese Möglichkeit besteht. Wir sind auch ein bisschen spät dran. Aber in diesem Fall hat er uns an seine Assistentin verwiesen", erklärte Lindberg, „wo finden wir sie?"

„Sie meinen Rosi. Die habe ich eben noch gesehen. Versuchen Sie es doch einmal im Büro des Chefs. Das ist die zweite Tür links." Sie wies mit ihrem Arm den Flur entlang. Lindberg bedankte sich.

Vor der Tür des Büros von Ferdinand Kallweit zögerten sie nur kurz. Nach einem Kopfnicken von Tobias öffnete Lindberg die Tür, ohne anzuklopfen.

Das Bild, das sich ihnen bot, glich einer Szene aus einem schlechten Kriminalfilm. Ein abfällig grinsender Mann hing lässig auf dem Stuhl und hatte seine Füße auf den Schreibtisch gelegt. Wenige Schritte vor ihm saß Rosi. Ihre gerötete linke Wange war kaum zu übersehen. Blut klebte auf ihrer Unterlippe und am Kinn, das von einer Platzwunde herrührte. Ihre Arme waren mit Kabelbindern auf den Armlehnen des Stuhls gefesselt.

Der Mann hinter dem Schreibtisch sprang erschrocken auf, als er die drei Eindringlinge sah.

„Was wollen Sie hier?", stieß er hektisch hervor. Gleichzeitig bückte er sich nach rechts und zog eine Schublade auf.

„Vorsicht, da ist eine Waffe", rief Rosi aufgeregt, als sie sah, was Maik Suhrer vorhatte.

In Sekundenschnelle schoss der Schrauber nach vorn und stieß die Schublade zu, während die Hand des Freundes von Ferdinand Kallweit noch darin steckte. Der heulte tierisch laut auf, verstummte aber sofort wieder, nach dem der Schrauber ihm eine volle Rechte auf die Schläfe geschlagen hatte. Maik Suhrer kippte um wie ein gefällter Baum.

Zeitgleich stürzte Tobias auf Rosi zu. „Oh, mein Gott, Rosi, das habe ich nicht gewollt. Was hatte er dir angetan?" Zärtlich streichelte er ihr über die rechte Wange.

„Hör auf zu heulen, Tobias", pfiff Rosi ihn an, „befreie mich lieber von meinen Fesseln."

Ratlos sahen sich Lindberg und Tobias um. Ein entsprechendes Werkzeug, um Rosi von den Kabelbindern zu befreien, fanden sie jedoch nicht.

„Wenn man nicht alles selber machen muss", brummte der Schrauber, nachdem er sich versichert hatte, dass Rosis Peiniger sich nicht mehr rührte. Er holte ein Universalwerkzeug aus seiner Hosentasche, mit dem er kurzerhand die Plastikfesseln zerschnitt. Rosi wollte ihn dafür mit einem dankbaren Lächeln belohnen, was ihr allerdings aufgrund ihrer lädierten Unterlippe nicht ganz gelang.

„Ich glaube, wir sollten schnell verschwinden, damit wir nicht noch dem Kallweit in die Arme laufen", drängte Lindberg zur Eile.

„Lindberg hat recht", bestätigte Tobias. Gleichzeitig ergriff er Rosis Ellenbogen.

„Was soll das, Tobias? Ich bin doch keine alte Frau", reagierte Rosi ungehalten und zog ihren Arm weg.

„Könnt ihr das möglicherweise später diskutieren? Wir müssen los." Lindberg stand bereits in der Tür. Mit einer Kopfbewegung signalisierte er den anderen, dass die Luft rein war. Alle vier eilten den Flur entlang. Abrupt blieb Lindberg stehen. „Ist das Kallweit?" Er drehte sich zu Rosi um, als er durch das Fenster einen Mann auf das Gebäude zueilen sah.

„Ja, das ist er."

„So ein Mist. Der war schneller, als ich gedacht habe. Wir müssen zusehen, dass wir ungesehen aus dem Haus kommen. Dem möchte ich jetzt ungern über den Weg laufen." Tobias wirkte ratlos.

„Über die Tiefgarage", schlug Rosi vor und eilte bereits auf die Tür des Treppenhauses zu. Die drei folgten ihr hastig.

Die Stimmung im Haus in der Hüxstraße klang nicht sehr euphorisch. Es waren die Attacken gegen Rosi, die am schlechten Gewissen der drei Männer nagten. Nicht auszudenken, was ihr noch widerfahren wäre, wenn sie nicht rechtzeitig eingegriffen hätten. Rosi tat das alles mit ihrer bekannten Souveränität ab. Nach dem alle mit einem Wodka-Lemmon in der Hand in den Sesseln saßen, lockerte sich langsam die anfangs beklemmende Atmosphäre. Rosi nuckelte wegen ihrer lädierten Lippe an einem Strohhalm.

„Das war ganz schön knapp", stellte Tobias fest, „Rosi, es tut uns aufrichtig leid, was dir widerfahren ist. Wir hätten es wissen müssen. Und ich weiß nicht, auf welche Weise wir es je wieder gutmachen können."

„Tobias, hör auf mit deinem Mitleidsgeheule. Das geht einem richtig auf den Wecker. Es ist ja nichts weiter passiert. Die harmlosen Blessuren sind in ein paar Tagen nicht mehr zu sehen." Rosi reagierte, wie nicht anders zu erwarten war.

„Lass mal gut sein, Schätzchen. Du hast schon tapfer deinen Part gespielt", knurrte der Schrauber anerkennend.

Lindberg nickte ebenfalls zustimmend. „Der Schrauber hat schon recht, Rosi. Dein Einsatz, alle Achtung."

Rosi bedankte sich bei den beiden mit einem versuchten Lächeln. Gleichzeitig hob sie freundlich dreinblickend ihr Glas.

Tobias wirkte ein wenig beleidigt. Vermutlich, da seine Worte nicht diese versöhnliche Reaktion bei Rosi ausgelöste hatten. „Jetzt wäre nur zu klären, was unsere nächsten Schritte sind."

„Ich glaube, wir müssen erst einmal Bilanz ziehen", warf Lindberg ein, „nach Tobias` ersten Blick auf die Daten von Kallweit besteht die Hoffnung, dass wir ihm den Wettbetrug nachweisen können."

Tobias nickte. „Ja, ich habe zwar erst einen kurzen Überblick gewonnen. Aber wie es aussieht, sind aus seinen Dateien auch alle seine Kontobewegungen abzulesen. Es gibt Kontakte zu Wettbüros in London und Singapur. Wenn ich die verschiedenen Banken sehe, wo er Kunde ist, dann ist schon jetzt klar, dass es sich hier nicht um reell erworbene Gelder handelt. Denn wer hat schon für seine normalen Geschäfte mehrere Konten in der Schweiz oder auf den Bahamas?"

„Aber was haben wir denn noch von Kallweit und Suhrer nach unserer heutigen Aktion zu erwarten?", meldete Rosi ihre Bedenken an.

„Du meinst, wir müssen uns auf ihre Rache einstellen", ging Lindberg auf ihre Besorgnis ein, „aber ich denke, die Gefahr ist nicht allzu groß. Auch wenn sie dich, Rosi, suchen sollten, werden sie ein Problem haben. Sie kennen weder dein tatsächliches Aussehen noch deinen wahren Namen, geschweige denn, dass sie wissen, wo du wohnst. Ich schlage vor, dass du auch die nächsten Tage bei mir bleibst."

„Ein guter Vorschlag", stimmte der Schrauber grunzend zu und hob dabei anerkennend sein Glas.

„Zur Polizei werden sie nicht gehen. Da können wir ganz sicher sein", ergänzte Tobias Lindbergs Überlegungen, „immerhin haben sie Dreck am Stecken. Ich gehe sogar noch einen Schritt weiter. Da Kallweit jetzt weiß, dass wir seine verfänglichen Daten haben, wird das Pflaster ganz schön heiß für ihn. Das gleiche gilt für seinen Freund Maik Suhrer wie auch für den Winkeladvokaten Bauer. Neben dem Straftatbestand Wettbetrug ist sicherlich auch noch das Finanzamt an ihren Geldgeschäften interessiert. Denn versteuert haben sie ihre Einnahmen garantiert nicht."

„Da sie nicht wissen, wie wir mit diesen Daten umgehen werden, gehe ich davon aus, dass sie nicht so lange warten, bis die Polizei vor ihrer Tür steht", setzte Lindberg die Überlegungen seines Freundes fort, „ich werde mich spätestens morgen, wenn Tobias die Daten noch genauer ausgewertet hat, mit meinem alten Schulfreund und Journalisten Gernot Havelmann in Verbindung setzen. Der ist ganz heiß auf solche Storys. Das heißt, spätestens übermorgen weiß die Öffentlichkeit von

Kallweits kriminellen Machenschaften und denen seiner Freunde."

„In Deutschland werden wir diese schäbigen Mistkerle für eine gewisse Zeit nicht sehen. Das ist auch gut so. Und dem Torwart vom VfB pinkelt auch keiner mehr ans Bein", ergänzte der Schrauber die Ausführungen seiner Freunde sichtlich zufrieden.

Lindberg wälzte sich in seinem Bett hin und her. Er konnte nicht einschlafen. Tobias und der Schrauber hatten sich sehr bald verabschiedet. Auch Rosi sehnte sich nach den Aufregungen des Tages sehnsüchtig nach einem Bett, wie sie verkündet hatte.

Zu viele Gedanken schwirrten durch Lindbergs Kopf. Er schaltete die Nachttischlampe ein und setzt sich in seinem Bett auf. War er mit seinen Freunden auf dem richtigen Weg? Die Jagd nach Gerechtigkeit hatte für ihn im Laufe der Jahre einen immer höheren Stellenwert eingenommen. Er konnte sich nur mühsam beherrschen, wenn er selbst ungerecht behandelt wurde. Aber auch, wenn Freunden oder Menschen, die sich nicht wehren konnten, Unrecht widerfuhr, platzte er förmlich aus der Haut. Er konnte sich nicht erinnern, wie sein Drang nach Gerechtigkeit entstanden war. Aber er wusste sehr wohl, dass er dieses Gefühl nicht unterdrücken konnte. Es beruhigte ihn, dass auch seine Freunde ähnlich dachten wie er. Sie hatten ebenfalls keine Bedenken, für eine gute Sache einzutreten. Selbst wenn dabei nicht immer alles legal zuging. Dass Rosi heute allerdings auf diese unliebsame Weise verletzt worden war, brachte Lindberg in eine Gewissensnot, die er bisher bei all ihren bisherigen Aktionen nicht empfunden hatte. Zugegeben, der Umstand, dass sie durch ihren Einsatz den jungen Torwart vor den hinterlistigen Attacken geschützt und sein vorzeitiges Karriereende verhindert hatten, vermittelte eine gewisse

Genugtuung. Befriedigend war auch die Tatsache, dass sie dem charakterlosen Werbeheini Kallweit und seinen Knechten das kriminelle Handwerk legen konnten. Doch trotzdem suchte Lindberg an diesem Abend vergeblich eine Antwort auf diese eine Frage: Wie weit durfte er gehen bei der Suche nach Gerechtigkeit?

Kapitel 22

Anna war am nächsten Morgen schon sehr früh auf den Beinen und im Büro. Bereits kurze Zeit nach ihrem Telefonat hatte Enno Jacobsen ihr per Mail die versprochenen Ermittlungsunterlagen aus Dänemark zugesandt. Voller Erwartung hatte sie sich in das Studium der Akten gestürzt und selbst am Abend zu Hause nach Parallelen zu ihren Mordfällen gesucht. Es gab keinen Zweifel. Es war die eindeutige Handschrift eines Serienmörders. Die akribischen Vorbereitungen und Ausführungen der Taten waren in Dänemark und Deutschland identisch. Wie es schien, hatte dieser Umstand auch die Kollegen im Norden an ihre Ermittlungs-grenzen gebracht. Einmal mehr musste sich Anna auf ihren Hauptverdächtigen, den Barkeeper, konzentrieren.

Doch bevor sie sich mit ihren Kommissaren abstimmen konnte, meldete sich Liselotte Pantaenius telefonisch und teilte mit, dass Kriminaldirektor Mertens sie sprechen wollte. Eine Unterbrechung, die Anna gar nicht passte. Wollte ihr Chef sie erneut hinsichtlich ihrer Karriereplanung befragen? Mit einem unguten Gefühl begab sie sich in die Chefetage.

„Machen Sie sich auf einen Sturm gefasst", begrüßte die Vorzimmerdame von Kriminaldirektor Mertens Anna stirn-runzelnd.

„Ich kann mich nicht erinnern, irgendetwas verbrochen zu haben. Was meinen Sie, warum zürnt der Chef mit mir?", wollte Anna wissen.

„Nicht der Chef ist das Problem, Frau Severin. Der Ober-staatsanwalt ist bei ihm", erklärte Liselotte Pantaenius mit sorgenvollem Gesichtsausdruck, „aber Sie werden den Sturm schon abwettern, wie ich Sie kenne."

Die Vorzimmerdame stand auf und meldete Anna an.

„Treten Sie ein, Frau Severin, und nehmen Sie Platz", begrüßte Kriminaldirektor Mertens die Chefin der Mordkommission.

Oberstaatsanwalt Dietmar Reichenbach bedachte sie lediglich mit einem knappen Kopfnicken. Anna setzte sich.

„Der Tod der beiden jungen Frauen scheint einige Wellen zu schlagen", begann Kriminaldirektor Mertens, „was durchaus verständlich ist, aber offensichtlich die Staatsanwaltschaft ganz besonders beunruhigt …" Weiter kam Annas Chef nicht.

„Von Beunruhigung kann hier ja wohl nicht die Rede sein", unterbrach der Oberstaatsanwalt den Kriminaldirektor aufgeregt, „die Vorgehensweise Ihrer Mitarbeiter, Herr Mertens, ist ein Skandal und wird nicht ohne Folgen bleiben. Eine solche penetrante Überschreitung der Kompetenzen habe ich in meiner ganzen Dienstzeit noch nicht erlebt."

Anna blickte von einem zum anderen und wusste überhaupt nicht, worum es ging. „Könnte ich einmal erfahren, warum Sie sich so erregen, Herr Reichenbach, und worum es überhaupt geht?"

Der Oberstaatsanwalt hielt es für nötig, sich in Positur zu setzen. Er beugte seinen Oberkörper vor und deutete mit dem Zeigefinger auf Anna. „Sie haben entgegen allen Dienstvorschriften über meinen Kopf hinweg Kontakt zu ausländischen Polizeidienst-stellen aufgenommen, ohne die Staatsanwaltschaft davon in Kenntnis zu setzen. Dieser eklatante Verstoß gegen alle Verfahrensweisen wird nicht ohne Folgen für Sie bleiben. Ich erwarte von Ihnen, Herr Mertens", der Oberstaatsanwalt wandte sich dem Kriminaldirektor zu, „dass Frau Severin unverzüglich von dem Fall abgezogen wird und Sie die notwendigen disziplinarrechtlichen Schritte einleiten."

„Herr Reichenbach, nun wollen wir doch einmal die Kirche im Dorf lassen. Es kann ja wahrhaftig nicht verkehrt sein, zunächst einmal Frau Severin anzuhören." Der Kriminaldirektor forderte Anna mit einem Kopfnicken auf.

„Ich verstehe die ganze Aufregung nicht", begann Anna völlig irritiert, „zunächst einmal zur Sachlage. Wir haben zwei Mordfälle an jungen Frauen verbunden mit ungewöhnlichen Auffindsituationen aufzuklären. Als dringend tatverdächtig wurde der Barkeeper des Hanse Hotels festgenommen. Der Haftrichter hat aufgrund der vorhandenen Indizien Untersuchungshaft angeordnet. Im Rahmen der Ermittlungen sind dann Hinweise aufgetreten, dass es vergleichbare Taten möglicherweise auch schon vorher in Dänemark gegeben haben könnte. Dazu habe ich einen telefonischen Kontakt für einen Informationsaustausch zu dem ermittelnden Kollegen in Kolding aufgenommen. Nun frage ich mich, worin denn meine verwerfliche Tat besteht, die Ihre Entrüstung gerechtfertigt?"

„Das fragen Sie noch?", brauste der Oberstaatsanwalt auf, „Sie haben schlichtweg den Dienstweg nicht eingehalten. Sie haben der Staatsanwaltschaft Informationen vorenthalten. Sie haben ihre Kompetenzen weit überschritten. Sie sollen Verbrechen bekämpfen, Frau Severin, und nicht selber welche begehen ..."

„Nun ist es aber gut, Herr Reichenbach", unterbrach Kriminaldirektor Mertens den aufgebrachten Juristen, „wenn Sie durch das Verhalten von Frau Severin ein Verbrechen vermuten, bleibt es Ihnen unbenommen, sie anzuklagen. Aber ich denke, dass Sie selbst Ihr Verlangen als übertrieben und irrsinnig ansehen werden."

Bevor der Oberstaatsanwalt antworten konnte, schaltete Anna sich wieder ein. „Beantworten Sie mir doch einmal eine ganz einfache Frage, Herr Oberstaatsanwalt. Warum sind Sie so erpicht darauf, mir das Leben schwer zu machen und mich aus meinem Job zu boxen? Was treibt Sie an? Erklären Sie es mir. Ich verstehe es nicht."

Der Oberstaatsanwalt blickte Anna völlig entgeistert an. „Ich bin Ihnen doch keine Rechenschaft darüber schuldig, wie ich mein Amt zu versehen habe. Recht und Gesetz werden von der Staatsanwaltschaft vertreten und danach haben auch Sie sich als Polizeibeamtin zu richten."

„Ich gebe Ihnen absolut recht, Herr Reichenbach, nun nennen Sie mir doch bitte einmal den Paragrafen des Strafgesetzbuches, gegen den ich nach Ihrer Auffassung so vehement verstoßen habe."

„Nun drehen Sie mir doch nicht das Wort im Munde herum. Es gibt schließlich noch andere Vorschriften, nach denen Sie sich zu richten haben und die ich bei Ihren nicht akzeptablen Aktionen deutlich vermisse. Ich erwarte …"

„Herr Reichenbach, ich glaube, wir können die ganze Angelegenheit abkürzen", schaltete sich Kriminaldirektor Mertens ein, „unser gemeinsames Ziel ist es, Verbrechen aufzuklären. Dabei stehen meine Mitarbeiter an vorderster Front. Ich muss Sie nicht daran erinnern, dass Frau Severin erst kürzlich bei einem gefahrvollen Einsatz durch einen Schuss verletzt wurde. Nur der Umstand, dass die Staatsanwaltschaft vor einer Kontaktaufnahme zu einer ausländischen Polizeidienststelle vorab nicht informiert wurde, und Ihre damit verbundene Entrüstung klingt geradezu lächerlich. Ich glaube, in dieser Sache wurden schon genügend Worte gewechselt. Entschuldigen Sie, Herr Reichenbach, Frau Severin und ich haben Wichtigeres zu tun. Guten Tag." Mit den Worten erhob sich Kriminaldirektor Mertens und gab dem irritiert dreinblickenden Oberstaatsanwalt unmissverständlich zu verstehen, dass das Gespräch beendet war.

„In diesem Vorfall ist das letzte Wort noch nicht gesprochen", entrüstete sich Oberstaatsanwalt Reichenbach erneut, stand allerdings ebenfalls auf und verließ erbost das Büro des Kriminaldirektors.

Wolfgang Mertens setzte sich wieder und sah seine Kommissarin sorgenvoll an. „Er kann es einfach nicht lassen. Ich habe den Eindruck, er sucht förmlich die Nadel im Heuhaufen, um Ihnen ein Fehlverhalten anhängen zu können."

Anna nickte zustimmend. „Das sehe ich genauso. Merkt er denn gar nicht, wie lächerlich er sich damit macht? Gott sei Dank habe ich im Alltagsgeschäft jetzt in erster Linie mit Staatsanwältin von Ehrenfels zu tun. Eine sehr entspannte und effektive Zusammenarbeit. Noch einmal zu dem Kontakt nach Dänemark. Es war wirklich zunächst nicht mehr als ein Erfahrungsaustausch. Den Vorwurf, den der hochverehrte Oberstaatsanwalt mir gegen-über höchstens machen könnte, wäre, dass ich nicht früher Informationen über Europol eingeholt habe."

„Liebe Frau Severin, Sie wissen ganz genau, wie ich ihre Arbeit schätze. Ich bin lange genug im Geschäft, um zu wissen, dass es nicht immer die geraden Wege sind, die zum Ziel führen. Gerade das zeichnet auch einen guten Ermittler aus, dass er in der Lage ist, unkonventionelle Schritte ins Auge zu fassen. Machen Sie sich also keine Sorgen um solche Quälgeister wie den Oberstaatsanwalt."

Anna setzte sich an ihren Schreibtisch, vertieft in die Gedanken an das wenig erfreuliche Gespräch mit dem Oberstaatsanwalt. Solche Störungen waren nun wirklich nicht nötig. Auch wenn ihr Vorgesetzter, Kriminaldirektor Mertens, ein geradezu vorbildlicher Chef war und sie ihm vollkommen vertraute, so konnte sie diese ungerechtfertigten Vorwürfe des Oberstaats-anwalts nur schwer ertragen.

„Chefin, es gibt Neuigkeiten", störte Clemens Korthals ihre Gedanken.

Anna seufzte. „Leg los, Clemens. Was hast du für Sensationen?"

„Ich habe eben einen Anruf von meinem alten Kumpel Jochen aus der JVA bekommen. Der berichtete mir, dass unser Freund, der Barkeeper, nicht mehr geradeaus gucken kann, weil er von Mithäftlingen in die Mangel genommen worden ist. Im Klartext: Er ist verprügelt worden und liegt jetzt in der Krankenstation."

Anna stützte ihren Kopf in die Hände und sah ihren Kollegen nachdenklich an. „Nun, irgendwelche Machtkämpfe unter den Häftlingen sind ja nichts Ungewöhnliches. Vielleicht ist er ja auch mit seiner überheblichen Art einem seiner Mithäftlinge zu sehr auf den Zeh getreten. Wusste dein Kumpel denn auch, wer den Barkeeper krankenhausreif geschlagen hatte?"

Clemens Korthals schüttelte den Kopf. „Nein, das wird auch nicht ganz leicht sein, es herauszufinden. Der Barkeeper wird garantiert niemanden verpfeifen, wenn er nicht noch einmal zwischen die Mühlenräder geraten will. Die Schläger verraten sich natürlich auch nicht selbst. Aber ich werde ihn noch einmal anrufen und ihn bitten, seine Ohren aufzusperren, um zu hören, was der Knastfunk so ausplaudert."

Bereits am Nachmittag stand Clemens Korthals wieder mit neuen Nachrichten aus dem Gefängnis in Annas Tür. „Chefin, mein Freund Jochen hat seine Antennen ausgefahren und ein paar interessante Signale empfangen …"

„Mach es nicht so spannend, Clemens", unterbrach Anna den Oberkommissar.

„So wie es aussieht, waren es wohl drei oder vier Knackis, die Marvin Hübner so zugerichtet haben. Einer von ihnen soll Stanislaw Jablonski, ein gebürtiger Pole, gewesen sein. Als ich den Namen hörte, klingelte es bei mir."

Clemens Korthals ging auf Anna zu und legte ihr eine Akte auf den Schreibtisch, die er die ganze Zeit schon unter dem Arm getragen hatte. Er schlug sie auf und zeigte auf einen Text. „Das ist die Akte über unseren Barkeeper. Und hier ist der Bericht über den Raubüberfall auf den Supermarkt, den er vor Jahren begangen hat. Sieh doch einmal, Chefin, wer dabei sein Komplize war."

Anna warf einen Blick auf die Zeile, auf die ihr Kollege mit dem Finger deutete. „Er hat den Überfall zusammen mit Stanislaw Jablonski begangen?"

„So ist es", bestätigte Clemens Korthals, „und es kommt noch besser. Die beiden wurden bereits eine Stunde nach dem Überfall durch die Bundespolizei geschnappt. Beide hat man dann wegen schweren Raubes verurteilt, weil der Pole eine Waffe dabei hatte. Hübner bekam drei Jahre und fünf Monate und Jablonski sogar sechs Jahre. Vermutlich auch, weil sein Vorstrafenregister äußerst lang war. Wie der Zufall es will, trafen sie sich jetzt in der JVA Lübeck wieder. Ich gehe davon aus, dass die beiden noch ein Hühnchen miteinander zu rupfen hatten."

„Das ist ja alles schön und gut, Clemens. Aber wie hilft uns das bei der Aufklärung unserer Mordfälle weiter?", meldete Anna Bedenken an.

Oberkommissar Korthals grinste. „Ein Bonbon habe ich mir noch aufbewahrt. Du erinnerst dich doch sicherlich daran, dass unser Kollege Bockmann uns gleich nach dem Petrikirchenmord über die Vorstrafen von Marvin Hübner informiert hat. Danach hat er die Akte angefordert, die jetzt vor dir liegt, und sie nach seinen Worten auch gründlich studiert."

Anna nickte. „Ja, und?"

„Gestern hast du uns umfassend über das Gespräch mit Enno Jacobsen in Kolding und die beiden Morde in seinem Zuständigkeitsbereich in Kenntnis gesetzt. Hat unser Kollege Bockmann dazu etwas gesagt?"

Anna schüttelte den Kopf. „Nein. Warum sollte er?"

„Schau mal, wo Hübner und Jablonski ihren Raubüberfall verübt haben." Clemens Korthals zeigte auf einen Ortsnamen innerhalb des Textes.

„Das glaube ich jetzt nicht", reagierte Anna fassungslos.

„Hören wir doch einmal, was unser Kollege dazu sagt", bemerkte Clemens lachend. Gleichzeitig ging er auf die Tür zu und rief Malte Bockmann zu sich. „Die Chefin und ich hätten da mal eine Frage an dich. Wo liegt Hadersleben?"

„Wird das hier jetzt eine Quizsendung?", fragte der irritierte Kommissar.

„Nein, nein, Herr Bockmann. Wir bewegen uns immer noch im Rahmen unserer Ermittlungsarbeit. Beantworten Sie doch nur einmal die Frage von Oberkommissar Korthals."

Malte Bockmann zuckte mit den Schultern, als wollte er sagen, wenn es zu eurem Glück führt. „Hadersleben liegt irgendwo an der dänischen Grenze."

„Na ja, ich glaube, das können wir gelten lassen, da es prinzipiell nicht ganz falsch ist", kommentiert Clemens Korthals die Antwort, „jetzt kommt aber die entscheidende Zusatzfrage. Auf welcher Seite der Grenze liegt Hadersleben? Deutschland oder Dänemark."

Der junge Kommissar blickte verunsichert von einem zum anderen. „Kann mich einmal jemand aufklären, was das Ganze hier soll?"

„Herr Bockmann, Hadersleben liegt in Dänemark. Es heißt offizielle Haderslev. Wir wollen hier jetzt keinen Geschichtsunterricht betreiben. Nur so viel für Sie. Haderslev war in der Vergangenheit auch einmal deutsch, daher lebt für manche auch der deutsche Name noch. Nun zur Sache. Spätestens, als Sie gestern von mir gehört hatten, dass es auch in Dänemark vergleichbare Morde gegeben hat, hätte es bei Ihnen klingeln müssen. Der Raubüberfall von Hübner und Jablonski fand in Haderslev statt. Das heißt, der kriminelle Aktionsradius unseres dringend tatverdächtigen Barkeepers erstreckt sich auch auf Dänemark. Können Sie mir folgen?"

Malte Bockmann schluckte. „Da hab ich wohl Mist gebaut."

„Es gibt Schlimmeres, Herr Bockmann", beruhigte Anna den betroffen dreinblickenden Kommissar, „aber ein bisschen Allgemeinbildung hat noch niemandem geschadet."

„Ich glaube, wir sollten den Barkeeper hinsichtlich seiner Liebe zu Dänemark in Kürze noch einmal befragen", schlug Clemens Korthals vor.

„Das wäre eine Möglichkeit." Anna zögerte einen Augenblick. „Aber vielleicht bringt uns ein kleiner Anruf in dieser Angelegenheit schon weiter. Einen Versuch ist es wert."

Anna hob den Hörer ab und wählte eine Nummer. Die beiden Kommissare guckten sich fragend an.

„Guten Tag, Herr Zimmermann. Hier spricht Anna Severin von der Kripo Lübeck. Ich habe eine Bitte. Sie haben doch in der Personalakte von Marvin Hübner noch die Zeugnisse, die er Ihnen vorgelegt hat. Macht es Ihnen etwas aus, diese einmal kurz hervorzuholen und einen Blick darauf zu werfen? Sie würden mir sehr helfen."

„Dieser Verbrecher hat doch von Grund auf gelogen und betrogen", entrüstete sich der Direktor des Hanse Hotels sofort.

„Das ist ja richtig und auch nicht wieder gutzumachen, Herr Zimmermann, aber im Rahmen unserer Ermittlungen sind diese Informationen nicht unbedeutend", versuchte Anna den Hoteldirektor gütlich zu stimmen. Clemens Korthals und Malte Bockmann konnten sich ein Grinsen nicht verkneifen.

Anna hörte durch das Telefon ein Rumoren und Ächzen bis sich kurze Zeit später der Hoteldirektor wieder meldete. „So, hier ist die Akte. Was wollen Sie genau wissen, Frau Severin?"

„Gibt es in Ihren Unterlagen auch Zeugnisse von Firmen aus Dänemark?"

Es raschelte durch das Telefon, dann meldete sich der Hoteldirektor wieder. „Ja, hier ist ein Zeugnis von einem Prins Park Hotel in Vejle, wo er als Kellner gearbeitet haben will. Aber, ob diese Angaben stimmen, wage ich, doch sehr zu bezweifeln nach seinem Lebenswandel."

Anna atmete tief durch. „Wird in dem Zeugnis auch ein Zeitraum angegeben?"

„Hier nach will er in der Zeit vom März bis Oktober 2018 in diesem Hotel beschäftigt gewesen sein", erklärte Rüdiger Zimmermann, wobei seine Skepsis hinsichtlich dieser Angaben selbst durch das Telefon zu hören war.

Anna bedankte und verabschiedete sich. Dann sah sie ihre beiden Kommissare mit bedeutungsvoller Miene an. „Ich glaube, jetzt wird es äußerst ungemütlich für unseren Barkeeper. Wenn die Angaben in dem Zeugnis stimmen, dann hielt sich Marvin Hübner zu den Tatzeiten der Morde in Kolding und Fredericia in Dänemark auf."

Kapitel 23

Lindberg war an diesem Morgen mit dem falschen Fuß aufgestanden. Zumindest hatte er selber das Gefühl. Warum er unruhig war, konnte er nicht erklären. Auch nach dem Frühstück, als er sich an seinen Schreibtisch setzte, um sich Gedanken über seinen neuen Roman zu machen, war er kaum in der Lage, sich zu konzentrieren. War es möglicherweise doch Annas Anruf vom gestrigen Abend, der ihn so irritiert hatte?

Eigentlich wollte sie sich nur bei ihm bedanken, dass auf diese unkonventionelle Weise der Kontakt zu ihrem dänischen Kollegen entstanden war. Wie es aussah, war sie bei der Ermittlung schon einen erheblichen Schritt vorangekommen. Auch wenn Anna wie üblich nicht allzu viel verraten wollte, so schien sie sich sehr sicher zu sein, mit den ermittelten Fakten ihren Hauptverdächtigen, den Barkeeper, als Täter überführen zu können.

Je länger Lindberg darüber nachdachte, umso größer wurden seine Zweifel. Zugegeben, der Barkeeper hatte eine kriminelle Vergangenheit, aber so, wie Anna ihn beschrieben hatte, passte einiges nicht zusammen. War ein eher mäßig begabter Mensch überhaupt in der Lage, solche Mordtaten zu begehen, geschweige denn sie akkurat, fast pedantisch zu planen? Und wo war das Motiv? Er musste unbedingt am Abend noch einmal mit Anna darüber sprechen.

Abgelenkt wurde Lindberg durch ein längeres Telefonat mit seinem Verleger. Das Kriminalarchiv von Bern meldete sich wenig später und wollte seine Anfrage der Vorwoche präzisiert wissen. Kaum hatte er den Hörer aufgelegt, da klingelte es an der Haustür und sein Pächter des Geschäftes im Erdgeschoss, der

Goldschmied Mahrenholz, wollte unbedingt seine Umbaupläne mit ihm erörtern.

Es war bereits früher Nachmittag, als Lindberg auf die Uhr schaute. Kurzerhand ergriff er das Telefon.

„Tobias, wir müssen einen Ritt ins Ossiland machen. Da waren wir lange nicht", fiel er mit der Tür ins Haus, als sein Freund sich meldete.

„Was ist los, Lindberg? Bist du auf der Flucht?"

„Nee, aber auf irgendeine Weise muss ich meinen Kopf freiblasen und da ist ein Trip mit dem Moped die beste Medizin. Bist du dabei?"

„Herzlich gerne. Kommt der Schrauber auch mit?", wollte Tobias wissen.

„Nein, nein. Ich habe gestern mit ihm telefoniert. Der hat Stress. Er muss drei Maschinen tunen und seine Auftraggeber sitzen ihm schon im Nacken", wusste Lindberg zu berichten, „wir müssen nur vorher kurz bei Tante Gertrud vorbei, weil bei mir zwei Briefe für Belinda abgegeben wurden."

„OK, dann treffen wir uns in einer halben Stunde an der Fähre in Travemünde", beendete Tobias das Gespräch.

Als sie das Haus von Tante Gertrud auf dem Priwall betraten, roch es nach Kaffee. Wie konnte es am Nachmittag auch anders sein.

„Das ist aber eine Überraschung", begrüßte Gertrud Mannstein die beiden Motorradfahrer herzlich, „mit euch habe ich heute ja gar nicht gerechnet."

„Du weißt doch, liebe Gertrud, unsere Generation ist sprunghaft, unberechenbar, aber lieb", strahlte Tobias Lindbergs Tante an.

„Du bist ein unverbesserlicher Charmeur, Tobias, aber gibt es einen besonderen Grund, weshalb ihr hier seid?"

„Ich habe zwei Briefe für Belinda", antwortet Lindberg, „wo ist sie überhaupt?"

Tante Gertrud blickte besorgt drein. „Ich weiß es nicht, wo sie ist. Sie wollte eigentlich schon vor einer Stunde wieder zurück sein. Aber ich hole erst einmal den Kaffee für euch."

Lindberg und Tobias setzten sich derweil auf die Terrasse. Auf dem Tisch lag ein aufgeschlagenes Fotoalbum. Lindberg nahm es zur Hand und betrachtete die schon etwas vergilbten Bilder.

„Ich habe ein bisschen in Erinnerungen geschwelgt", entschuldigte sich Tante Gertrud, als sie mit der Kaffeekanne zurückkehrte, „das ist übrigens die Familie von Patrick, die du da gerade betrachtest. Das muss bei irgendeinem Geburtstagsfest aufgenommen worden sein. Die blonde junge Frau ist übrigens Patricks Schwester Charlotte. Die war viel älter als er. Erinnerst du dich noch an sie? Die ist doch auf so eigenartige Weise ums Leben gekommen."

Lindberg sah sich das Foto mit der blonden Frau etwas genauer an. Irgendetwas irritierte ihn. Er wusste nicht, was es war. Konnte es die Erinnerung an jene Zeit sein, die in ihm dieses merkwürdige bedrückende Gefühl hervorrief? Allerdings gab es keine bemerkenswerten negativen Ereignisse in seiner Kinder- und Jugendzeit. Die Ferien bei Tante Gertrud und Onkel Willi waren Jahr für Jahr ein freudiges Erlebnis gewesen. Der Priwall wurde zu einem einzigen Abenteuer-spielplatz. Selbst die unselige Grenze zur DDR, die hier an die Ostsee stieß, diente ihm und seinen Spielkameraden zu der Zeit lediglich als Warnung vor einem gefahrvollen Land. In ihrer Fantasie und den kindlichen Spielen lebten dort grausame Kriegshorden ebenso wie Riesen mit enormen Kräften und Drachen, die Feuer spuckten.

„Hallo, Lindberg. Bist du noch auf dieser Welt?" Tobias rüttelte an Lindbergs Arm und riss ihn aus seinen Erinnerungen.

„Ja, was ist los? Entschuldige, ich hab eben nicht zugehört".

„Das haben wir wohl gemerkt", entgegnete Tobias lachend, „hast du schon die hängenden Hühnergötter gesehen?" Er zeigte dabei auf ein Seil, das von der Decke hing und in dem Lochsteine dekorativ verknotetet waren. Unterbrochen wurde das Ensemble durch eine bemalte rechteckige Holzscheibe in Blau-Weiß-Rot, den Farben von Schleswig-Holstein.

„Das ist ja witzig", fuhr Tobias fort, „genauso ein Teil haben wir erst kürzlich in Dänemark gesehen. Weißt du noch, Lindberg, das hing an Annis Kiosk? Bloß, dass es nicht die Schleswig-Holstein-Flagge war, sondern der Dannebrog."

Lindberg warf einen wenig interessierten Blick auf das schmückende Objekt. Urplötzlich veränderte sich sein Gesichtsausdruck.

„Woher hast du das Seil mit den Steinen?", stieß er heftig atmend hervor und starrte seine Tante herausfordernd an.

„Die Hühnergötter hat mir Patrick geschenkt. Vermutlich aus Dank für mein Essen, das ich ihm immer einmal gebracht habe. Sieht es nicht ..." Weiter kam Gertrud Mannstein nicht.

Lindberg sprang auf, stieß dabei seinen Stuhl um und stürmte über den Rasen auf die Gartenpforte zu. Plötzlich blieb er stehen und sah Tobias an. „Komm, wir müssen los. Ich habe einen ganz fürchterlichen Verdacht."

Tobias blickte Tante Gertrud völlig überrascht an, schüttelte den Kopf, stand dann aber auch auf und folgte Lindberg. Der lief inzwischen die Straße entlang und stoppte erst vor dem Haus von Patrick Vollbrecht.

„Was ist denn bloß in dich gefahren, Lindberg?", fragte Tobias schwer atmend, „Hast du irgendwelche Geister gesehen?"

Lindberg reagierte nicht auf seine Frage, sondern hastete durch den Garten auf die Haustür zu und klingelte. Als sich nichts rührte, drückte er den Klingelknopf erneut.

Tobias fasste seinem Freund an die Schulter. „Lindberg, was machen wir hier eigentlich? Was ist los?"

Lindberg blickte Tobias fahrig an. „Ist dir nicht das Foto von Patricks Schwester aufgefallen? Das blonde Haar, die schlanke Figur. Die sah genauso aus wie die Mordopfer und Belinda."

Tobias starrte Lindberg fassungslos an. „Du meinst …?"

„Und das Gebinde mit den Hühnergöttern und der Flagge von Schleswig-Holstein ist das gleiche Seil, mit dem auch die Mordopfer fixiert waren", unterbrach Lindberg seinen Freund.

„Aber das sind doch keine Beweise", stieß Tobias zweifelnd hervor.

Lindberg kümmerte sich nicht um seinen Protest. „Wir müssen in das Haus. Es gibt auch noch einen Hintereingang."

Lindberg drehte sich um und verschwand hinter der nächsten Hausecke. Tobias folgte ihm. Die Tür, die sie an der Rückseite des Hauses fanden, war ebenfalls verschlossen. Lindberg ergriff kurzerhand einen Ziegelstein, der neben den Treppenstufen lag und zertrümmerte die Scheibe der Kellertür.

„Bist du denn total verrückt geworden?", protestierte Tobias erneut.

„Hör auf zu jammern. Wenn mein Verdacht stimmt, ist Belinda in höchster Gefahr. Und dann ist eine zerstörte Fensterscheibe das geringste Problem."

Lindberg griff durch die zersplitterte Scheibe und entriegelte die Kellertür. Mit Riesenschritten erklomm er die Treppe und stürmte von einem Raum in den anderen. Nacheinander riss er jede Tür auf, warf einen Blick in die Zimmer und hastete weiter.

Tobias folgte ihm ratlos. „Was suchen wir eigentlich?"

Als Lindberg auch im Obergeschoss nichts fand, was ihn beruhigt hätte, stand er für kurze Zeit unentschlossen in der Diele. „Was haben wir übersehen, Tobias?"

Sein Freund zuckte mit den Schultern. „Die Frage müsste lauten, was suchen wir überhaupt?"

Lindberg dachte nach. „Wenn er Gertrud dieses Objekt mit den Hühnergöttern gebastelt hat, dann müssen wir doch auch hier irgendwo das Seil finden, das er dafür verwendet hat. Wir müssen noch einmal in den Keller."

Systematisch durchsuchten sie die einzelnen Kellerräume. Ohne Erfolg. Auch in dem Raum, in dem eine Werkbank stand und unzählige Werkzeuge an der Wand hingen, fanden sie kein Seil.

„Vielleicht noch in der Garage." Lindberg war schon auf dem Weg zur Kellertür, als er durch Tobias` Ruf gestoppt wurde. „Warte mal, Lindberg. Guck mal hier. Die haben wir übersehen."

Dabei zeigte er auf eine Blechtür, die in einer Nische mehr als zur Hälfte von einem Schrank verdeckt wurde. Tobias ergriff die Klinke und rüttelte daran. Die Tür war verschlossen. Die beiden sahen sich fragend an.

„Wer verschließt eine Kellertür und warum?", dachte Lindberg laut, „wie kriegen wir die auf?"

„Kleinen Moment." Tobias kehrte um und kam kurze Zeit später mit einem Brecheisen wieder. „Hatte ich im Bastelkeller gesehen." Entschlossen setzte er den Kuhfuß auf Höhe der Türklinke an und stemmte sich mit voller Körperkraft gegen das Eisen. Mit einem lauten Knacken sprang die Blechtür auf. Lindberg trat vor und tastete im Innern nach einem Lichtschalter. Flackernd sprangen Neonleuchten an.

„Oh, mein Gott!", stieß Lindberg entsetzt hervor.

Tobias trat neben seinen Freund. „Das glaube ich jetzt nicht. Welch ein Gruselkabinett."

An die gegenüberliegende Wand waren Fotos und Zeitungsartikel geheftet, die die Morde an den jungen Frauen betrafen. Säuberlich geordnet und mit Namen und Datum überschrieben hatte jedes Mordopfer seinen eigenen Platz. Großformatige Porträts lachten ihnen entgegen. Daneben weitere Fotos der jungen Frauen in ihren makabren Positionen nach dem Mord. Darunter standen jeweils Glasvitrinen, in denen persönliche Gegenstände der Opfer wie Kleidung, Schuhe und Handtaschen abgelegt waren.

„Du hattest recht, Lindberg, dein alter Schulfreund Patrick Vollbrecht ist der Mörder. In diesem Altarraum hat er alle Frauen aufgelistet", stellte Tobias mit belegter Stimme fest, „da sind die beiden Toten aus Dänemark ebenso dabei wie auch die Opfer aus Lübeck und nicht nur die." Tobias zeigte auf das erste Bild in der Reihe. „Wie es aussieht, hat er auch schon in Schweden gemordet. Das sind schwedische Zeitungen."

„Ich hab es gewusst! Ich habe es gewusst!", stieß Lindberg entsetzt hervor, als sie beide fast zeitgleich die Fotos am Ende der Reihe entdeckten. Dort waren keine Zeitungsartikel angeheftet und auch die Glasvitrine war noch leer. Lediglich zwei Fotos und ein Datum sprangen ihnen entgegen.

„Das ist Belinda und der 2. Oktober, das ist heute", erkannte Tobias jetzt das Unfassbare.

Lindberg trat näher an die Wand heran, um die beiden Fotos genauer zu betrachten. Neben dem Porträt von seiner Nichte hing eine Schwarz-Weiß-Fotografie einer Viermastbark unter vollen Segeln. „Das ist die Passat! Ich fahr da hin. Du, Tobias, bleibst hier und informierst inzwischen Anna. Alles andere später."

Lindberg machte auf dem Absatz kehrt und stürzte aus dem Haus seines ehemaligen Schulfreundes. Es dauerte keine Minute bis er sich auf sein Motorrad geschwungen und es zum Liegeplatz des Museumsschiffs „Passat" gelenkt hatte. Vom Haus Tante Gertruds aus waren es nur wenige Hundert Meter. Lindberg ignorierte alle Verkehrszeichen und stoppte mit quietschenden Reifen unmittelbar vor dem Zugang zu der Viermastbark, die hier in der Nähe der Travemündung lag.

Mit Riesenschritten sprang er die Gangway hoch.

„Sind in der letzten Zeit ein Mann in meiner Größe und meinem Alter in Begleitung einer jungen blonden Frau an Bord gekommen?", sprach er den alten Mann mit der Kapitänsmütze im Kassenhäuschen atemlos an.

„Was ist das denn für ein Überfall? Immer ganz langsam, junger Mann", reagierte der alte Seemann gelassen.

„Es geht um Leben und Tod, guter Mann, haben sie nun so ein Paar gesehen oder nicht?" drängelte Lindberg ungehalten.

„Keine Ahnung. Ich habe meine Wache gerade erst angetreten. Wer bei meinem Vorgänger an Bord gekommen ist, weiß ich nicht." Der Alte ließ sich nicht aus der Ruhe bringen.

Lindberg fummelte sein Smartphone aus der Lederjacke hervor, tippte drauf herum und hielt ihm dann ein Foto von Belinda vor die Nase. Der alte Seemann zuckte nur mit den Schultern.

Ohne sich um den lautstarken Einspruch zu kümmern, rannte Lindberg über das Deck. Auch einige Missfallensäußerungen aus einer Besuchergruppe störten ihn nicht, als er sich an ihnen vorbeidrängelte. Nachdem er durch Laderäume, über Niedergänge und an Kabinen vorbei gehetzt war, ohne Belinda und Patrick Vollbrecht irgendwo zu entdecken, verließ er die

Passat wieder, begleitet vom lautstarken Kommentar des alten Seebären in seinem Kassenhäuschen.

An seinem Motorrad angekommen, blieb Lindberg zunächst ratlos stehen. Der Schweiß lief ihm inzwischen den Rücken hinunter. Lederkleidung war denkbar ungeeignet für solche sportlichen Aktionen. Was hatte er übersehen? Ein Gedanke fuhr ihm durch den Kopf. Wo war der kirchliche Bezug auf der Passat, den der Mörder in allen anderen Fällen für seine Opfer ausgesucht hatte? Lindberg ergriff das Smartphone und tippte auf Tobias` Kurzwahl.

„Hast du Anna erreicht?", überfiel er seinen Freund, als der sich meldete.

„Ja, ja. Die ist unterwegs. Und was war auf der Passat?"

„Nichts. Da sind sie nicht. Tobias, bist du noch in diesem Gruselkabinett?" Lindberg wartete auf keine Antwort. „Sieh dir noch einmal die Fotos an. Gibt es irgendeinen anderen Hinweis, den wir übersehen haben könnten."

„Ja, ich bin noch hier unten. Ich habe übrigens auch das Seil gefunden, was wir gesucht haben und mehrere von den weißen Hemden, mit denen er immer die Opfer bekleidet hat", berichtete Tobias.

„Kannst du irgendetwas erkennen?", unterbrach ihn Lindberg ungeduldig.

„Moment einmal. Das muss sich vergrößern." Lindberg hörte ein Rascheln.

„Das glaubst du jetzt nicht. Das Segelschiff ist nicht die Passat sondern die Pamir", verriet Tobias seine Entdeckung, „nur unter der Vergrößerung kann man den Namen am Bug lesen."

„Die Pamir?" Lindberg atmete tief durch. „Das erklärt einiges. Die sind in Lübeck in der Jacobikirche, wo die Gedenkstätte für die ertrunkenen Seeleute ist. Dort liegt auch das letzte

Rettungsboot der untergegangenen Pamir. Ich fahr da jetzt hin. Tobias, ruf Anna an!"

Noch bevor Lindberg auf sein Motorrad stieg, wählte er eine neue Nummer. „Schrauber, das ist ein Notfall. Belinda ist in Gefahr. Schwing dich auf deinen Bock und komm sofort zur Jacobikirche. Wir treffen uns dort."

„Verflucht, Lindberg, was hast du jetzt schon wieder verbrochen?", war die erste Reaktion des Schraubers.

„Frag nicht so viel. Komm schnell. So, wie es aussieht, ist Patrick Vollbrecht der Serienmörder und momentan hat er Belinda. Beeil dich. Wir treffen uns dort." Den fluchenden Schrauber hörte Lindberg nicht mehr, weil er das Gespräch bereits unterbrochen und sein Motorrad gestartet hatte.

Es dauerte keine drei Minuten, bis Lindberg am Anlegesteg der Priwallfähre scharf bremste. Der Kassierer für die Fährgebühr beobachtete das Manöver mit hochgezogener Augenbraue. „Mit solchen Krawallmanövern kommst du auch nicht schneller rüber. Bisschen mehr Gas und du hättest rüberfliegen können. Außerdem hat die Fähre gerade abgelegt."

Lindberg bezahlte wortlos und stellte mit Entsetzen fest, dass sich die Fähre ganz langsam vom Pier löste und gemächlich auf die andere Seite der Trave tuckerte. Er musste warten. Nur mühsam konnte er sich zur Ruhe zwingen, weil er immer daran denken musste, was zwischenzeitlich in der Jacobikirche geschehen könnte. Patrick Vollbrecht hatte Belinda in seiner Gewalt. Wie weit war er mit seinen Vorbereitungen? Wann würde er sie betäuben? Wann ihr die Insulinspritze setzen? Könnte er Belinda noch retten, wenn er und der Schrauber rechtzeitig kämen? Mit Grauen verfolgte er, wie die Fähre im Zeitlupentempo über das Wasser schlich und auf der anderen Seite der Trave anlegte. Es schien eine Ewigkeit zu dauern, bis die

Autos von der Fähre gefahren waren. In dem Augenblick, als Lindberg erkannte, dass das Schiff den Anleger nach erneuter Beladung wieder verlassen wollte, blieb ihm fast das Herz stehen. Vor seine Augen schob sich vonseiten der Travemündung aus eine meterhohe Hauswand, die alles auf der anderen Seite verdeckte. Eine überragende Autofähre aus Schweden lief den Skandinavienkai an. Normalerweise ein faszinierender Anblick, diese riesigen Schiffe zum Anfassen nah zu erleben. Für Lindberg ein einziger Albtraum. Behinderte dieses Monster auf dem Wasser doch seine mögliche Rettungsaktion. Er wusste kaum, wie er seine überstrapazierten Nerven in den Griff bekommen sollte. Ganz gleich, was er auch beobachtete, alles lief träge, schleppend und viel zu langsam ab. Als ob jemand einen Schalter umgelegt hätte, der den Sekundenzeiger der Uhr ständig festhielt und für alle Abläufe des Tages eine Zeitlupe angeordnet hätte.

Das Kopfschütteln der umstehenden Menschen übersah Lindberg, als er endlich gefühlte Stunden später mit röhrendem Motor auf der anderen Seite der Trave von der Fähre raste. Verkehrsschilder hatten keine Bedeutung mehr für ihn. Auf der Autobahn zwischen Travemünde und Lübeck ignorierte er die Geschwindigkeitsbeschränkung auf 100 km/h komplett. Die Tachonadel wackelte kurz unter 200 km/h. An der Mautstation für den Herrentunnel bremste er nur wenige Sekunden, kramte hastig ein zwei Euro Stück aus seiner Hosentasche und warf es in den Bezahltrichter, bevor er weiter Richtung Lübeck flog.

Im Schatten des Turms der Jacobikirche stellte er sein Motorrad auf dem Koberg ab und lief über die Straße dem Haupteingang der Kirche zu. Hier erwartete ihn bereits der Schrauber.

„Moin, Lindberg. Die Tür ist zu", begrüßte er seinen Freund, „etwas ist komisch. Die Klinke lässt sich noch nicht einmal herunterdrücken."

„Du meinst, die hat jemand von innen blockiert?", wollte Lindberg wissen.

„Es sieht so aus. Gibt es hier irgendwo noch einen anderen Eingang?"

„Ich glaub schon. Wir müssen auf die andere Seite", vermutete Lindberg.

In dem Bereich, der Kirchhof genannt wurde, entdeckten sie zwei weitere kleinere Türen, die allerdings ebenfalls verschlossen waren. Lindberg sah den Schrauber an. „Hast du dein Besteck dabei?"

„Welche Frage überhaupt. Selbstverständlich." Der Schrauber öffnete eine Ledertasche, die am Gürtel hing, und entnahm ihr mehrere dünne Metallstangen, die nur entfernt Ähnlichkeiten mit Schlüsseln hatten. Es dauerte ein paar Sekunden, bis ein Knacken Lindberg signalisierte, dass die Tür entriegelt war. Vorsichtig drückte er die Klinke hinunter, wohl wissend, dass alte Türen in den seltensten Fällen geräuschlos zu öffnen waren. Lindberg zog die Tür nur so weit auf, dass sie beide durch den Spalt hinein-schlüpfen konnten. Aus der Nische heraus, in der sie jetzt standen, konnten sie einen Teil des Kirchenraums überblicken. Das Rettungsboot der Pamir lag in einem gesonderten Bereich rechts von ihnen. Das wusste Lindberg aus vorherigen Besuchen der Kirche.

Das Bild, das sich ihm bot, als er aus der Nische heraustrat, ließ ihn erstarren. Unmittelbar im Bereich der Gedenkstätte für die ertrunkenen Seeleute kniete Patrick Vollbrecht über einer blonden Frau in weißem Kleid. Aus der Entfernung war nicht zu erkennen, ob es sich um Belinda handelte.

„Patrick, hör auf, du Scheusal", schrie Lindberg und stürzte auf ihn zu. Blitzartig fuhr Patrick Vollbrecht herum. Mit irren Augen versuchte er, die neue Situation zu erfassen. Doch seine Verwirrung dauerte nur Bruchteile von Sekunden. Er sprang auf und stieß ein Takelmesser in Lindbergs Richtung. „Noch einen Schritt weiter und ich schlitze dich auf."

Lindberg stoppte ab und kam drei Meter vor ihm zum Stehen. Jetzt konnte er auch zweifelsfrei erkennen, dass es Belinda war, die in dem weißen Kleid regungslos und mit geschlossenen Augen neben dem Rettungsboot lag.

„Es ist aus, Patrick. Du kommst hier nicht raus. Gib auf!", stieß Lindberg schweratmend hervor.

„Wie wollt ihr das verhindern, ihr Gottlosen? Ich werde meinen Weg gehen. Diese lasterhaften blonden Weiber verdienen nur Verachtung. Ihre verwerflichen Sünden müssen bestraft werden. Nur ihr demütiger Tod in geweihten Hallen kann sie vor dem Fegefeuer retten."

„Der spinnt doch vollkommen", hörte Lindberg den Schrauber neben sich murmeln, „sei vorsichtig, solche Wahnsinnigen sind unberechenbar."

„Patrick, wir wollen dir doch nur helfen. Lass uns deinen Weg gemeinsam gehen", versuchte Lindberg seinen alten Schulfreund zu beruhigen und abzulenken. Belinda lag wenige Meter entfernt vor ihnen, hatte sie auch schon das todbringende Insulin in sich? Sie durften keine Zeit verlieren. Lindberg trat einen Schritt vor.

„Bleib stehen, du Heuchler. Meinen Weg gehe ich allein. Du wirst ihn sehen, wenn er mit deinem Blut getränkt ist."

Übergangslos sprang Patrick Vollbrecht mit dem Messer auf Lindberg zu. Der Schrauber reagierte blitzschnell und stieß Lindberg zur Seite. Das Messer traf seinen Freund am rechten Arm. Mit voller Wucht hieb der Schrauber dem jetzt nach vorne taumelnden Angreifer seine rechte Faust an die Schläfe. Patrick Vollbrecht schlug lang hin und blieb bewusstlos auf dem steinernen Kirchenboden liegen. Das Messer flog ihm aus der Hand und schlidderte über die alten Platten. Lindberg war durch den Stoß des Schraubers ebenfalls gestrauchelt, rappelte sich wieder auf und stürzte auf Belinda zu. Als er ihr seine Finger an ihren Hals legte, spürte er den Puls. „Sie lebt", rief er dem Schrauber erleichtert zu, „ich rufe den Notarzt."

„Und ich werde erst einmal den Mistkerl verknoten, bis die Polizei hier ist." Der Schrauber ging auf das Rettungsboot zu und ergriff das Seil, das Patrick Vollbrecht schon zum Verschnüren von Belinda bereitgelegt hatte. Mit wenigen Handgriffen fesselte er den immer noch ohnmächtigen am Boden liegenden Mörder an Händen und Füßen.

An der Kirchentür wurde gerüttelt und geklopft. Lindberg kniete immer noch besorgt neben Belinda. Der Schrauber erhob sich und ging zur Kirchentür. Wie er schon vermutet hatte, war die Klinke mit einem Balken blockiert worden. Er entfernte die Sperre und öffnete die Tür. Vor ihm standen zwei Polizeibeamte mit schussbereiten Pistolen. Der Schrauber erhob die Hände. „Immer ganz langsam, Freunde. Ich bin einer von den Guten."

„Es ist gut, Kollegen", hörte er eine weibliche Stimme.

Anna trat vor und lächelte den Schrauber kopfschüttelnd an. „Es sieht fast so aus, als ob ihr die Lage im Griff hättet, ihr Narren."

Der Schrauber ließ seine Arme wieder fallen. „Schön dich zu sehen, Anna. Den Schwachsinnigen haben wir außer Gefecht gesetzt, aber was mit Belinda ist, wissen wir nicht."

Anna eilte auf Lindberg zu. Sie warf einen kurzen Blick auf den am Boden liegenden Täter. „Kümmert euch um ihn", rief sie ihren Kollegen zu, als sie sah, dass Patrick Vollbrecht die Augen aufschlug und wieder aus seiner Bewusstlosigkeit erwachte.

„Wie geht es ihr?", fragte sie Lindberg, als sie sich neben ihn niederkniete und Belinda ansah.

„Ich weiß es nicht. Sie atmet und ihr Puls schlägt regelmäßig. Ob der Idiot ihr schon eine Insulinspritze verpasst hat, kann ich nicht sagen. Ich hoffe, der Notarzt kommt gleich", erklärte Lindberg mit belegter Stimme.

Wie auf Stichwort erschien wenige Sekunden später der Notarzt. „Kümmert euch um den Mann", rief er den beiden Rettungssanitäter zu, die ihn begleiteten. Ich sehe mir erst einmal die junge Frau an."

Zwei Polizeibeamte hatten den immer noch verwirrt dreinblickenden Patrick Vollbrecht inzwischen auf die Beine gestellt. Er blutete an der Stirn. Eine Platzwunde als Ergebnis seines Sturzes auf die harten Kirchenplatten.

Anna und Lindberg machten dem Arzt Platz. „Wir müssen davon ausgehen, dass die Frau mit Chloroform betäubt wurde und ihr möglicherweise auch eine hohe Dosis Insulin gespritzt worden ist", erklärte Anna dem Notarzt, nachdem sie sich kurz vorgestellt hatte.

„Das werden wir gleich sehen." Der Notarzt beugte sich über Belinda und begann, sie zu untersuchen.

„Lindberg, du bist ja verletzt", rief Anna im selben Augenblick aus, als sie den rechten Arm ihres Freundes sah. Die Lederjacke war im Bereich des Oberarms aufgeschlitzt und Blut tropfte heraus. Niemand hatte die Wunde vorher entdeckt, selbst Lindberg nicht.

Der Notarzt hob kurz den Kopf. „Das werden wir auch gleich verarzten. Ziehen Sie schon einmal die Jacke aus."

„Was ist mit meiner Nichte?", bedrängte Lindberg den Notarzt.

„Keine Sorge. Blutzucker und Blutdruck sind ziemlich im Keller. Aber das bekommen wir schon wieder hin. Wir nehmen sie mit in die Uniklinik. Was ist mit dem Mann?", wandte er sich den Rettungssanitätern zu.

„Der hat nur von mir einen an die Glocke bekommen, als er mit dem Messer auf Lindberg zugestürzt ist", bemerkte der Schrauber in stoischer Ruhe.

„Eine Platzwunde. Er scheint noch etwas benommen zu sein", erklärte einer der Rettungssanitäter. Sie hatten Patrick Vollbrecht auf eine Kirchenbank gesetzt und seine Wunde versorgt. Die beiden Polizeibeamten ließen ihn nicht aus den Augen. Anstatt des Seils als Fesseln trug er jetzt Handschellen.

„Patrick Vollbrecht, ich verhafte Sie wegen des Verdachts des Mordes in mehreren Fällen und des Mordversuchs." Anna belehrte ihn anschließend über seine Rechte und ließ ihn dann von ihren Kollegen abführen.

Währenddessen sah sich der Notarzt Lindbergs Verletzung an. „Sie haben Glück gehabt, Ihre Lederjacke hat das Schlimmste verhindert", stellte der Mediziner fest, während er die Wunde verband.

Nachdem der Notarzt die Kirche verlassen hatte, der Rettungswagen mit Belinda auf dem Weg in die Universitätsklinik und Patrick Vollbrecht verhaftet war, forderte Anna Lindberg und den Schrauber auf, ihr zu folgen. Inzwischen waren auch die Kriminaltechniker eingetroffen. In einem Nebenraum zum Kirchenschiff wies Anna auf altes Kirchengestühl und setzte sich. „Lindberg, es ist mir unbegreiflich, auf welche todsichere Weise du immer wieder in meine Ermittlungen hineinstolperst. Erklär es mir."

„Es war doch anfangs nur ein vager Verdacht", versuchte Lindberg sich zu rechtfertigen, „als ich das Foto von Patrick Vollbrechts Schwester sah und mir die Ähnlichkeit mit den Opfern und Belinda auffiel. Als mich Tobias dann auf dieses komische Gehänge mit den Hühnergöttern aufmerksam machte, fiel mir sofort das Seil auf. Es war das gleiche, das ich auch bei dem Opfer im Hansemuseum gesehen hatte …"

„Langsam, Lindberg. Du warst mit Tobias wo?", unterbrach Anna Lindbergs Gestammel.

„Wir waren bei Gertrud auf der Terrasse. Die hatte dort ein altes Fotoalbum offen liegen, in dem ich das Foto gesehen habe. Und Patrick hatte Gertrud eine Art Mobile geschenkt, indem er mit einem Seil Lochsteine verbunden hatte. Das hing auf der Terrasse jetzt an der Wand", erklärte Lindberg genervt.

Anna nickte verstehend. „Und dieses Seil hast du wiedererkannt?"

„Ja. Und dann sind Tobias und ich zu dem Haus von Patrick, wo wir letztlich sein Gruselkabinett gefunden haben", berichtete Lindberg weiter.

„Wie seid ihr ins Haus gekommen?" fragte Anna nach.

„Durch die Kellertür", kam die knappe Antwort.

„Die war unverschlossen, oder?"

„Nein, war sie nicht, Anna. Aber du wirst mir jetzt nicht noch wegen Hausfriedensbruch und Einbruch kommen?", entrüstete sich Lindberg.

„Vielleicht kommst du langsam einmal wieder auf den Boden der Tatsachen zurück, mein lieber Lindberg. Du brichst aufgrund deines undefinierbaren Bauchgefühls in ein Haus ein, durchwühlst alle Räume, rast wie ein Wilder durch Holstein und gefährdest dabei dein und das Leben anderer. Und du meinst, all diese Straftaten rechtfertigen zu können, nur weil du mit viel

Glück einen potenziellen Mörder gestellt hast oder wie darf ich das verstehen?"

Lindberg sah Anna völlig konsterniert an. „Wir haben Belindas Leben gerettet. Hast du das vergessen?"

„Und einen Serienmörder ausgeschaltet. Ein bisschen Dankbarkeit wäre jetzt nicht schlecht", knurrte jetzt auch der Schrauber ungnädig.

„Ihr seid unmöglich. In eure beschränkte Vorstellungswelt passt es wohl nicht hinein, dass es auch Menschen gibt, die sich einfach nur Sorgen um euch und euer Wohlergehen machen", fuhr Anna die beiden erneut an.

„Lindberg, hör auf zu maulen. Anna liebt uns", bemerkte der Schrauber grinsend und stieß seinem Freund den Ellenbogen in die Seite.

Anna schüttelte den Kopf. „Ich geb es auf. Ich weiß gar nicht, warum ich euch meine Freunde nenne. Wie ging es weiter."

Bevor Lindberg weiter berichten konnte, erklang Annas Smartphone. Sie hörte eine Weile zu. „Ist gut, Clemens, ich komme nach Travemünde, wenn ich hier fertig bin." Wieder lauschte sie einen Augenblick. „Ja, es ist alles gut verlaufen. Einzelheiten erzähle ich dir, wenn ich auf dem Priwall bin. Bis gleich." Anna beendete das Gespräch mit ihrem Kollegen.

„Clemens Korthals hat mir nur kurz geschildert, wie der Kellerraum aussieht. Danach gibt es anscheinend noch mehr Opfer, als uns bekannt ist."

Lindberg nickte. „Ja, es ist das reinste Gruselkabinett. Aber du wirst es ja nachher selbst sehen." Lindberg schilderte anschließend seine vergebliche Suche auf der Passat und die Situation, wie sie Patrick Vollbrecht in der Kirche angetroffen und überwältigt hatten.

Anna hörte aufmerksam zu. „Und nun fühlt ihr euch – wie ich euch kenne – sicherlich wie wahre Helden, oder?"

Lindberg und der Schrauber zuckten fast gleichzeitig mit den Schultern und strahlten Anna wie ein Paar unschuldige Lausbuben an.

Kapitel 24

Lindberg konnte sich nicht daran erinnern, wann er derart beunruhigende Tage erlebt hatte, wie die letzten. Eigentlich warfen ihn besondere Ereignisse nicht so schnell aus der Bahn. Freunde attestierten ihm sogar eine gewisse Nervenstärke. Er behielt in den meisten Lagen einen klaren Kopf, analysierte die Situationen schnell und präzise und ging die Lösungen des Problems rationell und zielgerichtet an. Die Aufregung um die Entlarvung des Serienmörders Patrick Vollbrecht allerdings hatte bei Lindberg zu unruhigen Nächten geführt. Es war nicht die Schramme am Arm, die ihm Sorgen bereitete. Zugegeben, ohne den tatkräftigen Einsatz des Schraubers hätte es für ihn viel schlimmer ausgehen können. Die Angst um die Gesundheit Belindas schien der eigentliche Grund seiner Unruhe zu sein. Auch wenn seine Nichte kurz nach der Einlieferung in die Uniklinik aus ihrer Bewusstlosigkeit erwacht war und sich ihr Blutzuckerhaushalt stabilisiert hatte, bereitete ihr der Kreislauf immer wieder Probleme. Ein Grund, weshalb sie auch am dritten Tag nach der Festnahme des Mörders noch in der Klinik lag.

Lindberg und Anna saßen gemeinsam auf dem Flur in der Universitätsklinik. Sie hatten sich verabredet. Einerseits um Belinda zu besuchen, andererseits fehlten Anna im Rahmen der Ermittlungen noch ein paar Informationen. Lediglich die Visite der Ärzte in den Krankenzimmern zwang sie in die Warteposition.

„Wie ist die Lage, Anna? Hat mein einstiger Schulfreund Patrick, der Dreckskerl, denn schon über seine Motive geplaudert?" Lindberg konnte seine Neugier nicht zurückhalten.

Anna sah ihren Freund lächelnd an. „Da du weiter drängeln wirst und ich mich auch ein klein wenig in deiner Schuld fühle, werde ich dir ausnahmsweise antworten. Die familiären Verhältnisse scheinen mehr, als chaotisch gewesen zu sein. Patrick Vollbrecht hatte seine Familie in jungen Jahren fluchtartig verlassen."

„Das hat er mir erzählt. Gab es dafür einen speziellen Grund?"

„Allerdings. Kurz zuvor hatte er erfahren, dass die junge blonde Frau, die er bisher als seine ältere Schwester Charlotte kannte, tatsächlich seine Mutter war."

Lindberg blies die Backen auf. „Ach, du Schande. Tante Gertrud hatte letztens schon so eine eigenartige Bemerkung hinsichtlich der undurchsichtigen Familienverhältnisse gemacht."

„Es geht noch weiter. Charlotte führte zudem ein etwas freizügiges Leben. Möglicherweise hat sie zeitweise als Prostituierte gearbeitet. Nach Vollbrechts Aussage besteht sogar der Verdacht, dass Charlotte von ihrem eigenen Vater geschwängert wurde und Patrick das Ergebnis war."

Lindberg schüttelte den Kopf. „Es ist einfach, nicht zu fassen. Und daraus hat sich dieser Hass auf alle jungen blonden Frauen entwickelt?"

„So ist es. Nach Vollbrechts Version sind alle blonden Frauen Sünderinnen, die bestraft und büßend dem Herrgott angeboten werden müssen."

„Wenn ich das richtig verfolgt habe, sind doch zwischen seiner Flucht von zu Hause bis zum ersten Mord viele Jahre vergangen. Wieso hatte er denn erst so spät seine erschreckende Mordserie begonnen?", überlegte Lindberg laut.

„Das wissen wir auch noch nicht. Möglicherweise hat es dafür in seinem Leben einen spektakulären auslösenden Moment gegeben. Er selbst hat zumindest dazu noch nichts gesagt."

„Und auf welche Weise hat er sich an diese jungen Frauen herangemacht?", wollte Lindberg wissen.

„Er hat die Frauen nur nach ihrem Aussehen ausgesucht. Du hast selbst die Ähnlichkeit zwischen Charlotte und den Mordopfern erkannt. Ihr Vertrauen hat er sich dadurch erschlichen, indem er sich anbot, Ihnen die Sehenswürdigkeiten der Stadt zu zeigen."

„Auf diese einfache Weise sind sie ihm auf den Leim gegangen? Nicht zu fassen." Lindberg schüttelte befremdet den Kopf.

„So verwunderlich ist das gar nicht. Für manche Frauen mag er durchaus attraktiv gewesen sein. Er ist wortgewandt und versteht es, charmant andere Menschen für sich zu gewinnen", schilderte Anna ihren persönlichen Eindruck.

Lindberg sah seine Freundin überrascht an. „Du hast dich aber jetzt nicht in einen Mörder verknallt, Anna? Oder wie soll ich dich verstehen?"

Anna begann zu lachen. „Lindberg, du bist wirklich unmöglich. Aber jetzt etwas ganz anderes. Wie ich dich kenne, hast du in deinem wirren Kopf die letzten Tage doch bestimmt schon wieder in einen Kriminalroman umgewandelt. Hat er auch schon einen Titel?"

Lindberg sah Anna lächelnd an. „Du kennst mich einfach zu gut. Aber was hältst du von `Blonde Verachtung`?"

Kriminelles von Jürgen Vogler

Verhängnisvolle Schatten
(Lindbergs 1. Buch)
Jürgen Vogler
ISBN 978-3-8042-1492-7
10,95 Euro   248 Seiten

Tödlicher Zorn
(Lindbergs 2. Buch)
Jürgen Vogler
ISBN 978-3-7481-1867-1
11,90 Euro   256 Seiten

Kriminelles von Jürgen Vogler

Kopflos im Strandkorb
Jürgen Vogler
ISBN 978-3-8042-1506-12,90
Euro 232 Seiten

Schwarzer Nebel
Jürgen Vogler
ISBN 978-3-7528-1521-4
12,90 Euro 244 Seiten

Historisches von Jürgen Vogler

Der Marquis von Lübeck
Jürgen Vogler
ISBN 978-3-7528-1512-2
14,90 Euro 448 Seiten

Der Mohr von Plön
Jürgen Vogler
ISBN 978-3-7460-9597-4
14,90 Euro 484 Seiten

Historisches von Jürgen Vogler

Der Narr von Eutin
Jürgen Vogler
ISBN 978-3-7528-1508-5
14,90 Euro 488 Seiten

Ostholstein gestern
Jürgen Vogler
ISBN 978-3-7386-5274-1
17.90 Euro   296 Seiten

Kindliches von Jürgen Vogler

Bottelpott
Der beste Pirat aller Zeiten
Jürgen Vogler
ISBN 978-3-7431-8223-3
8,90 Euro 72 Seiten

Jan Peter, das Deichlamm
Jürgen Vogler
ISBN 978-3-7431-9202-7
5,90 Euro 84 Seiten